汝、鉤十字を
背負いて
頂を奪え

上 ハリー・ファージング
島本友恵訳
HARRY FARTHING

SUMMIT

汝《なんじ》、鉤十字《かぎじゅうじ》を背負いて頂《いただき》を奪え〔上〕

主な登場人物

ニール・クイン……………………………登山ガイド
ダワ………………………………………シェルパ
ペンバ……………………………………シェルパ。ダワの弟。
ヘンリエッタ・リチャーズ………………エベレストの専門家
ベルンハルト・グラフ……………………骨董品商《こっとうひんしょう》
ジャン＝フィリップ・サロン……………ノー・ホライゾンズ探検社オーナー
ネルソン・テイト・ジュニア……………少年登山家

ヨーゼフ・ベッカー………………………ドイツ第九九山岳猟兵部隊の一等兵
ギュンター・シルンホッフェル…………ドイツ第九九山岳猟兵部隊の上等兵
クルト・ミュラー…………………………ドイツ第九九山岳猟兵部隊の一等兵
アング・ノル………………………………シェルパ
マクタ・フォン・トリアー………………ユダヤ系ドイツ人の女性
ハインリヒ・ヒムラー……………………ドイツ軍親衛隊全国指導者
ユルゲン・ファイファー…………………ドイツ軍親衛隊中尉
チャールズ・マクファーレン……………イギリス軍中尉
イルザ・ローゼンブルク…………………ユダヤ人の少女

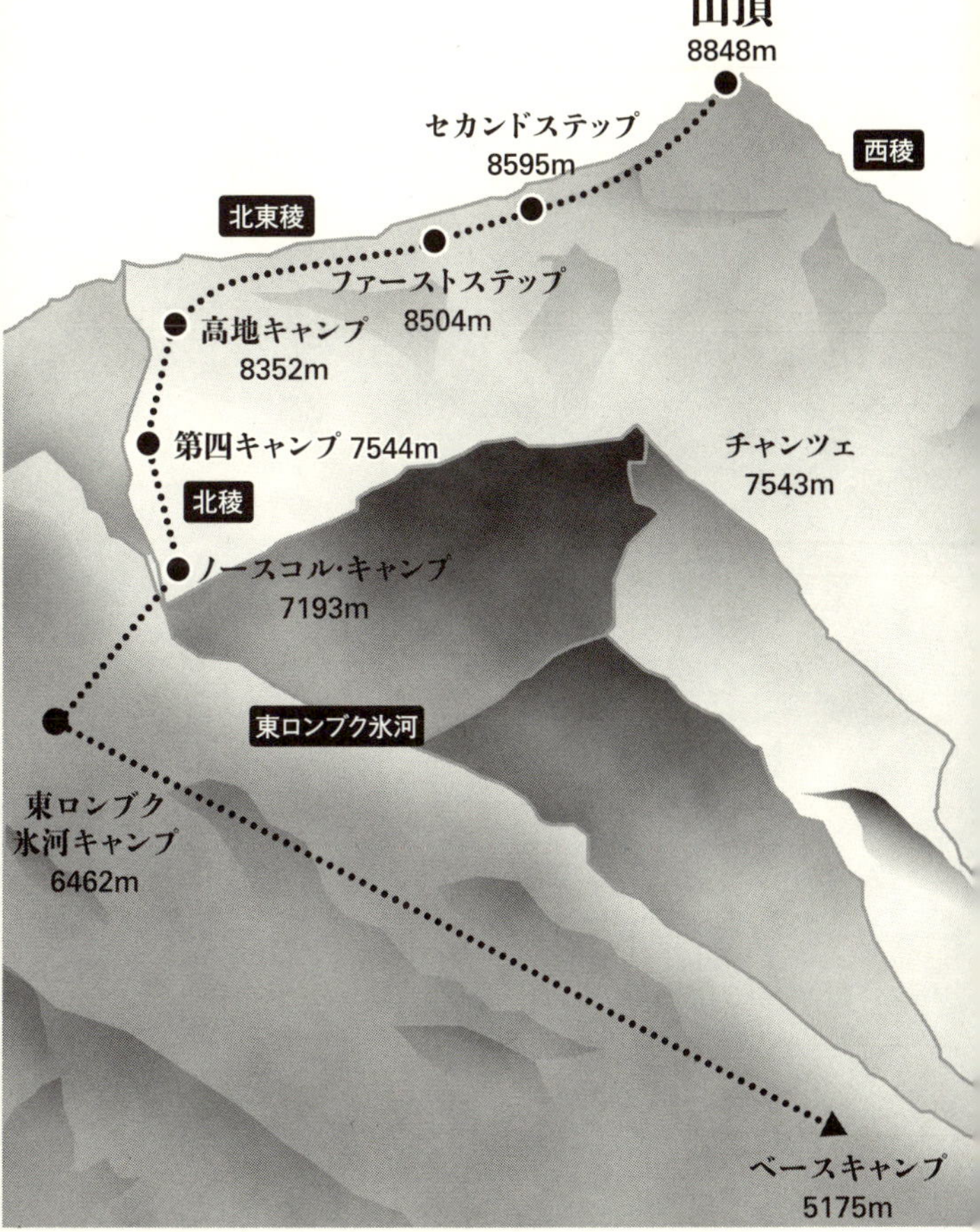

チベットから見たエベレスト北側

「山よ万歳《ベルク・ハイル》!」

――ドイツの伝統的な山の挨拶

プロローグ

フィルター越しの深紅の光が窓のない部屋を不気味に照らす。不愉快な薬品のにおいはきつく、最初から部屋にいた白衣の男を除く人々を圧倒した。常にこうした環境に身を置いているライカの技術者は、においに気づきもしていない。彼は古めかしいネガ引き伸ばし機の構造の調整を終え、何やらぶつぶつ言いながら左右を見て、もう少し腕を動かす空間が欲しいことを示唆した。ひとりで作業するほうが好きらしい。

もう一度細かな目盛りの調整をしたあと、彼は手を止め、腕を両脇に垂らして目を閉じた。経験で培った勘によって、待ち時間を心の中で測っているのだろう。それが終わると、金属フレームにセットされた長方形の六切サイズの印画紙にさっと手を伸ばした。白い印画紙の角をピンセットでつまんで、入念に準備した現像液入りの四つのスチール製バットのひとつ目に、ゆっくり慎重に滑り込ませた。透明な薬液の中で印画紙を軽くリズミカルに動かすと、液は小さな波を立てた。

白い長方形の印画紙の中央に黒いしみが現れた。線や影が見えはじめ、成長の速い黒い蔓《つる》のようにねじれながら伸びていく。作業に没頭している技術者は、徐々に鮮明な像が浮かんできた印画紙をピンセットでつまみ、残る三つのバットに順に浸していった。バットからバットへ移すたびに少しずつ身を乗り出して、意図的に印画紙を他人の目から隠した。伝統あるカールスルーエ・アカデミーで、大柄だが頭の鈍い同級生の目から非の打ちどころのないノートを隠していた小柄で利口な少年だった頃と、中身は変わっていない。

暗室にいる見学者たちはひと目見ようと技術者のまわりに集まったが、小柄な技術者は彼らの動きを巧みにさえぎった。見学者が誰であっても関係ない。彼にはするべき仕事がある。成果に満足した技術者はようやく体を後ろに引き、現像された写真を最後のバットから持ち上げた。手を上に伸ばして小さな洗濯ばさみふたつで留め、この瞬間のために張られていた即席の乾燥用の紐《ひも》に吊《つ》るした。

まだ濡れている写真は柔らかなレイシの実のごとく頭上にぶらさがり、じめじめした空気の中で揺れている。暗室にいる人間は誰ひとり口を利かなかった。彼らはいっせいに、無言のままこわばった表情で写真を見つめた。

白黒写真にもかかわらず、血のように赤い部屋にいる小さな集団の目には、まるで虹の色彩に見えた。写っているのは、白い山頂から数歩さがったところに立つ登山者だ。背後の雲のない空は黒っぽいが、中央の人物は白く明るい淡い光に包まれているかのように、わずかに輝いて見える。

登山者が着ている白いキャンバス地の防風ジャケットの大きなフードは脱げている。

丸フレームのスノーゴーグルは、ひさしつきの布製帽子の上まで押し上げられていた。登山者の顔を覆うウールのスカーフは口の下までおろされて、疲れてはいるが勝ち誇った顔を意図的に見せている。

登山者は右腕を前に突き出して上に向け、ミトンの手袋をはめた手でピッケルの木製の長い柄の端をつかんで敬礼している。ピッケルのT字形の頭部は空を突いていた。頭部の下に小さな旗がくくりつけられている。カメラのシャッターが押された瞬間に強い風が吹いたらしい。偶然にもそのコンマ数秒のあいだに風で旗が広がり、見間違えようのないシンボルが写されていた。

暗室にいる人々はひとり残らず、即座にそのシンボルを認識した。

第一部 困難な下山
アイン・シュヴィエリガー・アプシュテイーク

1

二〇〇九年五月二六日
午後二時〇四分（中国標準時）
エベレスト山頂付近——標高八八四三メートル

一六歳のネルソン・テイト・ジュニアのＧＰＳ装置は完璧に作動している。作動していないのは持ち主の肉体のほうだ。

タバコの箱くらいのオレンジ色をしたプラスチックの小箱は、いつもと同じく、少年の軽量バックパックの左ショルダーストラップに取りつけられている。凍った硬い雪にぶつかっても、装置はびくともせずに、上空数百キロの軌道をまわる、地上からは見えない人工衛星の信号を受信しつづけている。人体の異常を感知したり記録したりする機能を欠いているため、装置は十数センチ後ろにある若者の心臓が爆発しかけていることに気づきもしていなかった。

装置は執拗《しつよう》に座標を送りつづける。

北緯二七度五九分一七秒、東経八六度五五分三一秒。

心臓は激しく打ちつづける。

心拍数一九六……。

どこか別の場所では、電子データとして送られた最新の座標が山岳地形図に凧《たこ》のような形で表示されている。自動的にその画像は全世界の何台ものパソコンの画面に表示され、エベレストの北東稜から地球で最も高い場所である山頂までのルートが赤い点線で示される。激しく拍動する心臓についての言及はない。


中でも特にひとつの画面は、何時間も前からこの瞬間を待ち望んでいた。ネルソン・テイト・ジュニアのいる場所から八八〇〇メートル下降して数千キロ西へ行ったところにある豪華な実家の、柔らかな照明の灯《とも》った暖かな書斎の立派なイギリス製マホガニーデスクの上に、そのパソコンは置かれている。

最新の座標が届くと、絹のパジャマとイニシャル入りのカシミアのガウンを着た両親は、ほかの家族と、この比類ない偉業が達成される瞬間を見るために集まっていた客たちを呼びはじめた。

ネルソン・テイト・ジュニアの母親アメリアは心配でやきもきしていた。整形を繰り返した顔は感情を充分に表せないが、声はまだ真意を示すことができる。大声で呼びかけたとき少し割れていた声には、たしかに不安が聞き取れた。「急いで、みんな。たぶんあの子は頂上にいるわ。わたしたちは書斎よ。あの子は連絡してくる。今すぐにでも。急いで集まってちょうだい」

少年の父親、アメリアの夫ネルソン・テイト・シニアは、もっと無遠慮だった。「おりてこい！　今すぐだ！　みんな！　信号が来ているぞ！」どんなに深く眠った人間をも起こす大声だった。

テイト一家と友人たちはふたりの声に従って、羽目板張りのきらびやかな書斎にぞろぞろ入ってきた。主人が政治家やセレブと撮った写真が飾られた壁や、何百万ドルもの不動産取引や企業投資の成果を示す輝くトロフィーが何列にもわたってぎっしり並べられた棚には目もくれず、彼らは中央に置かれたパソコンの画面だけに注目した。のろのろと部屋の中の適当な位置につき、画面上でゆっくり回転するエベレストの3D映像を見つめる。黙ったまま、明るい赤で示された山頂にいたる足跡を眺め、過去のスキー旅行の記憶を呼び起こして、山頂に立つのはどんな感じか想像しようとした。

どんなに高いのか？　どんなに寒いのか？　どんなに風が強いのか？

誰ひとりとして、ロングアイランドに向かって飛ぶシニアのジェット機ガルフストリームVの翼に座っているほうがスキーよりも山頂に立つのと近い感じが味わえることを知らなかった。

テイト家の家政婦を務める初老のプエルトリコ人ミーナは、銀のアイスバスケットに入ったドン・ペリニヨンのビンテージシャンパンのボトルを持ってきた。〝バタフライ・エフェクト〟は知らないはずだが、空気を揺らしたら世界のてっぺんに悲惨な影響を与えると思い込んでいるかのように、バスケットをそっとサイドテーブルに置く。そのあと不安げにドアのすぐ外にたたずみ、声に出さずに唇を動かして、なじみのある神への祈りを捧《ささ》げた。

ビンテージのシャンパンで祝杯をあげることを予期して部屋は興奮で活気づきはじめ、最高級の賞賛の言葉が飛び交った。

「ジュニアはやったぞ！」

「あの子はエベレストの頂上に立っているのよ！　考えてみて！」

「史上最年少の七大陸最高峰《セブンサミット》制覇！」

「七つの大陸のいちばん高い山を征服したなんて！　想像できる？」

「世界新記録だ！」

「たったの一六歳で！」

「この記録は誰にも破れない！」

「最高だ！」

「おめでとう、シニア」

七番目の山に登頂したことで、ネルソン・テイト・ジュニアはたしかにテイト家の名前をまたしても世に知らしめることになるだろう。プレスリリースは既に準備できている。テイト・シニアのもとで働く広報担当者は、彼の合図を待って、事前に合意したとおり厳選したマスコミが独占報道できるよう発表する予定だ。集まった人々の中心に座ったテイト・シニアは、シニアとジュニアが有名な司会者レターマンやレノ、あるいは大統領と一緒に写った雑誌の表紙に囲まれて、額入りの山頂写真が新たに壁の中央を飾るところを想像しはじめた。

そのイメージを思い浮かべると同時に、商魂たくましいシニアの頭は次にジュニアを宇宙に飛ばすのにかかる費用を計算していた。これはかなりの額になりそうだ。ジュニアのエベレスト登山ツアーを主催したノー・ホライゾンズ社に払うと約束した五〇万ドルの登頂成功ボーナスも、それに比べればはした金に思えるだろう——シニアにとっては。

ネルソン・テイト・シニアはひとり息子の〝八番目の頂上〟を楽しみにしている——ほかに、それだけの費用をまかなえる人間はいないだろう。

2

ロシアの宇宙ツアーへの支払いを行うため、旧友のバーニー・ガットマンが有利な通貨両替をしてくれるかどうか父親が思案しているあいだ、ネルソン・テイト・ジュニアは世界一高い地点からほんの五メートル下で、黄色い布とガチョウの羽毛のかたまりとなって意識を失っていた。しっかり覆われたそばかすだらけの顔は分厚い雪の層に埋もれ、頭上の果てしなく青黒い空も、周囲の素晴らしい山々の絶景も見ていなかった。

彼の心は現実や理性から乖離《かいり》していた。混乱した頭は、歯がガチガチ鳴るような厳しい寒さ、身も凍える荒々しい風、風が運ぶ雪の結晶を否定し、ここは実家の美しい庭だと思い込んだ。足の下には柔らかな草があり、明るい太陽が顔を温めていると信じたネルソン・テイト・ジュニアは、この瞬間、飼っているブルドッグのバディに古い野球ボールを投げてやることだけを考えていた……。

分厚いミトンをはめたふたつの手は、ぐったりしたジュニアの上で束の間止まったあと、痩《や》せた体を裏返した。

片方の手は少年のダウンスーツのフードを、もう片方はバックパックのショルダーストラップをつかむ。もう一度ぐいっと引っ張って、乱暴に上半身を起こさせた。ネルソン・テイト・ジュニアははっと意識を取り戻したあと、一気にパニックと吐き気と混乱に襲われた。

このエイリアンは何をしているんだ？　鏡みたいな目をして、キュッキキュッと変な音をさせて。

彼がその〝変な〟音を正しく聞き取れたなら、ノー・ホライゾンズ社が組織した二〇〇九年エベレスト北登山隊を率いるイギリス人山岳ガイドのニール・クインが「きみはやったぞ。やったんだ。寝ている場合じゃない。エベレストの頂上に来たんだぞ」と叫んでいたのだと理解できただろう。

だが彼には理解できず、クインは話すのをやめた。ジュニアの頭がふたたびがくっと垂れる。

クインがいくら揺さぶっても、少年は起きない。

完全に意識を失っている。

「くそっ！」

クインの疲労した頭が警告信号を発しはじめた。これは、単に頂上までの最後のひとがんばりをした登山者が休憩しているのとは違う。状況は深刻だ。一五年のガイド生活でひとりの顧客も死なせたことのないクインは、今回も無事に乗り切るつもりなら迅速《じんそく》に行動しろと自らに命じた。

頂上で吹き荒れる激しい風をよけて身長一九三センチの体を屈め、少年のバックパックの上部からライムグリーンの蛍光色の酸素ボンベを引きおろす。すぐさま、酸素供給量を増やすため調節バルブのダイヤルをまわそうとした。だがダイヤルは動かない。既に最大限までまわされていたのだ。クインはまたしても悪態をついた。

分厚いミトンに包まれた手を振り、人差し指で酸素残量計の表面についた氷を引っかき落とす。残量はゼロ。残量計を叩くと、針は狂ったように動きはじめた。

残量計が壊れているのか、それとも本当に酸素がないのか？　どこかで酸素が詰まっているのか？　どこでだ？

その答えを考えていると、少年のゴム製フェイスマスクの下部から垂れてダウンスーツの前で固まっている、透明で灰色の氷が見えた。氷は細くて赤い酸素供給チューブからもう少し太い波形のチューブを伝い、プラスチック製の酸素ボンベまで続いている。クインは手早く、だが慎重に、できるかぎりの氷を取り除いた。ここが原因であることを願って供給チューブを揉《も》む。そして赤いチューブから調節バルブまで見ていき、どこかで遮断されるか割れていないかを確かめたが、特におかしな箇所は見つからなかった。

もしかするとボンベが坊やの空のバックパックの底まで滑り落ちて、酸素供給チューブがねじれてしまったのか？

そういうことは起こりうる。いずれにせよ、少年にとって貴重な酸素補給が断たれてしまったに違いない。なんとか手を打たねば。

少年のスノーゴーグルを鼻梁《びりょう》の上まで押し上げ、ストラップを外して酸素マスクを取り除く。マスクの端を引きはがすとき、少年のひげのない頬から氷とわずかな皮膚がついてきた。痛みと、それに続いて湿った口と歯に当たった冷たい空気の刺激で、即座に少年の意識が戻った。ネルソン・テイト・ジュニアはしくしく泣くのと空えずきを交互に繰り返した。下唇の水ぶくれが破れ、血がしたたりだした。

クインは小さな顔をのぞき込んだ。紙のように真っ白で、氷と唾液と鼻水にまみれている。唇の血だけが赤い。目はうつろで生気がない。クインは少年の目の前で指を鳴らす動作をしてみたものの、反応はまったくなかった。少年がこれほどの衰《おとろ》えを見せたのは理解しがたい。四五分前までは、ゆっくりとではあったが着実に歩みを進めていたのだ。高地キャンプを出たときから具合が悪かったのは同じ登山隊のスコットランド人、ロス・マクレガーだった。彼は結局マッシュルームロックで引き返した。

少年に付き添うことになっていたシェルパのペンバを捜して、クインはまわりを見わたした。

あいつはどこだ？

すぐにペンバの姿が目に入った。頂上の雪の上に座り込み、前のめりになって頭を両膝のあいだまでおろしている。ペンバの兄で登山隊のシェルパ長ダワが介抱していた。彼らのさらに上方では、ノー・ホライゾンズ社のもうひとりの顧客、スイス人のアイヴス・デュランが、彼に付き添うシェルパのリャクパと山頂で写真を撮っている。彼らは元気そうだ。

クインは少年のほうに顔を戻し、声をかぎりに叫んだ。「何か言え！」大声を出したために息が切れた。

少年はまたえずいた。そのあとクインを見上げ、泣きながらかすかな声で言った。

「ぼくを死なせないで」

それを聞いたとき、クインの腹の底で何かがねじれた。その正体は知っている。

絶望だ。

クインは絶望がふくらむのを止めるため、心を怒りで満たした。

「くそっ！　くそっ！　大丈夫だ……大丈夫。おれがついている」

少年を胸に引き寄せ、少しのあいだそのまま抱きしめていた。さっき叫んだことで息苦しくなったのに耐えながら、落ち着けと自らに言い、振り返ってふたたびダワとペンバを見た。いったい何が悪かったのだろう。これまで多くの顧客は、ボンベがほとんど空の状態でも、意志の力だけによって死にものぐるいで登頂を果たしてきた。だが、今回は異常だ。

なぜペンバはこんなになるまでジュニアを放置していた？　それに、あいつはどこが悪いんだ？

ペンバは今まで使った中でもいちばん屈強なシェルパで、二五歳の誕生日までに四回エベレスト登頂を果たした。既にエベレストで三人の命を救っている。

だからこそ、坊やのお守りをあいつに割り当てたんじゃないか！　ちくしょうめ！

クインは自らを罵《ののし》りはじめた。いくらほかにも顧客がいるとはいえ、もっと少年のそばにいればよかった。そうするべきだった。ノー・ホライゾンズ探検社のフランス人オーナーであるジャン＝フィリップ・サロンがくどくど言っていた登頂成功時の一〇万ドルのボーナスのためではなく、ネルソン・テイト・ジュニアがまさしく彼らが呼んでいるとおりの存在、つまり〝坊や〟だったからだ。

一瞬クインは、こんなところにはいたくないと思った。だがそんなことを考えてもしかたがないので、ジュニアをふたたび横たえて作業にかかった。

ピッケルの柄を硬い氷のような雪に深く突き刺し、自分のバックパックをおろして、斜面を滑り落ちないようピッケルの頭部に引っかける。バックパックと少年のあいだで膝立ちになり、自分の酸素ボンベを取って残量を確認し、ダイヤルをまわして流量を一分あたり四リットルに設定する。いったん酸素をあきらめる覚悟を決めて自分のマスクを外し、あまり長時間酸素なしで行動しないよう気をつけろと自らに言い聞かせて、マスクを少年の口にあてがった。

顔にマスクをしっかり押しつけていると、ダワがペンバをひとりで座らせたままやってくるのが見えた。よかった、ペンバは大丈夫らしい。ダワがゆっくり近づいてくるのを見ながら、クインがペンバの体調について考えているとき、テイト・ジュニアがうめいて体をもぞもぞさせだした。

いい兆候だ。

酸素が体に行きわたり、少年は意識を取り戻したのだ。

少年は何やらつぶやきはじめた。

最初は要領を得なかったが、一度酸素マスクを外したとき、何を言っているのかわかった。

「手が。手が。手が」少年はそれを繰り返している。

「手がどうした？」

「感覚がない……」

ダワが隣で膝立ちになると、クインはすぐさま少年の手を指差した。

ふたりは力を合わせて少年の黒いナイロン製断熱ミトンを引っ張った。すると、現れたのは極薄の絹のアンダーグローブだけだった。

クインとダワはぞっとして顔を見合わせた。あと二枚とは言わなくても、最低一枚はフリースの手袋をつけているはずではなかったのか。

クインは少年の片方の手をつかんだ。

こわばっている。

役に立たない手袋をはがすと、指は蠟《ろう》のように真っ白で、一本一本がまるでつららだった。

ダワはもう片方の手袋をはがした。

こちらも同じだ。

ふたりは少年の手を握りしめ、なんとか指を動かそう、少しでも温めようとした。手は完全に凍りついている。

クインはダワに合図して少年の上体を起こさせ、自分のダウンスーツのファスナーを開けて少年の両手をフリースの服の下まで持ってきて、できるだけ中まで引き入れた。凍った指が温かな素肌に触れたとき、クインはその冷たさに震えた。だがそれを無視して両肘を内側に寄せ、少年の指をわきの下にはさみ、自分の体の熱をなるべく指に伝えようとした。

突然めまいがして、現実感がなくなってきた。ふわふわ浮いているように感じるのは、低酸素症に陥りかけているという警告だ。酸素を補給しなかったら、高山病の症状が出て、切迫感がなくなり、体が浮遊し、思考は妄想の世界に漂ってしまう。

酸素を取り返さないと……。

ダワに少年の酸素ボンベを調べるよう頼み、自身は少年の手を温めつづけた。「ダワ、ペンバは具合が悪いのか？」

「ペンバ、病気かどうかわかりません」ダワは弟の失態を恥じるかのようにさっと頭をさげた。「記録作りたくて、酸素なしで頂上目指しました。だけど腹おかしくなりました。ごめんなさい。酸素あればペンバよくなります。もう大丈夫です。この子の心配だけしててください」

ヒューッという鋭い音で会話がとぎれた。ダワが新しい酸素ボンベの封を切ったのだ。ボンベを少年の調節バルブにつなぎ、もう一度酸素供給システムを点検する。

数分かけて確かめたあと、ちゃんと作動しているとクインに身ぶりで伝えた。少年がつけていたマスクをクインに返す。クインは片方の手でそれを自分の口に当て、ダワは少年の古いボンベが滑り落ちないよう、突き刺したクインのピッケルと雪の隙間に突っ込んだ。マスクから何度か大きく空気を吸うと、クインの頭は少しすっきりしてきた。ダワのおかげで助かった。

「何が悪かったんだ？」

「わかりません。氷か、ボンベの不良か……」

「まあいい。いずれにせよ、よくやった。さ、この子の手をなんとかしよう」

ダワは自分の荷物からウールの手袋を取り出したあと、ぶかぶかの断熱ズボンのカーゴポケットから携帯カイロを出してきた。封を切って激しく振り、発熱させる。クインは少年の手を自分の服の下から出した。ダワとクインのふたりがかりで小さな手をさらにしばらくマッサージしたあと、絹のアンダーグローブとダワのウールの手袋をこわばった指にはめた。

クインは自分の重く分厚いミトンを脱いでダワに渡し、カイロを中に入れさせた。クインは少年の薄めのミトンを代わりに受け取り、ダワはクインのミトンを凍った手にはめた。ここは空気が薄いため、カイロは充分には発熱しない。窮屈なミトンの中では余計に効果が薄いだろう。それでも、わずかな熱とクインの分厚いミトンの断熱性があれば、深刻な凍傷を少しは防ぐことができるはずだ。

テイト・ジュニアはまた何かつぶやきはじめた。もっと焦ったように。クインが新しい酸素マスクをつけさせるとき、少年はひび割れた唇から言葉を絞り出そうとした。

「フト……フト……フト」

「足《フィート》?」クインが尋ねる。

「違う。フト……」

「なんだって?」

ようやくちゃんとした言葉が出た。

「写真《フォト》」

クインはあきれ返った。

「おいおい、本気か? ちょっと酸素を吸ってくれ」クインはマスクを少年の口と鼻に強く押しつけ、ゴムのストラップをできるかぎりきつく留めた。そうすれば少年がぶつぶつ言うのも止められる。

ダワがペンバのところに戻ろうと背を向けたとき、クインは呼びかけた。「ダワ、ミスター・アイヴスとリヤクパをそろそろ下山させてくれ。ふたりはおれたちよりかなり前に来た――頂上にいる時間が長すぎる。すぐ下へ行かせるんだ。そのあと、落ち着いてペンバを介抱すればいい。わかったか?」

ダワはうなずき、ゆっくり歩いていった。

3

クインは無線機を取り出してベースキャンプを呼び出した。

「クインからノー《N》・ホライゾンズ《H》・ベース《B》キャンプ《C》へ。どうぞ」

サロンのフランス訛《なま》りのある険しい声が即座に返事をした。「クインか？　話せ。そこは山頂か？　どうぞ」

上ではどうなっている？　どうしてもっと早く連絡しなかった？　ネルソンは？　そこは山頂か？　どうぞ」

「山頂だ。繰り返す。山頂だ。ネルソンとペンバは体調が悪い。アイヴス、リャクパ、ダワ、おれは大丈夫だ。ロス・マクレガーは無事に高地キャンプまで戻ったか？　どうぞ」

「戻った。坊やの具合はどんなだ？」無線交信での形式など忘れて、きついフランス訛りが言い返した。

「酸素が凍りついたか遮断された。どちらかは不明。最後の四五分間酸素供給が断たれた。疲労。おそらく両手の重度の凍傷」

「くそっ《メルド》！」怒りの叫びで無線機にパチパチ雑音が入った。「おまえはそこで何をしているんだ？　坊やとしゃべらせろ。アメリカの家族と交信させなきゃならん」

クインは横で朦朧《もうろう》となってぐったりしている少年に目をやった。「今はまずい。衰弱している。回復したら衛星電話で家族に連絡させる」

少年にそんな電話ができそうにないことは、とっくにわかっていた。

「だめだ！　それじゃだめだ。家族との交信が必要だ。繰り返す。家族との交信が必要だ。わかったか、ニール・クイン？　山頂写真と家族との交信」

「聞こえている。だが少年は具合が悪い。それは正しくない」

「正しいかどうかなんて知るか！　交信させなくちゃいけないんだ！」

クインは山頂から目をそらし、自分はどうしてこんな会話で貴重な時間を浪費しているのかと考えた。

「返事しろ、ニール・クイン！　坊やは立っているのか？」サロンは執拗に訊いてきた。

クインは答えず、無線機を切ろうかどうしようか思案した。

返事がないため、サロンは激高した。「答えろ！」大声をあげ、通信装置テーブルからノートパソコンを払いのける。パソコンはメステント（メンバーが集まって食事や会議をするための大きいテント）の硬い床に落ちた。「答えろと言ったんだ！」

「いや、坊やは立っていない。下山は困難。繰り返す。下山は困難」

「今すぐ坊やを無線に出せ！」

クインはしかたなく、少年の酸素マスクをおろして無線機を口元に持っていった。ネルソン・テイト・ジュニアの体がどうしようもなく震える。クインは言った。「出たぞ。手早くすませろ」

「ボンジュール、ネルソン、若き友。やりましたね。聞こえますか？　やったんですよ！　あなたは史上最年少で七大陸最高峰を征服したんです。世界記録です。新たな記録を打ち立てたんです。そうでしょう《サヴァ》？　素晴らしい《ビエン》、ですよね？」

少年は困惑した様子ながらも、消え入るような声で「うん」と答えた。

「山頂の写真を撮って、そのあと下山してもらいます。おうちのご両親と話しますか？」

「うち？」少年は懇願の表情でクインを見た。クインに家を出現させる魔力があるかのように。

クインが何も言えないでいるうちに、無線機から大きな雑音がしたかと思うと、「もしもし、もしもし」という声が聞こえてきた。

こちらの状態を意にも介さず、サロンはアメリカの少年の家と通信をつないだらしい。

「こんばんは《ボンソワール》、ロングアイランド。こちらはエベレスト登山隊リーダーのジャン＝フィリップ・サロンです。心の準備はいいですか？」一瞬置いたあと、サロンは声をかぎりに叫んだ。「では行きますよ。登頂、成功、でーーーーす！」語尾を引き伸ばして絶叫する。フランスのサッカーチーム、パリ・サンジェルマンの試合で終了間際に得点が入ったときの実況中継のように。

遠くから同じくらい長いあいだ、喝采の声が雑音とともに響いた。

「ニール・クイン、教えてくれ、友《モナミ》よ、今日の世界の頂上はどんな感じだい？」

クインは内心うなりながらも、沈黙にうながされて無線機に語りかけた。「こんにちは、みなさん。こちらはニール・クイン、ネルソンとともに地球でいちばん高いところから深夜のご連絡を差し上げています。われわれはエベレスト山頂にいます。繰り返します。われわれはエベレスト山頂にいます！」

またしてもテイト・シニアの書斎に集まった人々からの喝采が雑音を伴《ともな》って聞こえてきた。騒がしい中から、低くけだるげな声が話しはじめる。「ありがとう、ミスター・クイン。よくやった。元気か、ジュニア？　そこからの景色はどうだ？　下にいるわれわれが見えるかい？」シャンパンのコルクが抜かれる音を背景に、自らのジョークに笑う声がした。

クインは不本意ながら無線機を少年のところまで持ち上げた。しばしの沈黙のあと、少年は「バディは？」とだけ言った。

「なんだって？」即座に返事が来た。

少年はそれ以上何も言わなかった。

「パパ、ジュニアはたぶん犬と話したがっているのよ」甲高い声に続いて笑いが聞こえた。

だが、声は突然やんだ。

「ジュニア、聞こえるか？　どうした？　どんな具合なんだ？」問い詰めるテイト・シニアの声は切迫感でこわばっている。

少年は黙ったまま雪を見おろし、クインは急いで無線機を取り返した。

姿勢を正して、自信たっぷりに聞こえるように言う。「ご心配いりません。何も問題ありません。ちょっと疲れていますが、元気です。どうぞご心配なく。ネルソンの……」

サロンが割り込んだ。「そういうことです、ミスター・テイト。世界の頂上からの通信でした。あとは数枚写真を撮って、息子さんを無事下山させます。数分後、ネルソンの素晴らしい山頂写真が撮れたことを確認してから、もっと詳細なご報告をいたします」

アメリカとの交信はそこでプツンと切れた。直後にサロンの大声がふたたび無線機から響いた。「さっさと山頂写真を撮って、すぐにおりてこい！　坊やが指を失くしたら、おまえらみんなの責任だぞ！　全員、二度とエベレストで働けなくしてやる！」

無線は切れた。

ニール・クインは横に来て通信に耳を傾けていたダワを見やった。

ダワが肩をすくめる。クインはゆっくり首を横に振った。「ペンバはどうだ？」

「もう大丈夫、下山できます。急いで写真撮るの、わたし手伝います」

「よし」

クインはピッケルに引っかけていたバックパックを外して背負い、酸素ボンベのチューブを調節し、ダワとともに少年を立たせた。片方ずつ腕を持って頂上まで引きずっていく。おりてきたアイヴス・デュランとリャクパとすれ違ったので、賞賛の意を込めてうなずきかけた。

毎年春になると頂上に散乱するカラフルな祈禱旗《きとうばた》、登山者のぼろぼろのバナー、ラミネート加工された愛する人の写真、廃棄された酸素ボンベなどのあいだに、少年を座らせる。ダワは横に座って肩に腕をまわし、少年の体を支えた。クインは少年のスノーゴーグルを押し上げて青白い顔をできるかぎり露出させ、少年のバックパックの横に紐で留められた短いチタン製ピッケルを外した。ピッケルにつけられた小さく白いナイロン製の旗を広げ、ピッケルの柄を少年の前の氷に突き刺す。ダワはあいている手で三〇センチ×六〇センチの旗をぴんと引っ張った。旗には七つの三角が描かれ、その上に〝一六歳で七山征服〟と太字で書いてある。その下には〝エベレスト 二〇〇九年〟、さらに下には〝www.TatePrivateEquity.com〟と父親の会社のＵＲＬが書かれていた。

クインは幾層もの服の下から小型デジタルカメラを取り出して数歩さがり、何枚も写真を撮った。やがてカメラのバッテリーが寒さで消耗して切れた。ニール・クインにとって九回目、そしてシェルパのダワにとっては一六回目のエベレスト登頂だった。

4

一九三八年一〇月一日
午後八時五三分（中央ヨーロッパ時間）
オーストリア南西部　パッツナウン渓谷

大粒の雨が降りだし、牛小屋のごつごつした石のタイルにピチャピチャと当たる。ヨーゼフ・ベッカーは軍支給の山岳用ジャケットのフードをかぶり、雨宿りのために足を急がせた。雨はまたたく間に強くなってジャケットの背中を叩く。彼はようやく低い建物の入り口までたどりついた。身を屈めて軒下へ行き、古いドアに寄りかかる。鉄製のかんぬきの先端が背中に食い込むのを感じつつ外を見た。

ついに雨になった。ギュンターの言っていたとおりだ。

雨粒は床に当たって跳ね返り、牛小屋からは少しのあいだ牛の糞《ふん》や藁《わら》の湿った酸っぱいにおいが漂ったが、すぐに冷たく激しい雨によってあらゆるにおいが消し去られた。黒っぽく見える並木の灰色の隙間、ヨーゼフが見張っていた谷間の道からこの小道へ入るところは、雨に隠されて闇の中に消えてしまった。今見えるのは、目の前に広がる水たまりだけだ。水たまりはどんどん大きくなって互いにつながり、川となって坂道をくだっていく。彼らは、森を抜ける未舗装の道についた二本のわだちへと向かうのだろう。

トラックは坂道を登ってこられるのか？

急に寒さがひどくなった。ヨーゼフが両手を握り合わせて息を吹きかけると、温かな白い息が指のあいだから立ちのぼり、すぐに湿った空気の中に消えていった。

上のほうは今どうなっている？

天気予報では、標高一五〇〇メートル以上は雪とされていた。それを考えてヨーゼフは身を震わせた――いや、神経質になっているからか？

腕時計を見ると、約束の時間まであと五分だった。炎が消えないよう湿った手でマッチを覆い、シュトゥルムのタバコに火をつけた。深く吸い込んで、唇についたタバコの乾いた紙の感触と煙の熱さを堪能する。とはいえ、このえぐい味は好きになれない。党幹部は禁煙を求めているが、現在は突撃隊《SA》がドイツ国防軍へのタバコ販売を独占している――ベルリンのやることは矛盾だらけだ。トロムラー、ノイエ・フロント、シュトゥルム、どの銘柄も安っぽくて苦々しい。そういったタバコを宣伝しているやつらと同じだ。密輸した外国製タバコが大人気なのもうなずける。

ヨーゼフはタバコのオレンジ色の火が冷たい雨に挑むように光るのを見つめた。その火はヨーゼフにも、同じように挑めと言っている。

ギュンターはいつも、緊張なく山に入る人間は死んだも同然だと言っていたな。

背後から唐突に聞こえてきた大きな声に、ヨーゼフはびくりとした。

緊張しすぎているんじゃないか？

落ち着け、激しい雨の音におびえたラバの鳴き声にすぎない。

ヨーゼフはふたたび腕時計に目をやり、時間を確かめた。

やつらは遅れているだけかもしれない。

あるいは、もうつかまったか。

以前にも一度そんなことがあった。あの夜、トラックは来なかった。ヨーゼフたち三人は、待ち合わせ場所がばれている場合に備えて建物の横の茂みに身をひそめ、約束の時間を過ぎてからも二時間待ちつづけた。結局誰も現れなかったが、夜明けまでに山の向こうからの品物を受け取って帰る必要があるため、三人だけで山に登った。待つことで無駄にした時間を埋め合わせるべく、走るように山を登りおりした。自分たち三人で迅速に行動できるのがうれしかった。故郷ドイツのエルマウで過ごした少年時代を思い出した。あの頃、山の中では彼ら三人は何にも誰にも止められなかった。

指先の湿気を吸ってタバコが折れた。ヨーゼフはそれを、雨を受けて表面に波紋のできた水たまりに投げ込んで消した。タバコという相棒を失った彼は、雨から身を守ってくれる小屋の軒下にいることにわずかな慰めを感じた。滝の後ろに身を隠しているような、誰も存在を知らない場所で透明になったような気がする。それで心が休まった彼は、先月のヴァクセンシュタイン登攀《とうはん》に思いを馳《は》せた。鼻先の数センチ上に突き出していた、硬く結晶した小さな岩のかたまりを思い出す。

狭い軒下でしゃがみ込んで夜の雨を見ている今も、手の指が崖の乾燥した花崗岩《かこうがん》のわずかなこぶやくぼみをつかみ、足の指が小さな出っ張りを求めて岩をこすっていたのが感じられる。ロープはなく、パートナーはいない。思い直すことはできず、止まって引き返すのは不可能だ。だからひたすら上を目指した。それを思い出しただけで、ヨーゼフの呼吸は本能的に遅くなり、心は落ち着いた。

あの夜、兵舎に戻って仲間から祝福された記憶がよみがえると、自然と笑みがこぼれた。ヨーゼフが自慢の愛車であるBMWのバイクを止めて後部荷台から小さな登山用バックパックをおろしたとき、第九九山岳猟兵部隊の仲間は集まってきて彼を称《たた》えた。彼らはすぐにヨーゼフをガルミッシュ＝パルテンキルヒェンの街まで連れ出し、白ビールのヴァイスビアの大ジョッキをおごって乾杯し、双眼鏡でヨーゼフの動きを追っていたと話した。口々に、こんな素晴らしい登攀は見たことがない、ヨーゼフは落ちるのかと思った、ヨーゼフ・ベッカーは誰もが不可能だと思っていた岩壁征服を果たした、と叫んだ。オーベルイェーガー・フーベルが言うには、ガンツラー少将もヨーゼフの偉業を見るため望遠鏡を持ってこさせたという。

人に見られることなど、ヨーゼフは想像もしていなかった。あの崖に登りに行ったのは、訓練が一日休みになり、第一師団の単調な行進練習をしながら岩壁を見上げているのにうんざりしていたからにすぎなかった。本当に登攀不能かどうかを確かめる方法はひとつしかない。バイクで出かけるとき、駐留地の赤と白の門に配置されていた番兵に、その思いをぽろりと漏らしていたのだ。

最初のうちは注目されていたことに警戒を覚えたものの、ビールが進むにつれて、賞賛を楽しむようになっていった。輝かしい業績に酔った気分が覚めたのは、あとで兵舎に戻ってギュンターとクルトがやってきたときだった。

ギュンターは激怒して、バイエルンの方言で怒鳴《どな》りつけた。「ばか野郎。あんなふうに登れるのを見せつけたら、これからもみんなおまえに注目するぞ。それがおまえにとって、おれたち三人にとって、どういう意味かはわかるだろう？　あのバイクを買ったのがそもそも間違いだって、前にも言ったよな——おまえが副業で儲《もう》けているのが見え見えだって。で、今度はこれか？　目立たないようにしろ。さもないと、おまえひとりじゃなく、おれたちみんなが地獄に落ちる」

三日後、さらにまずいことに、ガンツラー少将づき副官からヨーゼフに小さな箱が届けられた。それにはガンツラー本人による手書きのメモがついていた。

〝バイエルン一の登山家に。ブラボー！　ヴァクセンシュタイン岩壁の初登攀に、連隊全体が勇気づけられた。わが山岳猟兵部隊が世界で最高の山岳隊であることが、またしても証明された。誇りを持ってこれをつけてくれ――きみにはその価値がある！〟

ギュンターとクルトにはこの話をしなかった。ガンツラーに贈られた連隊リングは認識票の紐に通し、人目に触れないようにした。

そのことを思い出したヨーゼフは、シャツの襟の中に手を入れて紐を引っ張り、指輪をつまんだ。幸運を祈って、浮き彫りにされた一輪のエーデルワイスに触れる。

その直後、眼下の雨に包まれた暗闇に一瞬光が浮かんだ。光は二本の光線に分かれ、暗い森の中をくねくね動きながら見え隠れする。激しい雨の中、エンジンをふかす轟《ごう》音《おん》が聞こえたかと思うと、タイヤがキキーッときしむ音がした。

彼らが到着した。

5

　幸運の指輪をシャツの中に戻したあと、ヨーゼフはこぶしを握って後ろのドアを三度叩き、小屋にいるふたりに時間だと合図した。ドアが内側に小さく開く。ヨーゼフは前を向いたまま小声で言った。「トラックが坂を登ってきた」

「いつもどおりの手順だぞ」ギュンターがささやき声で答える。「運転手を確認。七、二、四だ。覚えたな？　それから逃亡者を急いで中に入れる。全部で九人。できるかぎり音をたてずに。顔を隠すのを忘れるな」

　オペル製三トントラックが木々のあいだから雨の中を走ってきた。山の上空で発生した稲妻が運転手の姿を映し出す。運転手はハンドルと格闘して、泥や濡れた草にタイヤを取られず、坂道を滑り落ちないように空き地を勢いよくまわってこようとしている。タイヤが空まわりし、ワイパーが高速で動き、灰色の排気ガスが噴出する。黒っぽいトラックは横に倒れそうになりながら、なんとか森の端で後ろ向きになって止まった。エンジンはかかったままだ。

　ヨーゼフはスカーフを引き上げて鼻まで覆い、重い登山用スパイクシューズが濡れた泥にめり込むのを感じつつ、小屋からトラックまで走っていった。山岳兵が近づいてくるのを見て、トラックの窓から黒いソフト帽を目深にかぶった頭が現れた。

「本物のドイツ人か？」運転手は質問した。

ヨーゼフは心得ている手順どおりに答えた。

「そうだ、ヒトラーみたいにブロンドで――七――ゲーリングみたいに痩せこけて――二――ゲッベルスみたいにたくましい――四（どれも実際の身体的特徴とは正反対）」スカーフと雨越しに、エンジンの轟音に負けないよう大きな声で早口で答える。このジョークを覚えるのはたやすい。これはギュンターのお気に入りだが、中に入れる数字は毎回変わるので、間違えないよう気をつけなければならない。ヨーゼフが話しているあいだも運転手はアクセルを踏んでエンジンをふかし、言葉や数字がひとつでも違っていたらすぐ逃げられるよう構えていた。

「逃亡者は何人の予定だ？」

「九人」

ヨーゼフの返事に納得した運転手は急いでエンジンを切り、トラックをおりた。ヨーゼフとまともに顔を合わせることなく握手をし、ふたりで雨の中を後部の両開きのドアまで向かった。助手席で身をひそめていた仲間とそこで落ち合い、両開きのドアを解錠して引き開けた。見えるのは積んだ木箱だけだ。箱からはヤギのチーズの強烈なにおいが漂っている。

運転手は中に入って最下段の箱を押した。小さな穴が現れる。彼はポケットから懐中電灯を出し、帽子を脱いで頭と肩を小さなトンネルに押し込んだ。小さな光が見えて声がしたかと思うと、運転手はぎこちなく体を引き戻した。直後に傷だらけのボール紙製スーツケースがずるずると押し出された。続いて黒ずくめの痩せた男が腹這《はらば》いになって現れた。

運転手の相棒は男に手を貸してトラックの後部からおろしてやった。男の足が濡れた地面に食い込む。窮屈な場所に体を曲げて閉じ込められて移動してきたため、じっと立っているのはつらそうだ。うめいて手を上に伸ばし、額を押さえる。トラックが乱暴に止まったときに頭を打ったのかもしれないが、血は出ていない。男はゆっくり背筋を伸ばしていった。痛む頭から手を離したとき、ヨーゼフの軍服についたドイツ国防軍の記章に目を留め、しわだらけの顔に恐怖を浮かべた。何か言おうとしたものの、恐ろしさのためまともに言葉が出てこない。

運転手はすぐさま静かにするよう手ぶりで指示し、唇を動かさずに言った。「相手は兵士だと言っただろう。気にするな。動け。こんなところでひと晩じゅう突っ立っている暇はない」

ヨーゼフもうなずき、坂道の上にある牛小屋を指し示した。小屋の開いたドアからは、中で灯されたランプの黄色い光が漏れている。

小男は泥に足がはまり込んだかのように、動こうとしない。薄い髪やコートにかかる激しい雨も忘れて、ヨーゼフの軍帽の前につけられた鷲《わし》と鉤十字《かぎじゅうじ》をぼうっと見ている。

「だけど、あんたは……あんたは……ナチスの兵士だろう？」信じられないとばかりに首を横に振りながら、ようやくウィーン訛りで尋ねた。

ヨーゼフはスカーフで覆った口の前で指を立てた。「質問はなしだ。今からは静かにしろ。ぼくがここにいるのは、あんたたちに山を越えさせるためだ。とにかくあの小屋まで行け。話は中でする」

男はさらに何か言おうとしたが、口をつぐみ、雨で縮んだかのように見るからに小さくなった。頭を垂れ、泥から足を抜き、ぼろぼろのスーツケースを引いて坂道を登っていく。土砂降りにもかかわらず歩みはのろい。あの暗い小屋で待ち受ける運命に甘んじて身を委ねようとしているかのようだ。

ヨーゼフは男の軽そうな革靴と黒の薄いコットン製コートを見て、あきれて首を左右に振った。あれでは小屋に行きつく前にずぶ濡れになるだろう。今夜はあの男にとって、いや自分たち全員にとって、長く寒い夜になりそうだ。

6

それからの五分間、ヨーゼフはさらに八人のおびえた人間が箱の向こうから這い出てくるのを見守った。全員オーストリア系ユダヤ人だ。三月のオーストリア併合《アンシュルス》以降、ユダヤ人にとってオーストリアでの生活も数年前からのドイツと同じく困難になった、という話は聞いている。実際、最近運んでいるのはほとんどがオーストリア人だ。逃げられるドイツ系ユダヤ人の大半は既に逃げていた。

今夜運ぶ九人のうち、ふたりは子どもだった。どちらも女の子で、ひとりは六、七歳、ひとりはもう少し大きくて一〇歳か一一歳くらい。大人は男四人と女三人で、うちふたりは六〇歳以上の年配だ。老人がまだちゃんと歩ける状態なのを見て、ヨーゼフはほっとした。山越えで最も苦労するのは常に年配者だ。この九人はひとつの大家族だろうかとヨーゼフは考えたが、よくわからなかった。彼らのことは何も知らない。山越えの具体的な段取りを決めるのはギュンターだ。ヨーゼフが聞かされるのは運転手との合言葉と運搬人数だけ。今夜は九人で、運転手に九人と答えるように言われていた。だからこの九人で全部だ。

行くぞ。

ヨーゼフは運転手と再度握手をし、トラックが静かに動きだすのを見送った。運転手は重力にトラックを引かせて坂道を森までおりたあと、エンジンをかけた。走り去るトラックの姿と音に一瞬ヨーゼフは寂しさを感じたけれど、すぐにそんな感傷を振り払い、牛小屋まで坂を登っていく集団を早足で追った。

追いついたとき、最年少の子どもが怖がって飛びのき、足を滑らせて横向きに倒れた。ヨーゼフは助け起こそうと進み出たが、男のひとり、おそらく父親が先んじた。

「娘にさわるな、ドイツ人」男は語気荒く言うとヨーゼフの前に出て、少女を濡れた地面から抱き上げた。立たされた少女は泥まみれになり、小さな握りこぶしで男を叩きながら泣きだした。

男は、少女の靴が脱げて泥の中に残っていることも気にせず乱暴に引っ張って歩かせようとしたので、少女はいっそう激しく泣き、ヒステリックに叫んだ。ヨーゼフは反射的に男を押しのけ、もがく少女の体を片方の腕で引ったくった。もう片方の手で少女の口をふさいで、男に鋭くささやきかける。「娘の靴を拾ってついてこい!」

ヨーゼフは少女を抱いたまま牛小屋まで坂道を駆けのぼった。小さく泥だらけの体が彼の腕の中で、鳥の嘴《くちばし》にとらえられたミミズのようにのたくる。やがてヨーゼフは少女を小屋に押し込んだ。解放された少女は、また泣きわめきだした。

「黙れ!」普段物静かなクルトが小屋の奥から叫んだが、効果はない。やってきた女のひとりが静かにしなさいと言って濡れた体で少女を抱きしめ、ようやく泣き声はおさまった。

残りの人々も、簡素な石造りの小屋に入ってきた。男が靴を差し出すと、少女は男のほうを向いて靴を受け取り、またわめきながら泥だらけの足で蹴りかかった。

別の声が荒々しく命令する。「黙らせろ。今すぐだ」するとさっきの女が強い調子で「イルザ・ローゼンブルク、もうやめなさい」と言い、取り乱した少女の口を手でふさいだ。

ユダヤ人たちは目の前の黒いシルエットにびくびくしながら集まった。ギュンター・シルンホッフェルは意図的に、小屋の奥の壁のくぼみに置かれた灯油ランプの前に立っていた。長い影が彼らの足元の土に伸びる。クルト・ミュラーはギュンターの右にしゃがみ込んでやはり輪郭だけを見せ、覆面で覆った顔を下に向けて、狩猟用ナイフでキャンバス地の布を細長く切っている。布を切り裂く鋭い刃が、ランプの黄色い光をきらりと反射した。クルトの右の搾乳用仕切りの中では、既にハーネスをつけられた二頭のラバが、人の気配におびえてそわそわ動いた。

ヨーゼフが急ぎ足でクルトの横まで行って闇の中でしゃがみ込むと、ギュンターがユダヤ人たちに語りかけた。

「よく注意して話を聞け」

逃亡者たちはおびえた顔で彼の前で半円形に立ち、耳を傾けた。

「長々と話をしたり、同じことを繰り返して言ったりする時間はない。おれたちは三人だ。おまえたちの敵でも味方でもない。おまえたちが、おれたちの名前を知ったり顔を見たりすることはない。兵士の格好をしているが、おまえたちにとってはスイスまで案内する山岳ガイドだ。おまえたちが考えるべきなのは、あと一〇キロで自由の身になれるということだけだ」

ユダヤ人たちは顔を見合わせた。脱出までそんなに近いことを思って興奮でそわそわする。けれどもギュンターはいつもの警告で冷や水を浴びせた。

「だが、よく聞け、それは簡単な道のりじゃない。昔、密輸業者が使った道を通って国境を越える。長い急勾配の道だ。ところどころ狭くなっていて歩きにくい。崖の上から落ちたら、下の地面にぶつかるまでに、早く死ぬことを願う時間はたっぷりある」

ギュンターは思わせぶりに間を置いた。

「おれたちのあとから、しっかり地面を踏みしめてついてこい。おれたちは優秀な登山家だ。暗闇の中でも、道は手に取るようにわかっている。できるだけおまえたちの手助けはしてやる。黙ったまま、歯を食いしばってがんばれ。年寄りか子どものために――どちらかはおまえたちが選べ――ラバを二頭用意したから、最初は乗っていける。しかしラバは最後の岩場を越えられない。そこまで来たら全員が自分の足で歩くことになる。足を見せろ」

九人がきょとんとしたので、ギュンターは声を荒らげた。

「さっき言っただろう、同じことを繰り返す暇はないと。ひとりずつ足を見せろ。靴をだ。どんなものを履いているか見ておきたい」

ユダヤ人たちはふたたび顔を見合わせた。今回はいぶかしげに。やがてひとりが片方の脚を上げて靴を前に押し出した。ほかの者もそれにならい、ギュンターは背後の壁からランプを取って突き出された靴を見ていった。泥にまみれた、薄くて底のなめらかな靴、足首までの革ブーツ。

「くそったれ！」ギュンターは毒づいた。「いつもと同じだ。分厚いブーツを履いてこさせるよう何度言っても、いつでもこれだ。今夜は状態が悪い。地面は湿っている。上のほうは新雪もある。ばかめ！　そんな靴じゃ役に立たない。そこの男から、ひとり二枚ずつキャンバスの布を受け取れ」

ギュンターはナイフを鞘《さや》におさめたクルトを指差して合図し、切ったキャンバス布を一枚放らせ、片手で受け取った。布を自分の前に出し、きつくねじりはじめた。

「おれがすることをよく見ておけ。布をこんなふうにきつくねじって縄にする。それを靴にまわして縛る。そうしたら、少しはしっかり地面をつかめるようになる。大人は子どもを手伝ってやれ。きつく縛るんだぞ」

小屋の一方の隅を指差す。「あそこに長い杖《つえ》と毛布がある。大人はひとりひと組、子どもたち用にあとふた組取れ。毛布は、今は濡れないように巻いておけ。山の上のほうまで行って雨が雪に変わったら、これが必要になる。上はかなり寒くなる。そのときは血の流れが止まらないよう、手と足の指を動かしつづけろ。こんなふうにだ」ギュンターは片方の手を出して素早く指を広げたり閉じたりしてみせた。「杖はバランスを取る助けになる。かついでいけないものを持ってきているなら、置いていけ――ここじゃない。坂を登る途中の森に捨てていく」

一同は早口の指示を、身じろぎもせず唖然《あぜん》として聞いていた。目の前の粗野な兵士を恐れ、これから始まる未知の旅を恐れて。さっき泥の中で転んだ少女イルザはおとなしくなり、小さな心に浮かべられるありったけの憎悪を込めて、陰に隠れたヨーゼフの顔を見つめている。ギュンターが逃亡者の準備を手伝うようヨーゼフとクルトに言っているとき、ヨーゼフはイルザにウィンクをした。すると少女は嫌悪に顔をゆがめ、あわてて目をそらした。

三人の山岳兵が困難な旅に備えてユダヤ人たちの身支度をさせているあいだも、ギュンターは指示を続けた。「この小屋を出たなら、話はせず、明かりはつけず、火も灯さず、タバコは吸わない。ひたすら歩け。ゆっくり、だが規則正しいペースで進む。三〇分ごとに止まって五分休憩する。一時間ごとに、さらに一〇分休憩を入れる。休憩までは止まらない。そうしないと時間がかかりすぎる。尾根の上に小さな礼拝堂がある。そこではもう少し長く休憩して、最後の難所に備える。おれの言うとおりにすれば、六時間から七時間で目的地に着ける。質問があっても訊くな。おまえたちが知っていて役に立つことは、これで全部だ。足を交互に前に出すことに集中しろ。安心しろ、おまえたち九人を山の向こうまで連れていかなかったら、おれたちの報酬も減るんだ。五分後に出発する」

7

二〇〇九年五月二六日
午後二時四一分
エベレスト山頂――標高八八四八メートル

カメラの電池が切れたおかげで、山頂写真の茶番は終わった。

こんな見せかけだけの登頂にクインの腹は煮えくり返ったが、それで暖かくはならなかった。

今は身を切るように寒い。

銀色の小型カメラを分厚いダウンスーツの内ポケットにしまいながらも、これを山頂から投げ捨てるところを想像した。カメラが薄い空気の中を回転し、三〇〇〇メートル下まで落下して、サロンの石頭にぶつかる様子を思い描く。それを考えると少しは満足したものの、そんなつまらないことに貴重なエネルギーや時間を浪費するのはやめろと自らに命じた。

手首のまわりの何枚もの生地を押し上げ、傷だらけのロレックスの見慣れた表面に目をやる。もうすぐ中国時間で午後二時四五分だが、ネパール時間では正午過ぎ。ここはふたつの国の境界線にあるのだ。山頂にいる時刻としてはかなり遅い部類に入りつつある。無茶というわけではないにしても、そろそろ動いたほうがいい。

半ば意識を失っているネルソン・テイト・ジュニアを頂上からおろすと、雪の上に座らせ、下山できるよう準備をさせた。

少年の指に関して、これ以上できることはない。キャンプにおりてから処置をすることになるが、それは耐えがたい苦痛だろう。しかし今大切なのは動くこと、片方の足をもう片方の前に動かすことだ。

高流量の酸素、クインとダワが見つけた唯一の凍っていないボトルから口にしたたらせたジュース、消炎鎮痛剤イブプロフェン数錠によって、少年は少し生気を取り戻した。

それが充分効果を発揮することを願いつつ、クインはこれから下山することをサロンに連絡しようとした。

クインのコールサインを聞いたとたん、サロンは長々と悪態を浴びせかけた。

「黙れ」堪忍袋の緒が切れ、クインは無線機に怒鳴った。少年に背を向けて、もう少し小さな声で続ける。「いいか、サロン、つまらんことを言うのは、もしおれたちが無事におりられたらにしろ。もし、だぞ。今大事なのは坊やの命を救うことだ。指じゃなく。高地キャンプで、手を貸してくれそうな人間をできるだけ多く集めることに努めてくれ」

長い沈黙のあと、ゆっくりと明瞭な返事があった。「わかった、ニール・クイン、そういうことだな。坊やのためにできるだけのことはしよう。だが肝に銘じておけ。本当におまえの言うような状況だとしたら、おれは窮地に陥っているってことだ。もし生きておりてこられたとしても、おまえとはけりをつけることになるぞ」

クインは無線機を切った。サロンに言うべきことは言った。

そこに立ったまま、どうやって下山すればいいかと思案した。体は冷えている。実のところ、少々冷えすぎている。高山病は避けられないが、酸素ボンベを取り戻したので、まずまず元気で頭も明瞭だ。何度か深呼吸をしながら、自分たちにはあとどれくらい酸素が残っているか、下のマッシュルームロックにどれだけ置いてきたかを計算しようとした。正確な答えは出なかった――思ったほど頭は明瞭でないのかもしれない――けれど、酸素は充分あるはずだ。

山頂から下を眺める。さっき北壁から下に広がっていた雲は薄くなっていた。左にくっきり見えるのは、エベレストの北峰チャンツェの頂上だ。その向こうにはロンブク氷河の広い谷。割れた白い氷とごつごつした茶色い氷堆石が、泡立つミルクコーヒーの広い川のように山肌を削って氷の道を作っている。それらが見えるのは安定した天候が続くことを示すいい兆しだ。振り返ると、世界第六位の大きな山チョ・オユーと、さらに遠くの、曲線を描く稜線の向こうにチベット最高峰シシャパンマの白いこぶがあった。クインは両方に登ったことがある。

おれはまたあの山々に登れるのか？　それとも、下山できずにここで死ぬことになるのか？

不意に浮かんだ疑問に、彼はショックを受けた。そんな疑念を追いやるため、あわててふたつの山に背を向け、北東稜を目でなぞる。そのとき寒さで激しく体が震えた。いや、少年を連れてあのぐらつく岩、滑りやすい氷、割れた雪のある狭い道を戻ることを考えたからか？　あの尾根が、これほど危険で恐ろしく見えたことはなかった。

くそっ、これは困難な下山になりそうだぞ。

この高みからは、生き残るための最大の難所がよく見えた。三箇所の〝ステップ〟――何層も重なった平らな岩板《スラブ》が山の斜面から突き出して急峻な崖となっているところだ。

どれも無事に下山するための障害物だが、特に危険なのはセカンドステップだった。標高約八六〇〇メートルのセカンドステップは、エベレスト山頂の北の番人である。常に陰になっていて暗く、そのためひどく寒くて、割れた氷が敷きつめられている。

岩の多い北壁から突き出していて、梁《はり》やゆるんだタイルがむき出しになった壊れた屋根を連想させる。

最も困難なのはその頂からの、高さ六メートルのほぼ垂直な岩壁だ。縦に割れ目が走り、結んだロープや古いはしごがスパゲティのように何本も垂れさがっている。酸素ボンベを背負い、視界が曇り、手の感覚を失い、足が動かず、極端な高度と疲労で頭がぼうっとなった登山家にとって、北側からの登山における最も難しい場所だ。上に向かおうとする気力に満ちた人間にとっては挑戦だが、疲れて注意散漫になった下山者にとっては事故のもととなる。

セカンドステップをおりなければならないという思いを、〝そのときはそのときだ〟という気持ちで頭から追い出し、クインはダワを捜してそろそろ出発だと伝えようとした。

ダワは山頂での最後の時間を過ごしていた。明るい空に向かって立つ彼の古いジャケットの前は、つぎはぎだらけのニューヨークのアスファルトのごとく、これまでの数多くの登山におけるスポンサーのバッジだらけだ。このシェルパの過酷で危険なキャリアが自分の会社の宣伝になると考えた会社のお偉いさんが、スポンサーになってきた。実際にはまったくなっていないのだが。

クインはダワがひざまずいて何枚もの祈禱旗を結びつけるのを見ていた。手を離した瞬間、旗は色とりどりに広がり、ねじれながら空中に舞い、眼下の巨大な空洞をものともせず急峻な崖カンシュン・フェースの上を飛んでいった。そのあとダワは立ち上がって手を突き出し、下山の幸運を祈って米を投げた。

たしかに幸運は必要だな。

その米は仏教の僧侶の祝福を受けたものだろう。もしかするとダライ・ラマかもしれない。米を投げるたびに、ダワは「チェ・ツォ。チェ・ツォ」と繰り返し、山の女神に長寿を祈った。このあとは保護を祈って「オム・マニ・ペメ・フン」というチベット仏教のマントラを唱えるのだろう。クインはシェルパたちが山の難所でこれを繰り返し唱えるのをよく聞いている。彼らがそれを鼻に抜けるような声でとぎれることなくつぶやくと、まるで蜂のブンブンという羽音に聞こえる。

クインに見られているのに気づいたダワは、行けと合図したあと、自らとペンバを指差して親指を上げ、自分たちは大丈夫だと知らせた。クインはすぐさま少年に注意を向けた。宗教色のない彼自身のマントラである「集中、集中」という言葉を唱えつつ、ネルソン・テイト・ジュニアを引っ張って立たせた。

幸い、少年は立ったままでいてくれた。

クインは少年の酸素ボンベをもう一度確認し、肩をつかんでマスク越しに顔をのぞき込んだ。

「おれを見ろ。行くぞ。下山するんだ。きみならできる。きみは山をおりる。無事下山しないかぎり、登頂成功とは言えない。わかるか？　とにかく集中しろ。一歩一歩に意識を集中させる。おれがそばについている。集中。集中。集中。わかったな？」

少年は弱々しくうなずいた。

「わかったな、と言ったんだ」

「わかった」かすかな声が答える。

「よし」

クインは屈み込み、最初に少年の介抱をした場所で雪に深く差し込んだピッケルを取ろうとした。少年の空の酸素ボンベはまだピッケルに引っかかっている。

そのとき急に腕を引っ張られた。

振り返ると、少年がミトンをはめた手で胸ポケットのファスナーをつかもうとしている。

今度はなんだ？

クインは少年のファスナーから雪を払ってポケットを開け、中に手を入れた。鋲《びょう》を打った幅広いストラップのようなものがある。

引っ張り出したものは、首輪だった――鋲を打った、分厚い革製の犬の首輪。

少年はクインの顔を見上げた。「約束したんだ……山頂に置いてくるって……バディのために」

「おい、そんなばかばかしいことをやっている時間はないぞ」クインは首を横に振り、神に助けを求めるかのように天を仰《あお》いだ。だが、約束を思い出すくらい少年の頭が働いているのだと思うと、楽観的な気分にもなった。少年を満足させてやるべきだ。

そうしたら少年も、下山する元気を出してくれるかもしれない。クインはそう自分に言い聞かせ、早足で山頂まで戻って、雪から突き出したアルミの棒に首輪を引っかけた。棒には既に、ほかの登山者が水色の数珠《じゅず》をかけていた。数珠と首輪の組み合わせを少々冒瀆的《ぼうとくてき》に思いつつも、クインは少年に首輪がここだと示した。そのあと下を指差し、今度こそ下山しようとうながした。

ネルソン・テイト・ジュニアはゆっくり坂道をおりはじめた。

クインがあとに続く。

少年は一〇歩ほど進んだあと、雪の中に崩れ落ちた。

クインが彼を起こす。

さらに一五歩行き、少年はまた立ち止まって座り込んだ。

クインは再度少年を立たせ、今回はきつく言った。「どんなときでも、二本の足で立っていろ。もっとゆっくりでもいいから、絶対に止まるな。座るのもだめだ。立ち上がろうとするたびに力を使うから、ただ歩いているよりも疲れてしまう。家族のことを考えろ。犬のことを考えろ。なんでもいいから、山をおりたら何をしたいかを考えろ。おれがいいと言うまで、止まることだけは考えるな。動きつづけろ。さもないと……」クインは唐突に口をつぐみ、〝死ぬぞ〟という最後の言葉をのみ込んだ。

少年を叱っているあいだ、バックパックから紫色のロープを出してふたりの腰のハーネスに結びつけた。残ったロープは肩にかけ、それも結んで、できるかぎり少年と離れないようにした。これだけ短いロープでつないでいたら、なんとか少年を歩かせることができるだろう。

説得とロープの組み合わせは功を奏したようだった。

少年はおぼつかない足取りながら、雪に覆われた部分をおりていった。そこから三五度の傾斜の岩場をゆっくりとおり、次の雪の場所まで行く。

岩場から雪に足を踏み入れたとき、クインは山頂にピッケルを忘れてきたことに気づいてうろたえた。

ちくしょう、あの犬の首輪のせいだ。

取りに戻るのは無理だ。ダワに取ってきてもらおうと無線で呼びかけたが、応答はなかった。

今後ピッケルが必要にならないことを神に祈った。だが、いずれ必要となることはわかっていた。

8

何度か岩にぶつかりながらも、ニール・クインとネルソン・テイト・ジュニアはサードステップを大過なくおりることができた。これは三つのステップのうち最小で、高さは九メートルしかなく、険しい崖というよりごつごつした岩の坂道だった。

その下の岩だらけの台地は、風が吹きさらしてはいるが広くて歩きやすい。クインはでこぼこの石や砂利の道を、少年をうながして進んだ。目は、自分と紫のロープで結ばれて前をよたよた歩く黄色いダウンスーツに据えている。少年がサードステップで岩をしっかり踏みしめようとしたとき、アイゼン（滑り止めのため登山靴の底に装着する、鉄製の爪をつけた道具）の鋭い爪がゲートルを引っかけて破り、その下のダウンスーツの脚を切り裂いていた。裂け目から、重い足取りで一歩進むごとに羽毛が歯磨き粉のようにはみ出し、風にふわふわ飛ばされていく。少年の手はだらりと脇におろされている。凍傷になった指は動かせない。彼はおそらくほとんどの指を失うだろう。

まずいぞ。非常にまずい。

この事態が確実に招くであろう混乱については考えないようにして、クインはこれから出現するセカンドステップに思いを集中させた。ほぼ垂直の崖をどうやっておりるのか、真剣に考えねばならない。

登ってくるとき、ダワとリャクパはそこに新しく黄色いナイロンのロープを垂らしていた。通常の下山時なら、そのロープにつかまり、古いはしごに足をかけてゆっくり懸垂下降するだけでいい。だがそのためには、ロープの下降器《ディッセンダー》を操る巧みな手の動き、踏み外さないように一段一段おりていく脚の力、三〇〇メートル下が見えるところにぶらさがっていても集中できる精神力が必要だ。強い突風に吹かれて少年が膝から崩れ落ちたのを見たクインの目には、ネルソン・テイト・ジュニアにそうした能力のどれも備わっていないことが明白だった。

クインは急いで少年を立たせながら、助けを求めて振り返り、坂道の上にダワとペンバの姿を捜した。いない。ダワの無線機にも応答がない。もしかすると、またペンバが苦しんでいるのかもしれない。あるいは無線機の電池が切れたのかもしれない。いずれにせよ、こんな寒い場所でじっと待ってはいられない。何しろ少年は凍傷にかかっているのだから。

特に懸念されるのは、少年がうまくディッセンダーを操って懸垂下降できそうにないことだ。ひとつの失敗が死につながる。唯一考えられる方法は、少年を紫のロープにつないで、岩壁に突き出す小さな岩棚まで支点《アンカー》からおろしていくことだ。少年はそこでクインがおりてくるのを待てばいい。格好よくはないとしても、少なくともクインは少年をコントロールできる。運頼みなのはわかっているが、ほかにどうしようもない。その場その場をなんとかしのいでいくしかない。

クインは少年に手を貸してセカンドステップのひび割れた危険なスラブの上を慎重に歩かせ、端で止めた。そこで少年の体に黄色いロープをしっかり結びつけて座らせた。身を乗り出して崖の上部を確かめる。岩が白黒のうろこ状に重なって、はるか下にある氷河まで急斜面が続いている。クインは思わず息をのんだ。

振り返ると、少年を吊るすアンカーを固定することに思いを集中させた。横のほうに、岩にしっかり埋め込まれた古い金属の鉤状金具《ハーケン》が見えた。ざらざらのハーケンは、それを支える古い岩と同じくらい黒く、永遠の昔からそこにあるかのようだ。クインは金属環《カラビナ》をハーケンの穴に通した。どれだけ強く引っ張ってもハーケンは動かない。これなら大丈夫だ。

クインがアンカーを準備しているあいだ、少年はぐったり横たわっていた。ここをどういうふうにおりていくかを、クインは少年の頭に叩き込んだ。これが、家、両親、犬のもとへ戻るまでの唯一の難所だ、と怒鳴った。今回は明言した——これを越えれば生きて帰れる、と。

準備ができ、行っていいとクインが合図すると、少年は弱々しく膝をついて立ち上がった。

よろめきながらのろのろと振り向いてクインと顔を合わせ、ロープがぴんと張るまで後ろに体重をかける。

「集中だぞ、いいな?」

ネルソン・テイト・ジュニアは一度うなずいてあとずさり、ゆっくり崖の向こうに消えていった。

突風がクインに吹きつけ、体の芯まで冷やす。彼は切り立った岩の上で少しずつロープをおろしていった。

時間が経過する。

ロープが軽く引っ張られたので、少年がはしごの上までたどりついたことがわかった。

クインは少年が下降を続けられるよう、古いハーケンに結びつけた紫色のロープを徐々におろしつづけた。

うまくいっている。

荒い息の合間に励ましの言葉をかけた。

「行け。行け。行け!」

半ばあたりで、はしごに巻きつけられていた古いロープに右のアイゼンが引っかかった。

少年は足を振ってほどこうとした。

一度。

二度。

三度目に足を振り上げたときアイゼンがロープから外れたが、その反動で彼はバランスを崩した。

横倒しになってはしごの右側まで揺れ、岩壁に激突する。弾みでひとかたまりの雪とゆるんだ岩が岩壁から落ちた。

クインからその様子は見えなかったものの、ロープの感触で何が起こったかは見当がついた。

紫色のロープが下に引っ張られ、つかんでいたクインのミトンを裂き、アンカーに支えられてぴんと張る。

クインにできるのは、山側に体を倒して、渾身《こんしん》の力でロープをつかんでおくことだけだった。ロープに持っていかれたかのように、心臓が口から飛び出しそうになる。

様子を見たくても、ぶらさがった少年が視界に入るところまで身を乗り出すことはできない。答えろ、何があったか教えろと怒鳴っても、少年の声は返ってこない。聞こえるのは、金属を切る弓のこのように激しく動く心臓の音だけだ。

永遠にも思える数分が経過した。

クインは意識して大きく息を吸い、少年を助けに行こうと身構えた。ところが驚いたことに、立ち上がろうとした瞬間、ロープの張力が少しゆるんだ。少年がはしごに戻って足をかけたらしい。

ふたたびロープが張る。

少年は下降を再開したのだ。

信じられない。

クインが手をゆるめてロープを少しおろしたところで、また動きが止まった。今回、ロープは何度か軽く引っ張られた。少年は岩壁の下の雪に覆われた斜面に到達したようだ。

自分の体が固定された黄色いロープにつながれているのを再確認したあと、クインは古いハーケンに留めた紫色のロープを外し、ステップの端まで移動した。

眼下に少年の姿が見えた。切り立った壁にもたれて岩棚に立っている。

クインも下降を始めた。紫色のロープを回収しながらおりていく。

はしごに到達した瞬間、少年がぶつかったときにゆるんだ雪や岩が壁からはがれ、彼の横をかすめて落ちはじめた。

何かが落ちてくるたびにクインははしごの金属フレームにしがみつき、すり切れた横木に顔を押しつけた。無数の鋭いアイゼンが何年ものあいだに横木につけていった引っかき傷やすり傷がすぐ目の前に見える。雪や岩の落下が止まると、クインは下降を再開し、崖の下に到達することだけに神経を集中させて進んでいった。

目的地に近づいたことを察知したので、はしごから不安定な足場におりようとした。そのとき頭上から何かが滑ってくる音がして、彼はふと顔を上げた。

次の瞬間、意識を失った。


覚醒したとき、ニール・クインは雪をかぶって傾斜した岩棚にうつぶせに倒れていた。

スノーゴーグルと酸素マスクはずり上がり、口と鼻は凍りついた雪に突っ込んでいる。

顔を上げると、ここでは考えられないほど温かなものが額から垂れてきた。

血？

それは右目に流れ込んだ。

頭が割れそうに痛む。

どのくらい意識を失っていたのだろう？　数秒？　数分？

くらくらする頭を弱々しく持ち上げ、顔をぬぐい、酸素マスクを口に戻す。

しばらくは、呼吸をすることしかできなかった。

やがて体を動かせるようになると横を向き、彼の落下を招いたらしい小規模な雪崩《なだれ》の跡に目をやった。それは斜面を越えてさらに下へ向かっている。

血まみれの曇った目が、腰のハーネスに留められたままの紫色のロープをとらえた。

自分が何かを捜しているのはわかっている。

なんだろう？

ねじれた紫色のロープを目で追っていくと、その先には鋭くとがった岩の薄片があった。ロープはそこで切れている。

ロープの先を眺めたクインは、あの岩がロープを切り裂いたらしいとぼんやり考えた。

そのとき突然、また岩が頭にぶつかった気がした。だがそれは、痛む頭に記憶がよみがえったからだった。このロープの先にあるべきものを思い出したのだ。

9

一九三八年一〇月一日
午後九時三〇分
オーストリア南西部　パツナウン渓谷

山岳兵たちとユダヤ人一家が牛小屋の裏の道から歩きはじめたとき、雨は小降りになっていた。滑りやすく狭い道は、丘陵の動物も恐れをなすうっそうとした急斜面に沿って、ジグザグに大きく曲がりくねり、しだれた木々のあいだを通っている。

いつもどおり先頭はギュンターだった。彼は老人を列の前方に並ばせた。常に、そうやって彼らの速度に合わせてゆっくり、しかし着実なペースで進むのだ。のろのろ歩く列の中ほどでは、クルトが少女ふたりのうち年長のほうを乗せたラバを引いている。ヨーゼフは最後尾で、もう一頭のラバを連れて進んだ。ラバの背中には幼いイルザが座っている。痩せ細った脚はラバの濡れた腹の両側に垂れ、小さな足はキャンバス布で巻いたごつごつした靴に包まれている。ラバが急な動きをするたびに、足はラバの胸郭からぴょんと跳ね上がった。

ときどき誰かが足を滑らせたりよろけたりした。そのたびに列はいったん止まるけれど、また本能に駆られたかのように動きだす。たまに誰かが苦しそうに咳《せき》をしたが、かすかな音にも静かにとささやくギュンターの叱責《しっせき》を招かないよう、袖で口を覆っていた。途中でヨーゼフは、イルザの泣き声を聞いたように思った。どうしたのかと小声で尋ねると、泣き声はやんだが、返事はなかった。ヨーゼフは彼女を気の毒に思った。いや、彼ら全員を。最近の何度かの運搬では、逃亡者、とりわけ子どもたちはひどくやつれ、おびえていた。そのため彼は、自分たち三人が必死の逃亡者に山越えをさせているのは同情からではない、と自らに言い聞かせねばならなかった。いつもそうしているから、そして金がもらえるからだ。

ギュンターとクルトとヨーゼフの三人は、バイエルンアルプス山中の小さな集落出身だった。山に囲まれた地で、人々は兵士としてではなく、羊飼いや猟師やガイドや密輸業者として生計を立てていた。先の世界大戦の三年目に白っぽい石灰岩のドロミテ山地が爆破されたのは、ヨーゼフが五歳、クルトが六歳、ギュンターが八歳のときだった。イタリア軍はドイツ軍が配備された山の下に三カ月かけて巧みな爆破用トンネルを掘り、大量の爆弾を仕掛けた。その朝、イタリア山岳軍がついに三〇トンのダイナマイトに点火したとき、山の上ではチロル王立猟兵が朝食を調理し、よだれの出そうなベーコンのにおいは白く柔らかな岩の裂け目を通って下方まで漂っていた。それが、ドイツ兵が最後にかいだにおいとなった。眼下の谷から山全体が浮き上がり、沸騰《ふっとう》した牛乳のごとく中身があふれ出たと言われている。

第七一連隊の歩兵だったヨーゼフたちの父親は全員、その日の朝食を口にすることなく、何が起こったのかわからないうちに、空腹のまま爆死した。同様に何も知らずに遺《のこ》された少年たちは、早く大人になることを余儀なくされた。我慢強いが疲れた母親を支え、無力な姉妹を守るため、彼らは働けるようになるとすぐ高山で働きはじめた。ヨーゼフには、父親が死んだとき八歳だった姉のトゥルドルと二歳の妹アヴァがいた。その日以来、彼は家族のためにできるだけのことをした。一九三五年、既に成人していたヨーゼフたち三人は第九九山岳猟兵部隊に徴兵された。アドルフ・ヒトラーの指示により、新たな栄光のため従来の組織を改編して作られた歩兵連隊である。三人は熱意もなく入隊し、総統への忠誠の誓いをぼそぼそと口にした。伝統的な山の仕事で既に成功をおさめていた三人にとって、兵士としてのわずかな給料のために時間と能力を捧げることに魅力はなかった。政治にも、帝国の建設にも、ほかの民族は信頼できない輩《やから》であるとの主張にも、関心はなかった。三人とも、海を見たこともなかったのだ。

ガルミッシュ＝パルテンキルヒェンの兵舎で、三人は幼いときから知っている山岳技術を若い新兵に教えるという退屈な軍務に携わった。しかし、軍服とドイツ国防軍の通行証が、もっと実入りのいい山の商売に利用できると悟ったときには、しめたと思った。ナチスで流行するアルプス礼賛のための登山でガイドを務め、レイヨウや猪《いのしし》や熊狩りを行うナチス高官や実業家を案内した。最大の利益をもたらしたのは、ひそかにオーストリアを抜けてスイスまで山越えをし、逃亡者を脱出させて代わりに外国製タバコや外貨を持って帰る商売だ。彼らはそのために、自分たちの祖先しか知らない高地の隠されたルートを利用した。地図上の道や境界線を無視して、自然の地勢における危険箇所をあえて進む、忘れられた密輸ルートだ。ナチス率いる第三帝国の反逆罪では、逃亡者を助けても外資を密輸しても死刑となる。だが、岩壁から落ちても傷ついた猪の牙に刺されてもどうせ死ぬのだから、危険という意味では同じだった。

三人の中では、ギュンターは生まれながらの指導者、クルトは寡黙な狩人、ヨーゼフはどんな岩壁も登れる俊敏な登山家だった。三人の能力を合わせれば、誰でも、なんでも、高い山を越えさせることができた。ナチスが禁制品を増やせば増やすほど、三人の仕事の需要と報酬は高くなった。彼らを正式に軍所属山岳ガイド兼指導者と認定する山岳ガイド兵バッジが最近支給されたことによって、併合したばかりのドイツとオーストリアの山中を〝訓練〟を装って歩きまわることがいっそう容易になった。

今回の輸送は今年に入って八回目、パッナウン渓谷を越える秘密のルートを用いるのは三回目だ。オーストリア国境警察の目を惑わせるため、いくつかのルートを順番に使っているが、ときどきそんな必要はあるのかと疑問に思ってしまう。警察が高山に入ってくることはまずない。特に雪が降っているときは。

今夜もいつもとまったく変わりなく進んだ。歩く。止まる。また歩きだす。話はしない。数時間が経過した。一同はぬかるみ、寒さ、困難な歩行のことを心から追い出し、それぞれの希望、恐怖、記憶、夢に思いを馳せた。ヨーゼフはいつものとおり、行ってみたい山、これまでの登山、これからする登山について考えることに没頭した。山のことなら何時間でも夢想できる。それが彼なりの、現実世界を心から締め出し、兵舎の退屈な生活に耐え、自分たちが冒している危険から気をそらし、おびえた人々――特に彼自身の無力な姉妹を想起させる幼い少女たち――を無視する方法だったのだ。

10

一二人の列が生育不良の松林から出て草深く険しい坂道に差しかかったとき、空は晴れていた。雨雲は北に移動し、今や頭上には明るい星をちりばめた真っ黒な空が広がっている。遠くの高い山の稜線にはときおり稲妻が走った。閃光《せんこう》が生じるたびに、彼らが向かう高く狭い尾根がかすかに照らされ、秋の初雪をかぶった白い姿が浮き上がる。

一行は身を隠すものがない道を前へ、上へと進んでいった。列は少し前後に伸びたが、それでも順調に進んでいる。ヨーゼフはときどき、後ろのラバに乗った少女が小さく歌う声を聞いた。もう泣いていないのはたしかだ。静かにしろとは、どうしても言えなかった。次の休憩のとき、ヨーゼフは巻いた毛布をさっと広げ、暖を取るため頭からかぶっておくやり方を教えた。少女は小さな顔の中で大きく目を見開いて黙って聞き入り、ヨーゼフは彼女をラバの背に戻した。五分後、おずおずとした小さな声が聞こえた。「ありがと、お兄ちゃん」

狭い道は、上に向かうにつれて直線になり、やがて険しい山腹の横の草深い窪地を越えた。顔を上げると、斜め上方に向かう山の線がかすかに見える。足元は長い坂道だった。雪の結晶がちらほら現れはじめ、細い道の両側に生えた草をそっと覆っていく。冷たい風が吹きつけだして、彼らの顔は冷えきり、露出した鼻や手袋のない指の先端は赤くなった。尾根を越える最後の難所に行きつくまでにはまだしばらくあるが、逃亡者たちはここから本格的に困難な山歩きに苦労しはじめることになる。ここは山腹に切り込む無限の巨大な階段のようになっている、最も険しく歩きづらいところだ。逃亡者たちはここで必ずへとへとになる。登りきったところにある小さな礼拝堂は、単に便利なだけでなく欠かせない休憩所となっている。

ザンクト・クリストフ礼拝堂は、なんらかの形で三〇〇年以上前から存在していたらしい。敬虔《けいけん》な巡礼者よりも羊飼いや猟師が多く利用してきた簡素な石造りの建物は、旅の最大の難所に備えるための、一時的ではあっても有用な避難所になる。また、ラバを置いていくのにも絶好の場所だ。この先の道は花崗岩の崖になっていて、ラバは越えられない。これがスイスへの最後の障壁である。ここでは国境警備を増強する必要がない。でこぼこのそびえ立つ岩壁が自然の国境線を形成しており、その隙間に隠された狭い獣道《けものみち》を知らない者が崖を越えるのは不可能だ。崖の向こうをまっすぐくだっていけばスイスの取引相手に会える。そこでユダヤ人と、大きな籐の背負子《しょいこ》三つを交換する。背負子のそれぞれにはきっちり四〇キロの荷が詰められている。それを礼拝堂まで背負って登るのはいつも骨の折れる作業だが、そこまで行けば、きつく縛られた荷の一部をラバに載せ、眼下の渓谷までおりていくことができる。

自分たちがいくら分の外貨や商品を運んでいるのか、ヨーゼフは知らない。中を見たこともない。荷はすぐに、縛って封をした状態のまま、渓谷の道路で待機するミュンヘン・ナンバーの黒いベンツの開いたトランクに入れられる。トランクが閉じて初めて、何カートンもの外国製タバコと紙幣の入った分厚い封筒が、助手席の窓からギュンターに無言で手渡される。ヨーゼフはしばしばギュンターがこの取引の詳細についてどれくらい知っているのかと考えたものだが、何度質問しても答えは常に同じだった。「知らないほうが安全だ」

やがて道は急カーブに差しかかった。

一同はぞっとした顔で勾配を登りはじめた。ヨーゼフはいつもの癖で、歩数を一〇〇まで数えては、またゼロから数えはじめた。一〇〇までの繰り返しが何度も続き、道がさらに険しくなると、小さな礼拝堂の手前の最高点に近づいているのがわかった。ここでちょっと休憩してタバコが吸えればいいのだが。ヨーゼフの脚も痛くなってきた。

腕時計を見る。ぼうっと光る針は午前一時四五分を指していた。まずまずいいペースだ。道の頂点を見ようと顔を上げたヨーゼフは、その輪郭が弱い光で一瞬照らされたのでおやっと思った。「また稲妻だ」とつぶやく。高いところまで来ているので、雷は近づいている。朝までにはまた悪天候に襲われそうだ。

ヨーゼフが引いているラバの足取りが、きつい勾配に苦しんで遅くなりはじめた。ヨーゼフが歩みをうながすため頭絡をきつく引いたとき、頭上の闇の中で何かが動いた。

大きな岩が飛び出して、雪をかぶった草の上を跳ねながら彼らのすぐ右を勢いよく転げ落ち、眼下の暗闇に消えていった。

一同はぎょっとして固まり、ヨーゼフとクルトは落石におびえたラバを必死でなだめた。

ヨーゼフは幸運だった。ちょうどラバの頭絡をきつくつかんだところだったため、ラバの頭をさげさせ、ささやきかけて落ち着かせ、もう片方の手でイルザが落ちないよう押さえておくことができたのだ。一方クルトは手綱をゆるめていたので、ラバは驚いて後ろ脚で立ち上がり、横によろめいた。背中に乗せていた年長の少女を投げ出して、険しく滑りやすい道でなんとか足がかりを得ようともがく。

クルトとユダヤ人の男ふたりが俊敏に動き、ラバが坂道をずるずると滑るのを止めようとした。彼らはラバを止められたが、その前に、おびえたラバのいななきと放り出された少女の悲鳴が静寂を破っていた。

不安に包まれた沈黙が戻る。すると上方の闇でさらなる動きがあった。

三頭のレイヨウが夜気を切り裂いて飛び出してきた。一頭はオスだ。太くて筋が入り、きれいなカーブを描く角は、暗い中で白っぽく光っている。岩と同じくレイヨウも険しい坂道を飛ぶようにおりてきて、短い尾でハンドルを切ったごとく急カーブして彼らのすぐ横を駆け抜けた。顔を覆ったスカーフ越しにレイヨウのにおいがした。トラックの後部に漂っていたチーズ以上に鼻をつくにおいだ。

ラバがまたパニックを起こしたが、今回クルトとユダヤ人ふたりはラバを押さえられた。苦労したのはヨーゼフのほうだった。

腕を伸ばして幼いイルザをラバの背から引きおろして脇に抱え、ラバが逃げ出さないようハーネスを引っ張る。ラバは暴れたけれど、ヨーゼフはしっかりつかんで手を離さず、徐々にラバを落ち着かせた。

ふたたび山腹に、緊迫感に包まれた静寂が広がった。

少女ふたりは身を震わせているが、怪我《けが》はしていない。

一同がどうしていいかわからずじっと待っていると、やがてギュンターの声が闇の中に響いた。

「大丈夫だ。今のは単なるレイヨウ、山に住むヤギだ。歩きつづけろ。歩きつづけるんだ。礼拝堂は近い。そこで休憩できる」

彼らはまたのろのろと歩きはじめた。疲労と恐怖で、誰の心臓も激しく打っていた。ラバはまだおびえているので、ヨーゼフはイルザをおんぶした。少女はしっかり抱きつき、ヨーゼフはラバを引いて最後の道のりを進んだ。イルザは羽毛のように軽い。ふと子ども時代が思い出された。雑用をすべて終えて珍しくできた遊び時間に、妹のアヴァをおぶったことがあった。また「ありがと」と小さな声が聞こえた気がしたが、はっきりとはわからない。仮にイルザが礼を言わなかったとしても、ヨーゼフは彼女をスイスまでおぶっていこうと決心していた。帰りの荷に比べたら、イルザの体重などないに等しいのだ。

11

分厚い雪の層に覆われた道は、ようやく平らになりはじめた。狭い尾根に沿って右に曲がると、ついに礼拝堂のドアのない入り口にたどりついた。

疲れた一行は急いでぞろぞろと中に入った。

ヨーゼフはイルザをおろした。少女はヨーゼフをちらっと見たあと、入り口の横の錆《さ》びた金属の輪にラバの手綱を結んでいる彼を残して、礼拝堂に駆け込んだ。クルトは古い石造りの水槽に張った氷を、鋲釘《びょうくぎ》を打った靴の踵《かかと》で割った。ヨーゼフはクルトの肩をぽんと叩き、彼に続いて礼拝堂に入った。

中ではギュンターがランプを灯して、狭い礼拝堂の奥に置かれた御影石製の何もない祭壇に置いていた。小さな揺れる炎が、床に崩れ落ちたりざらざらの石壁にもたれたりしているユダヤ人の頭上に固定された、素朴な十字架を照らす。

山岳ガイド三人は彼らのあいだを動きながら体調を尋ね、靴に巻いた布を調べて、よくやった、ここで三〇分休憩すると告げた。最後の山道を越える元気をつけるため、パンと、水かワインを与えた。

ユダヤ人は不明瞭に礼の言葉を口にした。まだレイヨウに脅されたせいでびくびくしてはいるが、老人ですら目をうっすら輝かせている。もうすぐ逃亡の旅が終わるとわかっているのだ。

　ヨーゼフは祭壇の横に身を寄せていたイルザのところまで来ると、軍支給のチョコレート、赤い缶入りのショカコーラを取り出した。カフェインたっぷりの苦いチョコレートはあまり子ども向きではないが、最後の国境越えに備えて少しは元気が出るだろう。

　アルミホイルをむいてチョコレートを取り出し、細かく割る。少女は物欲しそうに小片を見たけれど、ヨーゼフが差し出したかけらを指でつまむのに苦労した。ヨーゼフが手を取って薄いウールの手袋に触れてみると、それは濡れて冷たくなっていた。彼は手袋をはがし、小さな手をぎゅっと握って温めてやり、あいた手でチョコレートのかけらを口まで運んで食べさせた。チョコレートは硬く、イルザは小さな歯で噛《か》み砕こうとした。

　少女はだしぬけに手袋をはめたほうの手を上げ、ヨーゼフが止める間もなく彼のスカーフを引きおろした。

　かすかな明かりの中、硬いチョコレートを噛もうと大げさに口をゆがめつつ、ヨーゼフの顔をじっと見つめる。

　ヨーゼフはギュンターに見られないよう顔を横に向け、イルザににっこり笑いかけた。

「まずいだろう？」

イルザがうなずく。

「チョコレートだよ、ぼくの顔じゃなくて！」

するとイルザは小さくふふっと笑った。

「だけど役に立つ。これからしばらく元気が出る。きみは山を越えられるよ、イルザ・ローゼンブルク」

ヨーゼフに名前を呼ばれたとき、イルザは少しびっくりしたようだった。小さな目でヨーゼフを見つめて尋ねる。「お兄ちゃんは、なんて名前？」

「秘密だよ」

「アドルフ？」

ヨーゼフはその質問に思わず笑ってしまったあと、やさしく、しかしわざとらしく「まさか！」と否定した。

イルザが微笑《ほほえ》みを返す。幼いなりに、ヨーゼフとふざけているつもりらしい。

すっかり警戒を解いたヨーゼフは、自分の名前をささやいた。

イルザが何か言い返そうとしたとき、ライフルの遊底《ボルト》を動かす音が次々と響いた。

ヨーゼフは人差し指を立て、絶対に動くなとイルザに合図した。

鋭い声が響く。「おまえたちは包囲された。今すぐ全員出てこい」

ギュンターは即座にランプを消した。

ユダヤ人の大人はパニックに陥った。

闇の中でヨーゼフはイルザの露出した手首をつかみ、伏せさせて石造りの祭壇のほうに引き寄せた。

重そうな石板の裏に小さな隙間があったので、とっさにイルザを押し込んだ。

礼拝堂の薄明るい戸口に人影が現れ、逃げ道をふさぐ。

次の瞬間、入り口を明るい光が照らした。まぶしさに瞬きするヨーゼフの目は、ひとりの人間の輪郭をとらえた。右手から枝つき手榴弾《しゅりゅうだん》をぶらさげ、頭には将校の帽子をかぶっている。

「出てこい！　全員だ！　両手を上げろ。さもないと、この手榴弾を投げ込むぞ！」

男は怒鳴った。

ユダヤ人はひとりずつゆっくり礼拝堂からまばゆい光の中に出ていった。

外ではスポットライトの両側に兵士が並んでいた。きらめくライフルや短機関銃をユダヤ人に向けている。

ギュンターとクルトとヨーゼフが出ていくと、兵士たちはいっせいに襲いかかって三人をとらえ、ユダヤ人から引き離した。

クルトはすぐに抵抗を始め、肩を回転させて彼らの手から腕を抜こうとした。すると兵士のひとりがライフルの銃床でクルトの首を殴った。もうひとりが右膝を横から蹴る。ヨーゼフは骨か軟骨の折れる音を聞いた。地面に倒れたクルトに、攻撃した兵士ふたりが上からのしかかり、うなってのたうつクルトを雪の中に押さえ込んだ。彼らは即座に狩猟用ナイフと書類を奪って将校に渡した。

それと同時に冷たい銃身がギュンターとヨーゼフの顎に下から押しつけられて、ふたりの抵抗を封じた。ふたりはそのまま光のほうに引っ張られた。革手袋をした手がギュンターの顔を覆うスカーフをはがす。ヨーゼフとギュンターの武器も取り上げられた。

兵士が作業をしているあいだ、その口からはコーヒーとタバコのむっとするにおいがヨーゼフのほうに漂ってきた。レイヨウよりひどいにおいだ。ヨーゼフは、将校の帽子を飾るドクロマークと、ヨーゼフたちのポケットを探る兵士のヘルメットの横につけられたルーン文字をふたつ並べたマークに気がついた。ドクロは親衛隊の帽章、並べたルーン文字は親衛隊のシンボルマークだ。

兵士たちはギュンターとヨーゼフの身分証を見つけるとすぐさま将校に渡し、将校は光にかざして眺めた。納得した彼は身分証を折って一歩さがり、堅苦しいベルリン訛りの、高慢な口調のドイツ語で話しかけた。「おまえたちを第九九山岳猟兵部隊ギュンター・シルンホッフェル上等兵、認識番号第一六五一／九九－一、同ヨーゼフ・ベッカー一等兵、認識番号第一六五九／九九－一、同クルト・ミュラー一等兵、認識番号第一六六三／九九－一と認める。ここにおまえたちを帝国への反逆罪で逮捕する。おまえたちはドイツへ送還され、軍法会議にかけられたうえ処罰される。連行しろ」

顎の下から銃がどけられた次の瞬間、背中に銃が突きつけられ、彼らは礼拝堂をあとにして雪の積もった狭い尾根道を歩かされた。

ほかの兵士ふたりがクルトを引っ張って立たせた。クルトはすぐさま右脚を折り、苦痛の悲鳴をあげて雪の中にまた倒れ込んだ。その様子を見た将校は兵士たちに止まれと命じた。ヨーゼフとギュンターを指差して声をあげる。「おまえたちふたり、戻ってこい。仲間を運んで谷までおりろ」

ヨーゼフはクルトを連れに戻るとき明るい礼拝堂に目をやり、少女が隠れたままでいることを祈った。そしてギュンターとふたりでクルトの腕を片方ずつつかんで引き上げた。クルトの右脚は使いものにならなかったので、ふたりでクルトを運んで坂道をおりていった。

尾根からおりるために道を曲がると、下は漆黒《しっこく》の闇だった。

数分後、ライフルが発射された。銃声は遠くの見えない山にぶつかったあと、何度もこだまを繰り返した。

もう一発、また一発。

ギュンターとともにクルトを運んで険しく細い道をおり、動きつづけろと兵士にうながされているあいだ、ヨーゼフはさらに四発の銃声を聞いた。

銃声がこだまするたびに吐き気が募る。

七発目が聞こえたとき、ギュンターが叫んだ。「親衛隊のくそったれ」

彼は顔面を殴られたが、それではへこたれなかった。

相手をせせら笑った。

背後から別の兵士がＭＰ38機関銃の銃床でギュンターの後頭部を殴った。

今回ギュンターはくずおれ、クルトとヨーゼフも一緒に倒れた。

道の脇で雪の中に倒れ込んだヨーゼフの頭上から、二頭のラバが狂ったようにいななく声が聞こえた。

男の声が叫ぶ。「イルザ！　イルザ！　イルザ！」

絶望的な悲鳴は機関銃の銃声によってさえぎられた。軍用ブーツに蹴られ、「立て！　早く！」と怒鳴られたヨーゼフは、雪の中から起き上がった。

立って振り返ったとき、爆発の閃光が尾根を明るいオレンジ色に照らした。

大量の石が雪崩のように山腹を転げ落ちる。

爆発音はヨーゼフの頭からすべての感覚を奪った。渓谷に戻るまでのあいだ、その轟音はヨーゼフの麻痺《まひ》した心の中で響きつづけていた。

12

二〇〇九年五月二六日
午後五時〇七分
エベレスト　北東稜　セカンドステップ——標高八六三五メートル

何がなくなっているのかを悟って、クインは呆然《ぼうぜん》とした。横たわった彼の脳裏に浮かぶのは、ネルソン・テイト・ジュニアの体が落石に打たれて岩棚からボロ人形のように転がり落ちる場面だった。バックパックが飛び、酸素ボンベがくるくる回転し、鋭い岩の角にぶつかるたびに黄色いダウンスーツが裂けて血と羽毛が噴出し……。

やめろ！

そんな想像から思いをそらし、スノーゴーグルをつけろと自分に命じる。だが、急いでつけたゴーグルの硬いプラスチックレンズは真っぷたつに割れていた。これでは使いものにならない。頭からゴーグルを外して投げ捨てた。手袋を見ると、額から流れた血にまみれている。止血のため額の傷を押さえて圧迫していると、また少年が落下する場面が頭に浮かんだ。やがてまったく別の思いが現れた。

動け。

おまえは助かる。

やってみるんだ。

あいている手で、岩壁の下部の硬い氷からはみ出していた、色あせたぼろぼろの赤いロープをつかんだ。

引っ張ってみる。

ロープはしっかり耐えている。

ひと呼吸置いたあと、体に残ったすべての力を込めてロープにつかまった。

ゆっくりとひざまずき、それから立ち上がる。

体をまっすぐ伸ばそうとすると、頭が回転儀《ジャイロスコープ》のようにぐるぐるまわった。立つだけで力を消耗したので、めまいがおさまるまで岩にもたれていることしかできなかった。

呼吸しろ。

乾燥した口の中に唾液があふれる。吐きそうだ。

反射的に酸素マスクを外した。だが必要なかった。胃からは何も出てこず、苦しさとともに空えずきしただけだった。最後に食事をしてから、かなりの時間が経過している。えずいたために、余計に呼吸が苦しくなった。

まだ胸のむかつきを感じつつ酸素マスクを口に戻したとき、目の前の岩に、ネルソン・テイト・ジュニアの体がはるか下に転がり落ちて血まみれでぺちゃんこになった姿が映し出された。

少年が落ちたことを考えるのはやめろ、自らを救うことを考えろ、と自分を怒鳴りつけた。

とにかく何かするんだ！

自分と少年を結びつけていた紫のロープを引っ張る。ほつれた切れ目が手元に来ると、自己嫌悪に駆られた。

切断されたロープを腰のハーネスから外して足元に落とした。

その場に突っ立って、役に立たないロープを眺める。やがて心の声が、少年の体はここでは見つからないと告げた。

捜せ！

さっき起き上がるのに使ったロープの端をつかんでふたたび引っ張り、山腹の氷に固定されて動かないことを確認したあと、じりじりと雪に覆われた岩棚の端まで近づいた。そこで止まっておずおずと身を乗り出し、首を伸ばして白黒の谷底を見おろした。

すぐにふたつの遺体が目に入った。ひとつは青、ひとつは緑をまとい、半ば雪に覆われ、ステップの真下の岩のあいだにはさまっている。だが黄色いダウンスーツを着た体は影も形もない。さらに遠くに目をやる。少年は山の脇から崖をまっすぐ落ちていったに違いないと思ったとき、大昔に忘れたはずの――あるいは強く抑圧されていただけか?――感覚がよみがえった。

跳べ! 明瞭な声が唐突に命令した。

脚が震え、視界がぼやける。

跳べ! 跳べ! 跳べ! 声は繰り返す。

クインのはらわたはねじれ、またしても吐き気が襲った。

彼をねじ伏せようとする混乱に打ち勝つため、意志の力で端からあとずさり、山腹まで戻った。

振り向いたとき、右側の岩から黒っぽいものが飛び出すのが見えた。やがて分厚い雲が出てあたりが暗くなった。

クインがその場所に目を据えていると、雲が薄くなり、またさっきのものが飛び出してきた。

小さく黒いものは吹きすさぶ風に揺られてのたうちまわったあと、羽をばたつかせて風に打ち勝ち、岩々のあいだに消えていった。

ヤマガラスだ。

最初クインは、あの鳥の存在を当然のものとして受け入れた。

何年ものあいだシェルパとともに遠征を繰り返したおかげで、クイン自身が信じているいないにかかわらず、潜在意識に彼らの迷信が植えつけられていたのだ。

シェルパは、ヤマガラスは死んだ登山者の魂を回収に来ると言う……。

ヤマガラスはしばらく姿を現さなかった。

待っているとき、神秘的な説明ではなく、鳥が実際にしているはずの、より現実的で胸の悪くなることに思いいたった。人間と違って、ヤマガラスは高地で生き抜く偉業を成し遂げることに興味を持っていない。鳥が高地生息記録を更新しつづける理由はただひとつ、食料だ。岩が突き出しているため、その向こうがどうなっているかは見えないが、カラスを引きつけたものの見当はつく。それを思うと胸が悪くなった。

狭い岩棚を見わたしていると、雪の中に新たな跡が見つかった。雪が削れて岩の表面が見えているところがある。

心臓が飛びはねた。

少年はあっちに行ったのだ！

一瞬、少年は落ちていないという可能性を考えた。しかし安堵《あんど》は長く続かなかった。

セカンドステップからの下山ルートは反対側だ。今見ている方向が行き止まりなのはわかっている。ごつごつした岩の出っ張りばかりで、あちらから安全な下山は望めない。

またカラスが現れると同時に、それが何を餌にしているかを思い出した。

だめだ。そんなことは許せない。

杖代わりになるピッケルがないことを恨《うら》みつつ、クインは露出した岩場を慎重に歩いてカラスに近づいていった。

最初のうち、この先は行き止まりにしか思えなかった。ところが端の岩が突き出している地点まで行ったとき、その向こうにも何かあることがわかった。

岩の端をつかんで支えながら見てみると、小さな崖のまわりにほんの一〇センチほどの幅の岩が突き出て狭い棚を作っているのがわかった。酸素マスクで眼下の視界がさえぎられる中、岩に抱きついたまま、アイゼンのとがった先端を割れ目に差し込んで岩をまわり込む。下にあるはずの巨大な虚空に吸い込まれそうになりながら。

13

岩の向こうの険しい崖には、岩が削られてできた小さな洞窟があった。

クインは洞窟に向かった。

岩棚をまわる困難な歩行のあいだ忘れていた真っ黒な鳥が、顔のすぐ前まで飛んできた。

鉤爪が酸素マスクに食い込み、カラスは動けなくなった。硬い翼をクインのむき出しの目や傷ついた額に向かってバタバタ叩きつけながら、なんとか逃れようともがく。暴れてつついてくる鳥を払いのけようと腕を出したため、クインはバランスを失って岩壁からよろけ、狭い洞窟の端に転がり落ちた。

手は滑りやすい地面をつかめず、アイゼンは傾斜した地面を懸命に引っかく。ゆるんだ氷や岩がアイゼンに掘り起こされて、三〇〇〇メートル真下の氷河に向かって落ちる。

クインはその氷や岩のあとを追うようにずるずる滑りはじめた。

何かをつかもうと、必死で腕を後ろに伸ばした。なんでもいい。

右手がピッケルの柄を叩いた。

ジュニアのピッケルか？

彼は渾身の力でそれをつかんだ。

柄は一瞬落下を止めてくれたが、すぐに氷から抜けてしまった。

直後にクインはまた下方へ滑りだした。

本当に落ちてしまう。

クインはピッケルを引きずった。金属の頭部が山腹を叩く。重力に引きずられ、落下の速度がどんどん上がる――重力は、この高度が唯一弱めることのできないものだ。

ピッケルの長い刃先が地面に引っかかった。

またすぐに外れた。

今度は、岩に横に入った亀裂に引っかかった。

ピッケルはすぐに止まったが、クインの体は勢いよく下に向かい、手が柄から離れかけた。

まだ落ちつづけている。

手が柄から完全に離れてしまう直前、柄の下端についた石突き部分をつかむことができた。

同時にアイゼンの先が岩の小さな割れ目に食い込んだ。

接点が二箇所。

二箇所で体が支えられた。

止まった。

クインはもう片方の足をより大きな割れ目に入れ、垂直の岩壁に両脚を広げてしがみつく格好になった。顔は冷たい結晶片岩に押しつけられている。今は乱れた心が落ち着くのを待つしかない。

ちくしょう。

ようやく動ける程度に回復すると、ピッケルにつかまってゆっくり体を引き上げていった。顔を柄の横まで持っていったとき、ぼんやりした視力で、これが少年のものでないことを見て取った。柄はチタンでなく木でできている。古いピッケルだ。なんにせよ、これがクインの命を救ってくれたのだ。


足を踏ん張り、あいている手で岩を探ってつかまれる出っ張りを見つけ、長いピッケルを少しずつ上に持ち上げながら、クインは岩壁を登りつづけた。

ようやく先ほどの洞窟に這い上がった。へとへとになって息をあえがせ、身を震わせ、潤んだ目を闇に慣らして、この狭い空間をじっくり眺めた。奥行きはほんの二、三メートル。横幅も同じくらいで、高さはなんとか人が立てる程度。横を見たとき、ネルソン・テイト・ジュニアがいた。左側の壁際で、胎児のように体を丸めて倒れている。狭いエリアの残りの部分には雪や氷が盛り上がり、ミニチュアの危険な丘のようだった。

それを見たとき、なぜかクインの体に戦慄《せんりつ》が走った。落下しかけたときのパニックの影響が残っているだけだと自分に言い聞かせて恐怖を振り払い、少年と雪のこぶのあいだに入っていった。とにかく止まって休みたいので古いピッケルを置き、少年の体を仰向けにして生命兆候の有無を調べた。

ありがたいことに、首がかすかに脈打っていた。だが、どれだけ揺すぶっても少年は起きない。水、熱、酸素が絶対的に不足しているのはわかっている。しかしこの狭い洞窟にそんなものはない。少年をふたたび動かすためにできることはひとつしかない。クインはダウンスーツの内側に着たフリースジャケットの内ポケットに急いで手を入れ、高地用救急キットを取り出した。マジックテープの蓋《ふた》を開けて、あらかじめ用意してある注射器を捜し出す。針のキャップを外して先から少量の液を押し出し、あいているほうの手で少年の太腿《ふともも》あたりのふわふわしたダウンを思いきり強く押した。

布とダウンの上から下の筋肉まで針を刺し、注射器のピストンを押せるところまで押す。空の注射器を投げ捨てると少年の上体を起こしてきつく抱きしめ、ステロイドで元気が戻ることを祈った。これが最後のチャンス、わずかなチャンスだ。

少年はぴくりと動いた。

そのあと、クインは少年の全身に震えが走るのを感じた。やがて強烈な電気ショックを与えられたかのように、少年は激しく痙攣《けいれん》した。

クインはひたすら彼をしっかり抱きしめた。

少年は狂ったように身もだえし、頭を左右に振り、凍った手を振り上げてぎこちなく自分の顔をかきむしった。息ができないとばかりに、酸素マスクとスノーゴーグルを必死で押し上げる。解放された口は、咳《せ》き込んで泡まじりの唾液を吐くのと、苦しそうに一生懸命息を吸うのを交互に繰り返した。

二度目の痙攣で少年の体は後ろに弾んだ。頭がクインの胸に食い込むくらい、弓なりに大きくのけぞる。恐怖の形相で白目をむき、クインを見上げた。

スパイクシューズを履いた足で氷の地面を蹴って遠ざかろうとしながら、少年はクインに向かって切れ切れに言葉を発した。

「でも……あなたは……血が……死んでる」

別の声がクインの心の奥から込み上げ、すぐに行動を起こさないとふたりとも死んでしまうぞ、とクインを責めた。

クインは古いピッケルの頭部をつかみ、片方の腕を少年の体の下に置いたまま、ピッケルの長い柄の先を氷の地面に突き刺した。立てたピッケルのT形頭部を下に押しつけて、パニックに陥って暴れる少年を連れて立ち上がった。少し視線をおろすと、雪の丘の横に深い裂け目が入っていた。古いピッケルはもともとここにあったらしい。穴の中に、闇よりも黒いものが見えた。

少年が動きはじめたので、クインは彼のほうに視線を戻した。少年のダウンスーツとバックパックをつかみ、反動をつけて洞窟から岩棚の端まで移動する。そこまで来ると、大柄な体で少年の体をすっかり覆い、顔を岩にしっかり押しつけ、ピッケルで支えながらゆっくり洞窟の裏側に向かった。もがきくねる少年の体を苦労して山腹に固定しておき、岩壁から離れないようにする。

岩をまわり込むと、ふたりで雪棚に倒れ込んだ。少年を岩に押しつけておくのに疲れきったクインは、まだこわばっている少年の体を押さえておくことしかできなかった。少年は徐々にクインとともにじりじりと岩棚を動いて、セカンドステップの岩壁の根元に近づいていく。最初に少年が姿を消した血まみれの雪のところまで行って、ふたりはようやく止まった。それ以上動けなくなったクインは暗くなりゆく空を見上げ、虚脱状態に陥り、孤独感に浸った。

ぼんやりした頭を、次々といろんなイメージがよぎっていく。かすかに覚えている感情、顔、場所などが、浮かんでは消える。

クインの意識は落下しはじめた。

今や目の前に浮かんだイメージは消えずに残り、お互いが融合し、低速度撮影した断片が鮮明でリアルな一連の記憶としてよみがえったかのように思えた。

落下を止めるべく必死でその記憶にしがみつこうとする。だが記憶は白く薄れ、彼を支えてくれなかった。

クインは落ちつづけている。ぐるぐる回転しながら、ブラックホールにのみ込まれようとしている。

はるか頭上で後退していく光の輪を見ていると、ヤマガラスがその端に止まっていた。

カラスは何かを問いかけるように首をかしげてクインを見おろしている。

クインには、カラスが何を待っているのかわかっていた。

もうどうでもいい。

声が名前を呼びはじめた。

彼の名前だ。

「クイン。クイン。クイン」

それは何度も繰り返される。やがて……。

「クイン？　ミスター・ニール？」

ニール・クインがまぶたをこじ開けると、真上にダワの顔があった。「ダワ？」

「大丈夫、ミスター・ニール。大丈夫」

アドレナリンが噴出し、クインは顔を左右に動かして何かを捜した。

「あの子は？　あの子はどこだ？」

「行きました」

「なんだって？　下へか？　ペンバと一緒におりていったのか？」

「違います。ここにいます。だけど……」

「どういうことだ？」

「ミスター・ニール、残念です、坊や、死にました」

14

一九三八年一〇月五日
午後四時五四分
ドイツ　ベルリン　プリンツ・アルブレヒト通り八番地

親衛隊少尉フランツ・ゲルデラーは親衛隊全国指導者ハインリヒ・ヒムラーの向かい側に座っている。ゲルデラーの大きな口からは、ひとつひとつはっきりと単語が発音されていた。彼はその口調と同じくらいきっぱりと、長身を折り曲げて座りっぱなしになっているために生じた強い腰の痛みを無視していた。目の前に座る小柄な男のほうが大物であることについて少しの疑義も抱かず、自らの大きな体で相手を威圧するようなそぶりはみじんも見せなかった。多方面にわたる国内問題に関する週一回の会合で速記者ひとりだけを伴ってヒムラーに報告を行うのは、下位将校であるゲルデラーにとって上司に好印象を与えるまたとない機会だ。少々の腰痛で、その機会を台なしにはできない。

ゲルデラーの任務は明確だ。ヒムラーの執務室づきの者たちが見逃したかもしれない小さな問題や疑問に注意を喚起すること。几帳面なヒムラーは部隊を統率する際、どんな些細なことにも細心の注意を払う。ゲルデラーもそれを見習わねばならない。それが、ヒムラーの側近の中で信頼と責任ある地位にのぼりつめるための第一段階であることはわかっている。それこそが、あらゆる親衛隊将校の夢だ。もしかしたら、ゲルデラーは次の副官になれるかもしれない。現在の副官である親衛隊中尉ユルゲン・ファイファーは近々司令官に昇格することになっている。

ゲルデラーの右側のテーブルにきちんと積まれた一八冊のマニラフォルダーは、今日の報告が終わりに近づいていることを示している。彼はいつもより多くの問題を提起していた。ヒムラーはこの一週間ミュンヘンにいて、ベルリンのすべての新聞が大々的に報じるドイツの大勝利に立ち会っていた。その勝利は、先の世界大戦とそれに続くベルサイユ条約による不公平な条件という屈辱に、ついに終止符を打った。ゲルデラーは作戦の大成功についてヒムラーを心から賞賛したあと最初のフォルダーを開き、その後会合は順調に進んだように思われた。といっても、ゲルデラーに完全な自信はなかった。どの問題をヒムラーに報告するかを決めるのは簡単でなく、報告に対するヒムラーの真意を推し量るのはさらに難しい。

ヒムラーは常に、提起されたあらゆる問題に対して同等の反応を示す。いつも目を閉じ、顔を伏せて親指と人差し指の先で支え、ゲルデラーが問題の重要な点を読み上げるのに聞き入る。そしてフォルダーを渡すよう穏やかに求め、裏づけ資料を自ら読み、鋭い目であらゆるページを見つめ、フォルダーを返す。そのあと事案への対処法について精密な指示を出し、ヒムラーがあらゆる方面に精通していることにゲルデラーは感心する。猛烈に野心的なゲルデラーにとって会議の成功は非常に重要なので、うまくいったと思ったときには自らへの褒美《ほうび》として、隠していた小さな葉巻を部屋まで四ブロック歩くあいだに吸い、夕食のあとブランデーを飲むことにしている。上司に感銘を与えられなかったと感じたときは、失望のあまり食べることも眠ることもできない。

ゲルデラーは今、本日最後の資料である一九冊目のマニラフォルダーを手に持っている。今日の議題からこの問題は外すべきだという圧力には抵抗していた。同僚は、ヒムラーの注意を喚起するほどの重要性はない、記者が大げさに書き立てた妄言にすぎない、と忠告した。少尉仲間のひとりは、ナチス幹部の全員が煽情的《せんじょうてき》な週刊新聞『シュテュルマー』を好んでいるわけではない、国家元帥ゲーリングは部下に読むのを禁止した、と警告もした。

だがゲルデラーは、ヒムラーがその記事で言及された地域に関心を持っていること、さらに記事への反響が大きいことから、やはり報告すべきだと仲間に対して主張した。

これこそまさに報告すべき類《たぐい》の問題である、一見どうでもよさそうだが実は非常に重大であり、今週のミュンヘンでの騒ぎに紛れてうっかり見過ごされてしまったことだ、と彼は反論した。件《くだん》の新聞は総統のお気に入りだし、総統が好きなものはヒムラーも好きであることは覚えておいたほうがいい、としたり顔で同僚に話した。

今、ゲルデラーはヒムラーの前でフォルダーを開いた。中にはさまれた新聞を見て、一瞬ためらいを覚える。そのとき初めて、仲間の忠告を聞くべきだったかもしれないという思いがよぎった。このような問題が持ち出されるのは上司にとって時間の浪費かもしれない。そうした過ちは大目に見てもらえない。

しかし、この問題に関して一般人から多くの手紙が親衛隊指導者の執務室に届いているのだから、提起するのは当然ではないか？

「これが本日最後の案件です、指導者殿」

「話せ」

「最新の『シュテュルマー』に掲載された短い社説と、この執務室に寄せられた反響の手紙です。これを指導者殿の貴重なお時間の無意味な浪費と思っていただきたくないのですが、人々は指導者殿を祖国の名誉に関するあらゆる問題における守り手、導き手と見ております。そして、指導者殿がアジアに強い関心をお持ちなのはわたくしも承知しております。そのため、わたくしは……われわれは……本日最後の案件としてこの問題をご認識いただくべきだと考えました。申し訳――」

ヒムラーは手を上げてゲルデラーの言葉を途中で止めた。部下の目をじっと見つめる。天井照明が反射して鼻眼鏡《はなめがね》の小さな丸レンズが光っているので、彼の目はゲルデラーから見えなかった。

静寂が長引き、やがてゲルデラーは耳鳴りがしはじめた。そのときようやくヒムラーが沈黙を破った。「では少尉、シュトライヒャー主筆が述べたことをさっさと読んでくれたまえ。きみに割り当てた時間は終わりかけているのだから」

ゲルデラーはごくりと唾《つば》をのみ、腕時計をちらりと見て残り時間を確認した。たしかに、あと数分しかない。彼は動悸《どうき》がしながらも最後のフォルダーから新聞の切り抜きを取り出し、少しも震えないよう両手でしっかり持った。灰色のざらざらした紙に印刷された濃く黒い文字を見ても、束の間言葉がまったく理解できなかった。

そわそわと二度瞬きをし、自分を鼓舞して口を開く。「承知いたしました。問題の社説は九月一五日付の『シュテュルマー』に掲載されたものです。題名は『山のごとく巨大な侮辱』」

フランツ・ゲルデラーは唇を湿らせ、唾をのんで、先を続けた。

「社説は以下のとおりです。

〝真実のために戦うドイツの週刊新聞の役割は、何よりもまず、われわれの社会における癌《がん》、すなわちユダヤ人の存在を明らかにすることである〟」

ゲルデラーはまた唾をのんだ。

「〝当新聞は常に、『ユダヤ人はわれわれにとっての不幸である！』と主張している。ゆえにわれわれは不眠不休で、わが偉大なる帝国内部から病原菌たる悪を駆逐することに取り組むものである。

しかしながら、真の番犬は狼《おおかみ》のみならず狐《きつね》にも警戒を怠らない。ときとしてきわめて無害な環境にひそみ、一見平凡そうな場所に隠れて、悪意をもって盗みを働こうと企てる狐である〟」

声に出して新聞を読んでいるとき、ゲルデラーはこの導入部のばかばかしさを痛感した。しかも、中身はほとんどない。ヒムラーは既に興味を失っているのではないだろうか。

わからない。ゲルデラーに向けられた、ポマードを塗って分けた黒髪の頭はぴくりとも動かず、なんの反応も示さない。不安の発作に襲われ、ゲルデラーの胸から腕までがしびれた。仲間の言ったとおりだ。この問題を提起したのは間違いだった。しかし、いったん始めてしまった以上はやめられない。最後まで続けねば。からからになった口のまま、ゲルデラーは読みつづけた。

「〝われわれは、権威ある山岳協会のドイツ・オーストリア・アルペン協会にいる数多くの友人から、スマイスとシプトンというイギリス人登山家二名から最近要請があったとの警告を受けた。わが誇り高き新聞の鋭い目と耳がなければ、この誇り高き国の多くの人々が気づかなかったはずの要請である！

ゆえに、この油断を怠らない編集室で常に燃えている献身と義務というふたつの炎に駆られたわれわれは、イギリス人の要請の驚くべき本質を暴露するものである。それはまさに、第三帝国の陰で衰弱しつつある国からの恥ずべき侮辱、苦々しい無礼だ。

スマイスとシプトンはどのような罪を犯したのか？　読者諸君はそう質問するであろう。それはほかでもない、ドイツ・オーストリア・アルペン協会に対して、ナンガ・パルバット登山への『祝福』を求めるという厚顔無恥である。

これらの愚か者どもは歴史を知らないのか？　それが決して認められないことを、彼らは理解していないのか？　ナンガ・パルバットはドイツの運命の山、山岳におけるドイツ最大の悲劇の現場、われわれが将来ヒマラヤ山脈において勝利をおさめるべき場所なのだ。

正当な激しい憤りにより、われわれは謹《つつし》んで、強い言葉で抗議してそのようなばかげた考えを禁ずることを指導者層に求める。明確に『われわれの山に近づくな、所有不可能な国すなわちチベットにいるおまえたち、征服不可能な山すなわちエベレスト登山にふたたび無残な失敗をしたおまえたちが！』と答えることを要求する。

これまで何度、イギリス人はエベレスト遠征隊を組んだか？　一九二一年以来、少なくとも七度である。これらのみじめな試みで、おまえたちは何人の同胞を失ったか？　数十人のうちほんの二、三人であろう。そして今は何百人もを送り込み、あの偉大な山を、数を頼りに征服しようとしているのではないか？　そのような失敗と臆病な行為の数々を犯した者どもには、ナンガ・パルバットの山中で永遠の眠りにつく祖国の一一人の登山家たちの墓のそばを歩く資格もないのである。

イギリス人どもはわれわれをエベレスト登山に招待しているか？　いや、していない！　彼らはわれらをねたんで、あの山を独占している。あたかも甘やかされた軟弱な子どもが、ほかの者を止めるために――〟」

「もういい！」ヒムラーが言った。

手を出して、資料を渡すよう合図する。

ゲルデラーは見るからに震える手で、テーブル越しに渡した。ヒムラーはフォルダーを開き、時間を忘れて、社説と、同じくらい憤慨した読者からの賛同の手紙を読みふけった。あらゆる言葉に隠された意味を探すかのように、隅から隅までじっくり読んだ。そしてフォルダーを持ったまま立ち上がった。ゲルデラーもあわてて立ち、敬礼する。ヒムラーが部屋を出ていきざまに「これはたしかに侮辱だ」とつぶやくのが聞こえた。

テーブルに戻ってほかのフォルダーとノートと万年筆をまとめているとき、ゲルデラーは、部屋の隅で静かに座っている速記者が同情のような目を向けているのに気がついた。今夜、親衛隊少尉フランツ・ゲルデラーは葉巻をふかすこともブランデーを飲むこともなく、食事や睡眠もほとんど得られないだろう。

15

二〇〇九年五月二八日
午前九時〇〇分（ネパール時間）
ネパール　カトマンズ　スクラ通り五七番地　アパートメントE号

ヘンリエッタ・リチャーズが初めてカトマンズに来たのは一九六九年だが、ヒッピーだったわけではない。それどころか、前年の夏は、オックスフォード大学で政治と歴史の学位を取るため、これ以上ないほど勉学に励んだ。学問の府の外にも若々しくはつらつとした世界があるとささやくラジオをBGMに、勉強に明け暮れた。その長く充実した日々のあいだ、自分もその世界に生きる準備はできている、世界の刺激と危険を少し味わう覚悟はできている、と感じていた。社会から〝ドロップアウト〟するのは自分以外の人々に任せておけばいい。

優秀な成績でふたつの学位を取得するため熱心に勉強したときと同じく、イギリス外務省での仕事にも強い決意で徹底的に打ち込んだ。まだ男の世界と考えられていたところに入ろうとした女であっても、卓越した学業成績と尊敬される最高裁判事である父を持つヘンリエッタが成功するのは必然だった。入省した年の九月、外務書記官補として最初の任地、ポルトガルに派遣された。

リスボンのイギリス大使館は、都市そのものと同じく、崩れかけていて静かだった。先輩外交官たちはしょっちゅう抜け出してはゴルフやテニスをしに近郊のリゾート地エストリルに行っていたものの、低い地位を自覚し、なんとか自分の能力を証明したかったヘンリエッタは大使館に残っていた。退屈なポルトガル情勢に関する日報を熱心にタイプしては本国に送ったが、ロンドンでは誰もこんなものを読まないだろうと思っていた。

ヘンリエッタ自身は、テニスにも、ゴルフにも、背が高くすらりとした体とつややかな黒髪と鋭い青い目に惹かれて絶えずオフィスを訪れては彼女を遊びに誘う熱心な男たちにも、興味がなかった。唯一の興味の対象は真実だった。彼女は真実の熱心な信奉者だった。他人の嘘《うそ》を嫌い、まったく嘘がつけない彼女は、自分が海辺の楽園における囚人同然であることをすぐに悟った。ベルリンやモスクワやサイゴン（ホーチミンの旧名）でもっとやりがいのある有意義な日々を過ごすことを夢見て、異動を願い出た。長く待つ必要はなかった。といっても、それは彼女が望んだからでも、話し合ったからでもない。ロンドンからの早口のよく響く声は単刀直入に告げた。「山中の王国ネパールの首都カトマンズは災厄に悩んでいる。現地のイギリス大使館は早急に助手を求めている。すぐに行ってくれ。旅の詳細は次の外交速達便で送る。幸運を祈る」

ヘンリエッタはカトマンズについて名前しか知らなかった。その名前はアフリカの都市トンブクトゥやワガドゥグーと同じく、どこか絶望的に遠く、エキゾチックで、刺激的な場所、というイメージを喚起した。急いで荷造りをしながら、次の配属先にはどんな災厄が蔓延《まんえん》しているのかと考えた。疾病、それとも寄生虫？　コレラ、あるいは結核？　イナゴ、あるいはネズミの大量発生？　それらに対して、どんな予防策をほどこしていけばいい？　まったくわからない。

トリブバン国際空港で英国海外航空のボーイング707を降り、副大使とともにおんぼろのモーリス車に乗って街に入ったとき初めて、ヘンリエッタは理解した。カトマンズの災厄とは、伝染病でも害虫の大量発生でもなかった。それは人間という〝災厄〟だったのだ。

歩行者や自転車や人力車《リクシヨー》や自由に歩きまわる眠たげな牛が群れをなす穴ぼこだらけの道路を、小さな車で巧みに運転しながら、副大使はオックスフォードの講堂でのスピーチを連想させる、なめらかな声で現状を説明した。一八一五年のナポレオン戦争におけるワーテルローの戦いの数カ月後、イギリスとの小規模だが驚くほど執拗な戦争を経《へ》たネパールは、スガウリ講和条約に調印した。肥沃《ひよく》なタライ平原の大部分と高地のシッキムを失い、毎年決まった人数の山岳の勇猛なグルカ兵をイギリス軍に提供することになった、山中の小さな王国ネパールが得たのは他国との交流を断つ権利だけだった。

鎖国状態は一世紀半近く続いた。ついに一九五一年、ふたたび国境を開いたとき、ネパールはいわば中世のタイムカプセルだった。昔の生き方や信仰が残る未開発の国は、新しい世界を理解できなかった。南方では、第二次世界大戦に勝利したにもかかわらず国家財政が破綻して小国となった、かつての強国イギリスはインドを去っていた。マハトマ・ガンディーは暗殺され、今やネルー首相が独立後の混乱した、人口の多い新しい国を率いようとしていた。北方では、中国が毛沢東《モウタクトウ》政権下で巨大な共産主義国となり、チベットを〝人民解放〟して支配下におさめることで既に広大な領地をさらに広げていた。まぶしいヘッドライトふたつに照らされた子ウサギと同じく、ネパールはどちらを向けばいいのかわからなかった。だから何もせず、四方八方から人々が流入するのを呆然と見ているだけだった。北からのチベット難民、南からのインドの商人や移民、そして最も事態を混乱させたのは、世界じゅうありとあらゆるところから来るヒッピーだった。

ヒッピー——彼ら自身が好む呼び方では〝フリーク〟——は若くて金はないが、若さや貧しさを、新たな世界の追求を妨げる制約と見なさなかった。軍払い下げのベッドフォード製トラック、おんぼろのフォルクスワーゲン・コンビ、あるいはロンドンの二階建てバスで、彼らは両親の住む戦後アメリカやヨーロッパに背を向け、無限の霊的問答を行ったり麻薬を試したりするために東へ向かった。東への旅は両方を求める宗教的な探索となり、カトマンズに来ればそれが見つかると言われた。

最初はそのとおりだった。無数の神の像、寺院、はるか遠くに見える雪に覆われた全知全能の山々、最も甘く強い手巻きのハシシであるチャラス——「信じられないほどすごいんだぜ」——を売る店。それらはすべて、霧に煙った古都を、五感を常に刺激する素晴らしい万華鏡に見せた。カトマンズこそが最終目的地だ。そんな話が急速に広まった。

しずくは川となり、川はあふれ、沼が残った。人間の沼である。一九六九年には、毎週五〇〇〇人のフリークが国境を越えてネパールに流入していた——日ごとにベトナム戦争への憎しみをさらに募らせ、さらに無謀に高みを追求し、東への魔法の道に列をなす詐欺師や泥棒の群れによってさらにありえないほど貧しくなって。彼らはエデン・ハシシ・センターで大麻を買い、ジョッチェン地区の通称〝フリーク・ストリート〟で人々の群れに加わり、ジャニス・ジョプリンやジミ・ヘンドリックスの電気的なサウンドに合わせてすべてを手放した。一部の人間は文字どおりそうした。あらゆるものを手放し、ごみごみした不潔な病院に入ったり、牢屋に放り込まれたり、ヒッピーの貧民街でぼんやり過ごしたりした。国を出る手段はなく、家には帰れない。遅かれ早かれ、それぞれの出身国の大使館が彼らを故郷に送り返し、街の混乱をおさめねばならなくなるだろう。

カトマンズに着いた瞬間から、ヘンリエッタは昼夜を問わず、イギリス人を牢獄から解放させ、まともな格好をさせ、本国に送還する業務に忙殺された。リスボンで退屈な日々を過ごしていた彼女は、仕事に没頭し、さまざまな難題に取り組むことを楽しんだ。唯一の悩みは、世話をしている相手が麻薬に酔って絶えず嘘をつくことだった。それに対してヘンリエッタができることはない——たいていは自分の名前も思い出せないほど頭がぼんやりしている——ので、大使館における第二の仕事で真実を探求することにした。チベット難民の流入を監視して、中国のチベット占領に関して判明したあらゆる事実をロンドンに報告する仕事だ。今回、イギリス政府は彼女の報告書を本当に読んだ。中国はミサイル実験を行って核武装している。イギリス人将校ヤングハズバンドが探検を行い、イギリスとロシアが覇権を争った〝グレート・ゲーム〟が繰り広げられた一九世紀から二〇世紀のめまぐるしい日々と同じく、ヒマラヤ山脈がふたたび脚光を浴びることになった。

ここでの仕事は来る前に想定していたものではなかったけれど、ヘンリエッタは多忙な日々を送った。やがて時は流れ、七〇年代になるとヒッピーの流行が衰えを見せはじめた。ベトナム戦争に負けつつあることを認識したニクソン大統領は、もっと卑近なものを相手に戦争——勝てる可能性のさらに低い戦い——を起こすことにした。麻薬だ。彼は麻薬局を設立し、ヘンリー・キッシンジャーを交渉のために世界へ送り出した。ネパールは彼にとって早期に対処できる簡単な場所だった。麻薬はドルと引き換えに迅速に禁止された——七〇〇〇万ドルと。その金は王室のふところにおさまった、と言う者もいる。違法とされたせいでさらに高価となった麻薬取引を王室が牛耳っている、と言う者もいる。よくできた話だ。

　イギリスのウォキングやアメリカのウェーコで生まれた初期ヒッピーの次の世代は、『クール・クールLSD交感テスト』（幻覚剤を服用するヒッピーの生活を描いたノンフィクション）でなくビリー・ヘイズの『ミッドナイト・エクスプレス』（トルコの人権問題を取り上げた社会派ノンフィクション）を読んだ、社会問題により敏感な層だった。彼らが出現したとき、イランはイスラム教指導者《アヤトラ》に支配され、ロシアはアフガニスタンに侵攻し、かつてヒッピーがネパールへ向かったルート〝ヒッピー・トレイル〟は通行不能になっていた。カトマンズには少数の落伍者《らくごしゃ》が残っていたが、大半は帰国して変わりゆく世界に身を任せ、散髪をして住宅ローンを組んだ。新たに作り直すのは世の中でなくコンピューターやコーヒー店であり、将来の革命といえば新型の洗濯機を発明することだった。

　ヒッピーがいなくなっても、ヘンリエッタは寂しくなかった。彼女には常にどこかに仲間がいた。ネパール人は彼女を、薬に溺《おぼ》れたほかの西洋人に比べてはるかに正直で真面目だとして受け入れ、彼女はそんなネパール人たちを愛した。驚異的な洞察力と分析力によってカトマンズ在住の外交官たちに尊敬された――ただし彼女は、外交官に紛れている秘密工作員や諜報員がヒッピーよりひどい嘘つきであることをとっくに見抜いていたが。彼女はまた、今や続々とカトマンズを通過する別種の人々との交流も楽しむようになった。登山家だ。官僚的形式主義やネパールで物事を進める煩雑《はんざつ》な手続きに関して深い知識を持つヘンリエッタは、カトマンズに入ってきた登山家たちから情報源としておおいに頼りにされた。

まだ研究者の心を持っているヘンリエッタは彼らの話に興味を引かれ、世界最高峰に登ろうとする彼らの冒険心に魅了された。このテーマに関して見つけられた資料をすべて読み、聞いたことをすべて記録しはじめた。人が山の頂上をきわめたか否かという白黒で決着のつく単純な真実は、彼女の心の中にある要求を満たしてくれるように感じられた。登山家にも嘘つきがいることはすぐにわかったが、なぜかそれはどうしても受け入れがたかった。登山家の数人とは短期間のロマンスがあり、ひとりとは真剣に愛し合った。彼はブロンドのカーリーヘアのアメリカ人で、新種の登山家だった。隊列を組んだ大規模な遠征隊や、初期のヒマラヤ征服者が開拓したルートを拒否して、より軽装備で、より速く、より颯爽《さっそう》と、難しい岩壁を登って頂上を目指したのだ。

ヘンリエッタと彼との恋愛は、彼の登山と同じく真剣で熱烈だった。山に登っていないとき、彼はカトマンズでヘンリエッタと過ごした。ふたりで地図や写真を分析し、増大する彼女の登山隊の記録を調べ、とてつもなく険しい山に登る理想的なルートを検討した。そして彼はヘンリエッタを残して、同じ信条を持つロマ的な雑多な人々とグループを組んで山に登った。ヘンリエッタは彼と一緒に行こうとは思わなかった。彼女の唯一の望みは彼が無事帰還することだったけれど、いつの日か戻らなくなるのはわかっていた。統計的に、彼が遭難死する可能性は高かった。それに関しても、ヘンリエッタは自分に嘘がつけなかった——何しろ統計を取ったのは彼女自身だった——ので、そのことは考えないようにした。

一九八一年、運命の日が訪れた。彼女にはどうすることもできなかった。彼が世界第五位の山マカルーの凍った西壁を懸命におりる途中で落石に打たれたとき、ヘンリエッタの中でも何かが凍りついた。その氷はきわめて硬く、決して溶けないのはわかっていた。ヘンリエッタ・リチャーズは翌日にでもその地を離れて故郷に戻るべきだったのに、戻らなかった。彼は永遠にその地にとどまる。だからヘンリエッタもそうしたのだ。

彼女は淡々と大使館での仕事をこなした。ネパール語とチベット語、それに周辺の方言の多くを学んで、すべてを流暢《りゅうちょう》に話せるようになった。愛する小さな古都が成長して、かつて緑に包まれていたカトマンズ盆地が茶色いレンガに覆われていくのを目撃した。一〇〇万の人口を支えきれず、彼女のまわりで古都の社会基盤は崩れていった。街は、自転車に代わって小型バイクや小型車だらけになった。汚染はとどまるところを知らず、昔青かった空は鈍色《にびいろ》のスモッグに隠れた。午後になるとヘンリエッタの舌はスモッグの味を感じることもできた。王室は内部から腐敗していき、やがて次期国王のディペンドラ皇太子が国王を含む王族九人を殺したあと銃で自殺したとき、王室は崩壊を始めた。亡き国王の弟ギャネンドラが即位したものの、人気も信頼もなかった彼は王室の終焉《しゅうえん》に拍車をかけた。毛沢東派が武力によって政権を奪おうとしたとき、ギャネンドラは革命寸前でついに退位した。

この混乱でカトマンズそのものが瓦解《がかい》しても不思議ではなかったが、意外にも持ちこたえた。そしてヘンリエッタも持ちこたえた。黒髪が白くなり、背中が少し丸くなっても、鋭く青い目は常に真実を見据えていた。彼女は登山というものがまた変化するのを目撃した。今回は、あらゆるレベルの登山者にあらゆるタイプのトレッキングや登山を可能にする巨大な産業が生まれたのだ。登頂はパッケージツアーとなったものの、初期の危険で恐ろしい登山を覚えている大衆は、山頂に到達した人々を褒めそやした。中でもエベレストは最大の、最も人気の目的地となった。愛する貧しい国にとってこれが数少ない収入源であること、今や登頂がショー化していることはヘンリエッタも知っている。それでも、少なくとも登山ツアーの参加者は自分の体験を正直に語るべきだと彼女は主張した。

ヘンリエッタは夜ごと、山頂を目指す登山隊や山頂写真を出版する登山者に、今や膨大となった知識を注ぎ込んだ。彼女の集めた記録はどんどん増え、二〇台の書類キャビネットには五万回分以上の登山の詳細な資料が詰まっている。これまでに書かれたヒマラヤ遠征の報告書を彼女はすべて持っていると言われている。その古いものは一九世紀にまでさかのぼるという。それは真実ではない。けれどヘンリエッタは、あらゆるルート、あらゆる山頂に関して、実際登った人々よりも多くを知っている。

二〇〇六年、ついに定年で大使館の職を辞したあとも、老後の計画にはテニスもゴルフも含まれていなかった。ヘンリエッタの生活で唯一変わった点は、登山の記録保管を昼間の仕事にし、フリーランスのコンサルタントとして、カトマンズ在住の外交官たちの相談を引き受けるようになったことだ。自由な夜の時間は、百科事典並みの膨大な知識を駆使してエベレストに関する本を著すことに費やした。中でも力を入れたテーマは、ジョージ・リー・マロリーとサンディ・アーヴィンによる一九二四年の不運な登頂の試みだった。カトマンズで四〇年過ごしても、ヘンリエッタ・リチャーズはやはりヒッピーではなかった。

16

ヘンリエッタにとって、五月のその朝は同じ時期のほかの日々と変わりなかった。朝は六時半ちょうどに起床し、ビニールで覆われた古いラジオをつけて、国際放送『BBCワールドサービス』を聞く。忙しい日に備えて身支度をするとき耳に入ってくるゆったりと流れるような英語だけが、故郷での若き日を思い出させた。そのあとミルクティーとマーマレードつきトーストの朝食を取りながら、いつものように昨日の『デイリー・テレグラフ』と今日の『カトマンズ・タイムズ』を読む。

助手のサンジェーヴ・グプタが九時に駆け込んでくるのが、仕事の始まる合図だ。それまでは朝ののんびりした時間をひとりきりで楽しむ。ヘンリエッタはそれを〝嵐の前の静けさ〟と呼んでいるが、特にこの五月末から六月初めにかけてのモンスーン前の季節にはぴったりの表現だ。毎年この時期が最も忙しい。経験からいつ忙しくなるかはわかっている。

アパートメントの部屋の窓から眺めていると、モンスーンの運ぶ雨雲が世界最高の山々によって一時的に止められているのが見える。雨雲はカトマンズ上空高くに集まり、ほかの季節には山々から吹きおろす猛烈なジェット気流をさえぎっている。そのため高地の天候はほかの季節に比べて穏やかになる。この時期が、登山隊が山頂を目指す好機だ。登頂が果たされるとすぐに、ヘンリエッタは成功したと主張する登山隊についての調査に取りかかる。

時期を考えると、九時ぴったりに最初の電話が入ったことに驚きはなかった。サンジェーヴがヘンリエッタのアパートメントの部屋に入ってこようとしたとき、彼女は二度目のベルで受話器を取り、そっけなく、だが威厳を込めて「リチャーズです」と言った。

意図したとおり、彼女が素早く簡潔に答えたことに相手は一瞬戸惑ったようだった。一拍置いて、相手は言った。「ヘンリエッタ？　ジャック・グラハムだ」

「こんにちは、ジャック」長年駐ネパール大使を務めた昔からの同僚そして親友の聞き慣れた声に、ヘンリエッタの口調はやわらいだ。「あなたにしては早すぎない？　どうしたの？」

「ああ、そうなんだ。早くからお騒がせしてすまないが、午前中はずっと国際開発省のお偉方の相手をしなくちゃならないから、その前にきみと話したかったんだ」

「いいわよ。どんなご用？」

「昨夜、新しいアメリカ大使エドワード・シェイに夕食会に招かれた。彼はわたしの知恵を借りたかったそうだ。きみも知っているだろうが、彼は着任してまだ数週間だし、これは彼にとって初めての大使職だ。堅実な男だよ。うまくやっていけると思う。それはともかく、昨日シェイはアメリカ政府にどやしつけられた。一六歳のアメリカ人少年がエベレストで遭難して死んだからだ。ミスター・ネルソン・テイトという男の息子だ。というか、息子だった。億万長者で政治献金もたっぷりしている男だ。わかるだろう、どういうやつか。で、その男は猛烈に怒りまくっているらしい。事故の話は聞いている？」

「ええ、昨日の朝、エベレストの北側で死亡事故があったという話は耳にしたわ。だけど具体的な人名などはわからなかった」ヘンリエッタはうんざりとため息をついた。「この種の史上最年少とか史上最速とかの記録競争はやめてほしいわね。一六歳なんて、エベレストに登るには若すぎるでしょ。そういう若者の死は山にとって大きな悲劇だわ。大変な騒ぎになるでしょうね」

「ああ、実際それが問題なんだ。詳しい話を知りたい。シェイは政府に、少年の身に何が起こったかに関する詳細な報告書を作ると言った。ちなみに少年の名前は、当然ながらネルソン・テイト・ジュニアだ。もちろん報告書を作ったからといって少年が生き返るわけじゃないが、少しはテイト・シニアの気もおさまるだろう――それに、わたしもきみもよく知っているとおり、詳しい報告書を用意すると言えば少しは時間が稼げる。シェイから、カトマンズでエベレストに関する第一人者は誰だと思うかと尋ねられたので、もちろん、きみだと答えた。言うまでもないが、報酬は払ってもらえる」

「だけどチベットからのルートだとしたら、中国駐在のアメリカ当局が調べるべきじゃないの？」

「きみも知っているだろう。中国はずっと前から、ラサに領事館を置きたいというアメリカの要求を拒んできた。チベットに正式に駐在するアメリカの役人はいない。北京《ペキン》のアメリカ大使館は騒いでいるが、中国はどうせそっけない声明を出して事実を隠し、ほとぼりが冷めるのを待つだろう。わたしはシェイに、真実を得られるとしたらネパールからきみを通じて情報を得るしかない、と言った」

「それには反論できないわね。真実は間違いなくわたしの縄張りだもの。そのテイト少年が誰と一緒に登ったかはわかる？」

「ああ、実はネルソン・テイト・ジュニアは、ノー・ホライゾンズ社と登っていたんだ。サロンだよ」

それを聞いたヘンリエッタは、あきれて首を振った。サロンの名前を聞いただけで鳥肌が立つ。サロンの細く忌まわしい顔、常に日焼けしてぴんと張った肌、いらだたしいポニーテールにした白髪まじりのカーリーヘアが脳裏に浮かんだ。

「本当に？　とてもわたしのお気に入りの人物とは言えないわね——というか、誰のお気に入りでもないわ。サロンがどういうやつか、シェイに話した？」

「いや、今の段階ではまだ言わないほうがいいと思った。サロンが扱いにくいやつ、〝エベレストの一匹狼〟と言われていることは、シェイも知っている。しかし、あのフランス人がどれほど厄介なやつかはわかってないだろう。意外にも、現在はアメリカよりイギリスのほうがインド情報局と良好な関係を保っていて、アメリカは事情にうとい。最近のアメリカは毛沢東主義者よりアラブのイスラム教徒のほうに注意を向けているからね」

ヘンリエッタは納得してうなずいた。「そう、まだ言わないほうがよさそうね」じっくり考えながら言う。「テイト・ジュニアが死んだいきさつについて、今のところ詳しいことは知らないわ。冷たい言い方はしたくないけど、単純な転落か雪崩だとしたら、サロンを巻き込んで面倒を起こす必要はないでしょ？　そんなことをしたら、ご両親を余計に苦しめるだけだわ」少し間を置く。「でも、それほど単純な話じゃなくて、サロンが関わっていると判明したなら、テイト家は息子さんをそんなやつに預けたことをひどく後悔するでしょうね」

「だろうな」

「テイト・シニアは登山の前にあまり詳しい調査をしなかったんでしょうね。ばかな人！」ヘンリエッタは辛辣《しんらつ》に言った。「探検社の登頂成功率しか見ない人たちには、本当に腹が立つわ。サロンは成功率という統計上の数字を持ち出して自分の探検社をうまく宣伝する。参加者は実際登りはじめたときになって、彼が嫌悪すべき人間だと知ってびっくりするのよ。きっとサロンは、テイト家の莫大《ばくだい》な財産を思って愛嬌《あいきょう》を振りまいたんでしょうね。シェイは、登山隊に参加したほかの人の名前も言った？」

「ああ、ニール・クインというイギリス人ガイドだ」

「まあ、ミスター・クインなの」ヘンリエッタはジャック・グラハムのもたらした情報に考え込んだ。

「どんな男だい？」

「いい人よ。優秀なエベレスト登山家。大柄、屈強、八回か九回登頂しているはず。頭もいいわ。一度聞いたことがあるんだけど、ロンドンでの弁護士としての有望なキャリアを捨ててプロの登山家になったそうよ。世界でも屈指の優秀な登山家になれた可能性もあったと思う。なのに最近は雇われガイドをしている。よくある話よ。若いときはハングリー精神に燃えて挑戦を続けるけど、やがて同じ山に何度も登っているうちに、だんだん生活が苦しくなってくる。クインの場合は、その山というのがたまたまエベレストだったわけ。とはいえ、彼がサロンのもとで働いていたというのはびっくりね。もう少し賢い人だと思っていたわ。シェイは、シェルパ長の名前を言った？」

「書き留めておいたよ。ちょっと待ってくれ……ダワ・シェルパ、でいいのかな？」

「ええ、それならわかるわ。ダワはよくクインと組むから。だけど彼も、サロンに雇われるとは予想外ね。ダワはエベレストにおける伝説的存在よ。わたしでも、彼についてはその表現が大げさじゃないと認めるわ。うーん、クインとダワもテイト家の富に群がったのかしら？　それで、どう進めればいいの？」

「シェイはきみとランチを取って、何がいつまでに必要かを説明したいそうだ。よければ正午に迎えの車をまわすと言っている」

「待っていると伝えて」

「わかった。あとのことは彼と直接話して決めてくれ。相手がアメリカ人だってことを忘れるな。報告書の報酬を考えたあと、それを二倍するんだぞ。ああ、それからもうひとつ。きみの最新刊を読み終えたよ。クリスマスに送ってくれたやつだ。いや、素晴らしかった。わたしの解釈が正しいなら、きみはジョージ・リー・マロリーが死ぬ前に登頂を果たしたと信じているようだ。きみほど科学的なアプローチを取る人にしては、珍しくロマンチックな結論だな」

「それにはわたしなりの理由があるの。シェイへの報告についての詳しいことは、追って知らせるわ」

ヘンリエッタは受話器を置いてサンジェーヴのほうに振り返った。彼は既にパソコンの電源を入れ、静かに仕事を始めている。「サンジェーヴ、最優先事項として、二〇〇九年ノー・ホライゾンズ社主催のエベレスト北登山隊に関して、わかるかぎりのことを調べて。特にジャン＝フィリップ・サロン、ニール・クイン、ダワ・シェルパについて。わかったことは全部プリントアウトしてちょうだい。一二時に人と会うときに持っていきたいから。それと、今からは留守番電話に切り替えるわね。今日は新聞社から何度も電話が入りそうだけど、相手をする暇がないほど忙しくなるから」

17

二〇〇九年五月二八日
午後一時四五分
エベレスト　東ロンブク氷河キャンプ――標高六四六二メートル

セカンドステップのヤマガラスの洞窟にとらわれた無限ループの夢からようやく解放されて午前一一時に目覚めてからも、クインは小さなテントでぼうっと横たわっていた。手や足の指の感覚を失ったまま、においはきついが暖かな誰かの寝袋にくるまって、砂糖たっぷりの熱い紅茶を飲んで、漫画のようなおかしな動物がテントのファスナーをアクロバットのように登るのを見ていることしかできなかった。

いや、本当にそうか？

あの小動物も、夢に苦しめられた眠りが生んだ幻覚じゃないのか？

それがなんであれ、もういなくなった。今はテントの黄色く薄いキャンバス地越しに差し込む明るい日光が雪盲同然の彼の目を照らし、北鞍部《ノースコル》（山の尾根のくぼんだところを鞍部と呼ぶ）から吹きおろす風はずきずきする頭の痛みをひどくする。痛む目を閉じて休ませようとすると、まぶたの裏にセカンドステップからの苦しい下降の様子がよみがえる。おぼつかない足取りでよろめいたり止まったりしながらノースコルまでおり、そこから東ロンブク氷河の比較的安全なキャンプまで戻るのに、三六時間かかっていた。歩きはじめてはまた止まるのを繰り返し、何度も気が遠くなりつつ、自分が担当していたネルソン・テイト・ジュニアが死んだという事実を思い出して現実にしがみついた。あの苦しい時間に比べたら、変な生き物のほうがましだ。どんなものでもましだ。

小動物が消えたのだとしたら、休息と水分補給によって自分は正常に戻りつつあるということだろう。そう思っても、外界と隔絶されてひとり横たわるクインにとっては、なんの慰めにもならなかった。正常に戻れば、疲労困憊《こんぱい》した心が生む現実離れした白昼夢は見なくなるだろう。だが、彼にとっての最大の悪夢からは一生逃れられない――自分は顧客を死なせたのだ。

ダワはどうしておれを助けたんだ? おれがセカンドステップで死ねばよかった。それでもダワが助けてくれたことには感謝すべきだ。いずれ感謝できる日が来ることを願っている。だが当面は、そんな気になれそうにない。

ダワ・シェルパ。

よく助けてくれたものだと思う。ダワは衰弱から回復しないペンバを連れて苦労して下山する途中でクインを見つけ、覚醒させてくれた。少年の遺体からクインを文字どおり引きはがし、動けるようになったばかりのクインをうながして歩かせた。「できること、何もありません」と何度も言いながら。

黄色地層帯《イエローバンド》をやっとの思いで通過したときには、ダワすら弱りかけていた。すると、小さな光が点々とゆっくり坂を登ってきた。デュランとともに山頂をきわめて戻ったばかりのリャクパを含むシェルパ三人と、救助のために自らの登頂のチャンスをあきらめてくれた屈強なチェコの登山家ふたりが、水と新しい酸素を持って迎えに来てくれたのだ。彼らはクインたちを導き、高地キャンプを通って下まで連れてきてくれた。

〝できること、何もありません〟

その言葉はクインの痛む頭の中で響きつづけている。大聖堂の巨大な壁のあいだでこだましているかのように。

たしかに、少年のためにあれ以上できることはなかった。

クインは可能なことをすべてした。

でも坊やは死に、おれは生きている。

考えるだけで胃が引っくり返りそうになる。

おかしい。岩をまわってきたとき、ネルソン・テイト・ジュニアにはまだ力がありそうだった。クインのほうが弱っていたくらいだ。少年が雪棚の上でクインを引っ張ってくれた……。

違うのか？

おれの記憶は正しいのか？　それとも、おれの頭はどうかしているのか？

わからない。

あそこで何があったのか、たしかなことは一生わからないだろう。

心の痛む自己分析は、テントがそっと押されて頭上の生地が二度へこんだことで中断された。ファスナーが上がって入り口が開き、リャクパが顔をのぞかせて、また紅茶の入った魔法瓶を渡してくれた。

「具合どうですか、ミスター・ニール？」

「回復してきたみたいだ」

「よかった。朝の紅茶、もっと飲んでください。体にいいです。おいしいヌードルのスープも作ってます。もうすぐできます。元気出ます。明日ベースキャンプに行かないといけません。サロンがしつこく言ってます。あなたがラサに行って、中国に遭難の報告する前に、サロンが会いたがってます。坊やのお父さん、大騒ぎしてます。ラサの中国当局も動いてます。登山隊のほかの人、荷物持ってカトマンズに戻ります」

クインは紅茶と新たな情報を受け取ってリャクパに礼を言った。元気づけの紅茶が届けられるたびに、意図せずして紅茶の効果を打ち消すようなニュースの断片も一緒に届けられる。

「サロン、怒り狂ってます。サロンのキャンプで長いことコックをやってるドージェじいさんも、あんなにひどいのは見たことないと言ってます」

「ペンバ、回復してます。ノー・ホライゾンズの酸素が悪かった、と言ってまわってます。ダワは黙れと言ってます」

「誰も給料をもらえません」

「ネルソン・テイト・シニアが、坊やの遺体を持って帰れと言ってます。サロンは、高すぎるし季節が遅すぎるから無理だって断ってます。そうですよ。セカンドステップからは運べません」

「ダワは、あなたは手を尽くしたと言ってます――あなたのせいじゃない。でもサロンは、あなたのせいだ、全部あなたが悪いと言います。ダワとペンバも悪いって」

「ものすごい騒ぎです」

最後の発言には全員が同意している。

たしかにものすごい騒ぎだ。ノー・ホライゾンズ社のベースキャンプに戻ったら、混乱はもっと大きくなるだろう。

18

一九三八年一〇月一〇日
午後七時五八分
ドイツ　ベルリン　プリンツ・アルブレヒト通り八番地

食事を終えたハインリヒ・ヒムラーは、黙って考えながら将校用食事室を出た。彼が物思いにふけっているのを見て、参謀長の親衛隊中将カール・ヴォルフと副官で親衛隊中尉のユルゲン・ファイファーも無言を保った。

ふたりは沈黙したままヒムラーの後ろを歩き、いつも夕食後にコーヒーを飲む応接室まで行った。黒い革張りの肘かけ椅子に座ったとき初めて、ヒムラーはファイファーのほうを向いて話しかけた。

「読むように言っておいた新聞記事は読んだかね？」

ファイファーは背が高く痩せている。少年聖歌隊員を思わせる無垢《むく》な顔つきと後ろに撫でつけた金髪からは、エリートの第一SS装甲師団において最も野心的で無慈悲な将校であることなど想像もできないだろう。彼はうなずいた。

「はい、指導者殿」

真っ黒な軍服の胸ポケットから封筒を出し、紙二枚とたたんだ地図を取り出す。コーヒーテーブルの上で地図を広げ、その上に、書き込みをした大きな山の写真を置いた。もう一枚の紙、手書きのメモは、膝の上に置く。何も言わずに次の指示を待った。

ヒムラーは秘蔵っ子にうなずきかけたが、白いジャケットを着た当番兵がやってくるとすぐに写真を裏返して地図を隠し、コーヒーが注がれているあいだ沈黙を保った。当番兵が出ていったあと、ヒムラーはふたたび地図と写真をあらわにして話しはじめた。

「今年の初めにインドに足を踏み入れた瞬間から、親衛隊のチベット遠征隊はかの地のイギリス当局から侮辱され、いやがらせを受けつづけている。親衛隊所属の優秀な科学者五名は、主権国から別の主権国への正当な訪問団ではなく、侵略軍のような扱いを受けている。そのためわたしはロンドンのドンヴァイル司令官に何度も手紙を書き、遠征隊が妨害されることなくチベットの都ラサまで進めるようにしてほしいと要請した」

ヴォルフとファイファーがうなずく。ヒムラーはブラックコーヒーをひと口飲んだあと話を続けた。

「今も、シェーファー教授率いる遠征隊はイギリス支配下にあるインド北西部のシッキム王国で足止めされている。国境を越えて短期間チベットに偵察隊を送り込むのを一度許されただけだ」太く短い人差し指で地図をつつく。「おそらくこのあたりだ。とにかく、その短い訪問が実現したのは、イギリス人の協力というよりはエルンスト・シェーファーの機転のおかげだった。ガントク駐在のイギリス行政官サー・バジル・グールドは、われわれの行動をことごとく妨害する気でいるようだ。また、ラサ駐在のイギリス軍幹部もあらゆる機会をとらえて、チベットの閣僚評議会においてわれわれの名をけがそうとしている」

怒りが募るにつれて、ヒムラーは早口になっていった。

「イギリス人どもにはうんざりだ。やつらは蛇《へび》のように狡猾《こうかつ》に這いまわる。交渉の席でまっこうからわれわれの要求をはねつける勇気がないため、われわれをなだめようとする。去年のミュンヘン会談と同じだ。表では調子のいいことを言いながら、裏ではうまく立ちまわって、あの手この手でわれわれの邪魔をする」

ヒムラーは顔を引きつらせ、唇をとがらせて、なんとか怒りを抑えようとした。鼻眼鏡を外して白い絹のハンカチで拭きはじめる。細めた目で短い指の素早い動きを見ながら透明なレンズを手早く磨いているうちに、徐々に気持ちは落ち着いていき、また冷静に話せるようになった。

「数日前、親衛隊少尉ゲルデラーが見事な洞察力を発揮して、最近の『シュテュルマー』の社説を見せてくれた。イギリス人登山家二名がわが山岳協会に対して、ナンガ・パルバットに登る承認を——彼らは〝祝福〟という表現を用いたが——もらえるかと問い合わせてきたそうだ。もちろん、あのインドの呪われた山に登ろうとする数多くの試みによって何名ものドイツ人が悲劇的な死を遂げたことは、誰もが知っている。いつものように、シュトライヒャー主筆は、ドイツ人登山家に対する途方もない侮辱と考えられることに激烈な怒りを示していた。実のところわたしも、その社説への気持ちのこもった反響には感動した」

言葉を切り、鼻梁に鼻眼鏡をかけ直す。

「いつものわたしなら、もっと憂慮すべき重要な問題があると言うところだ。だが、イギリス人どもがわがチベット遠征隊——きみたちも知るとおりわたしが大切にしている親衛隊アーネンエルベ（ヒムラーが設立に関わった公的研究機関）のプロジェクト——に多大な迷惑をかけていることを考えたとき、わたしは若きゲルデラーが社説を読むのを聞きながら考えずにはいられなかった。ドイツ最高の登山家チームを派遣してエベレストに登らせ、イギリス人どもの鼻先で山頂に鉤十字の旗を立てさせたら、どんなに胸がすくだろう、と」

ふたりの将校は驚いて顔を見合わせたが、すぐさまヒムラーに目を戻した。ヒムラーはまたファイファーを見つめていた。

「ユルゲン、きみはわたしの要求したとおり数日かけてゲルデラーの資料を読み、エベレストについて調べただろう。では、これがいいアイデアではなく、わたしがもっと必要なことに心を向けるべきである理由があれば説明してくれたまえ」

ファイファーは身を乗り出し、かすかな笑みを浮かべて答えた。「実のところ、指導者殿、わたくしもそれはきわめて興味深い宣伝行動になるとは思います。しかし実現は難しいでしょう。わたくしはシュトライヒャー主筆の社説について、ミュンヘン大学の数学主任教授マルクス・シュミット教授とじっくり話し合いました。ご記憶だと存じますが、教授は中央ヨーロッパ鉄道においてどのくらいの人間を運べるかに関する最新の研究を行った人物です」

「その男なら覚えている」

「実は、シュミット教授は熱心な登山家でもあります。彼はヒマラヤ山脈のことと、社説で述べられた意見の背景を教えてくれました」

ファイファーは下を向いてメモを見、報告を続けた。「一九二一年以降、たしかにイギリスはチベット側からエベレストに登るために遠征隊を七度送り込んでいます。この写真はシュミット教授にいただいたもので、エベレストをそちら側から写したものです。最新の遠征は今年の春でした。遠征は常に春に行われるのです。どの遠征も失敗に終わりました。一九二四年、ジョージ・マロリーとサンディ・アーヴィンというふたりのイギリス人登山家が北東稜の非常に高いところまで到達しました」ファイファーは話しながら、きれいに手入れされた指先で写真の稜線をなぞっていき、頂上の少し下で止めた。「しかし、彼らは下山しませんでした。ふたりが死ぬ前に頂上をきわめたと言う者もいますが、証拠はありません。誰かがそういう証拠を持って帰るまで、イギリス人は山頂を目指しつづけるのです」

ファイファーの冷たい目はふたたびメモを見やった。

「そのほかの遠征でも何度か、頂上近くまでは行きました。少なくとも四人が標高八五〇〇メートルを越えています。頂上まではほんの三〇〇メートルほどです。そのひとりは、シュトライヒャーの社説で言及されたスマイスという男です――それを考えればなおさら、やつがナンガ・パルバットに登るのを許すわけにはいきません」

「しかし、ほかの国はエベレスト登山を試みていないのか？」ヴォルフが尋ねた。

「はい。地図でおわかりになるように、エベレストはチベットとネパールにまたがっています。ネパール王国は完全に鎖国状態です。首都カトマンズに入れるのは外交官だけで、それより奥へ行くことは誰にもできません。チベットは少し事情が違います。かの有名なスウェーデン人探検家スヴェン・ヘディンや――誰もが知るとおりわれらが総統の熱心な支持者――、指導者殿のおっしゃったシェーファー教授は、過去に数度チベットを訪れることができました。しかしながら、一九〇四年のイギリスによるチベット侵攻のあと、将校ヤングハズバンドが実質的な降伏条件を押しつけ、チベットはイギリスの言いなりとなりました。エベレストが未登頂であるかぎり、イギリスはチベットに対して、他国の者が山に入ることを妨げるよう要求するでしょう」

ファイファーがイギリスのチベット支配に言及すると、ヒムラーはまたしても怒りで顔をゆがめた。ファイファーはヒムラーの反応に関心を示さず、自分が精密に集めた事実を述べつづけた。

「イギリスがエベレストを自分たちのものとして扱っているのは明らかです。他国の人間は、イギリスの影響力が及ぶほかの山に登ることは許されます――ナンガ・パルバットには自由に登れます――が、最高峰であるエベレストは彼らの山なのです。一般に、ヒマラヤ遠征隊は何トンもの荷物と何百人ものポーターを使う大規模なものになりますし、イギリスはインドやシッキムを通ってチベットに入るルートを支配していますので、ほかの国がそういう遠征隊を組織してこっそり妨害されずにエベレストに向かうなどというのは、想像することすら不可能です。たとえチベット政府と交渉して秘密のうちに許可が得られたとしても」

ヒムラーはファイファーに合図して止めた。「だが、熟練した登山家二、三人による小さなチームではだめなのか？」

「そうだ、パラシュートで頂上におろしたらどうだ？」ヴォルフが言う。

「だめです。チベットはあまりに広く、あまりに遠い国です。航空施設はありません。飛行機ならヒマラヤ山脈上空を飛べますが、たとえイギリスに知られずにインドで給油できたとしても、われわれが現在有する輸送機ユンカースJU－52の航続距離と高度では足りませんし、ひそかに給油するのはそもそも不可能です。パラシュートに関しては、その――」

「では、唯一可能なのは陸路で登ることだな」ヒムラーはパラシュートの可能性を論じて時間を浪費するのを嫌って割り込んだ。

「はい。興味深いことに、シュミット教授の話では、四年前にモーリス・ウィルソンというイギリス人が非公式かつ秘密裡《ひみつり》にエベレスト単独登山を試み、山麓《さんろく》までは行きついたそうです。彼は三人のポーターとともに変装してチベットに入ったので、それは可能です」ファイファーはそう言いながら、地図に赤鉛筆で引かれたウィルソンのおおよそのルートをふたりに示した。「最初彼は、飛行機で山腹に突っ込み、そこから山頂まで登る計画を立てていました。ところがイギリス軍はインドで彼の飛行機を止めて押収しました。残酷な話です」

「なぜだ？　その男はどうなった？」

「頂上に近づくずっと前に、疲労でじわじわと力尽きて死んでいったそうです。イギリス軍が彼の飛行を許していたなら、少なくとも自殺によって即死できたでしょう」

「つまり、ユルゲン、そういう試みは自殺行為にすぎないと言っているのかね？」

「そうです。しかし、単独登山を試みて死んだこのイギリス人は、やる気はあったものの、登山経験がほとんどなかったことは認識しておかねばなりません」

「では、もう一度尋ねるが、なぜ優秀な登山家による小さなチームを変装させて送り込んではいけないのだ？ アイガー北壁を登ったような者を？ たとえばハインリヒ・ハラーのような人物だ。ハラーのアイガー北壁登攀も自殺行為同然だったが、彼は生還した。そういう者たちならできるはずだ」

ファイファーはヒムラーの発言を冗談と取って微笑んだ。「できるかもしれません。しかしそうした優秀な登山家は、今やわが帝国のみならずイギリス、フランス、イタリアでも非常に有名です。イギリス領インドをひそかに抜けるのは無理でしょう。唯一考えられるのは、無名の優秀な登山家を見つけることです。エベレストに登る――どう言えばいいでしょう？――〝動機〟はあるものの、何かまずいことがあった場合には使い捨てにでき、帝国との関わりを否定できる者。失敗の確率は高いですから。大きな賭けではありますが、そのような方法なら考えられなくもありません」

ヒムラーは立ち上がり、部屋の中をせかせか歩きはじめた。

「いつもながらそつがないな、ユルゲン」やがて彼は言った。「エベレストの頂上ではためく鉤十字のイメージは、どれだけ頭から追い払おうとしても追い払えない。そのような偉業の写真を想像してみろ。われわれの崇高な黒い軍装が誰よりも先に世界一高い頂上に到達したことを示す、否定しようのない証拠だ。それは親衛隊を――いや、第三帝国全体を――おおいに鼓舞すると同時に、イギリスにとってはこのうえない侮辱となる。とりわけ、チベットでわれわれを必死で止めようとした外交官や諜報員にとって」

ヒムラーは立ち止まってファイファーを見つめた。

「聞くべきことは充分聞いた。親衛隊中尉ユルゲン・ファイファー、以下の二点を命ずる。その一、わたしから帝国宣伝大臣ヨーゼフ・ゲッベルスの執務室へ、今後いかなる山への登山に関する情報も親衛隊の完全な管理下に置く、との連絡を伝える。反論は許さない。ゲッベルスにはどんな形でも関わらせたくない。これはわれわれから総統への贈り物にすべきことだ。

その二、必要な人材、適切な日程、費用の見積もりといった詳細において、きみの発案を展開させる予備作戦を進める。それを親衛隊ヴェヴェルスブルク／アーネンエルベ作戦と名づけ、機密種別12ＷＢＢの部外秘作戦と分類する。計画の詳細を練るに当たっては、常にわたしが作戦を終了すると決めたらいつでも完全に終了できるようにせねばならないということを念頭に置け」

　内ポケットから小さなメモ帳と銀の万年筆を出すと、ヒムラーは自分用のメモを書き留めた。

「親衛隊大将ラインハルト・ハイドリヒと、秘密警察《ゲシュタポ》と刑事警察《クリポ》の長官には、わたしが直接話をし、現在の被拘留者の中にきみが提案した作戦に求められる技術を持つ者がいないかどうか尋ねてみる。候補者のリストができたなら、きみは彼らとその家族に関する資料一式を入手し、最適な者を選べ。二週間後に作戦の進捗を確認する。では、ほかの問題に移ろう」

「山よ万歳《ベルク・ハイル》！」ファイファーはドイツの伝統的な山の挨拶をして、地図を丁寧《ていねい》にたたんだ。

　ヒムラーがエベレストの写真をつかみ上げたとき、照明が眼鏡に反射して目は隠れたものの、唇にはかすかな笑みが浮かんだ。万年筆でゆっくり、慎重に、写真のいちばん上にルーン文字による親衛隊《SS》のマークを書き、そっと息を吹きかけてインクを乾かす。それをファイファーに返して、彼は言った。「勝利《ジーク》……万歳《ハイル》、ユルゲン。ジーク・ハイル！」

19

二〇〇九年五月二九日
午後八時五四分
チベット　ロンブク谷
エベレスト北ベースキャンプ——標高五一七五メートル

前方では、ノー・ホライゾンズ・ベースキャンプの中央に設置された半球形の大きな正多面体型《ジオデシック》ドームテントが、黄色い照明で明るく光っている。荒涼としたロンブク谷にできた、明るい水ぶくれのようだ。クインとダワとペンバは、ほかのテントの張り綱に足を引っかけないよう注意し、いつもキャンプの周辺にいるチベット人ヤク飼いの獰猛《どうもう》なマスチフ犬に警戒しながら、闇の中をゆっくりテントに向かっていった。

ニール・クインの全身の筋肉や関節は、中世の拷問台《ごうもんだい》で手足を引っ張られているかのように痛んだ。エベレストに登ったあとの深刻な疲労は、これまで何度も経験したが、たいていは無視した。帰郷や次の旅のことを考えると楽観的な気分になり、疲労は気にならなくなる。だが今回は違った。疲労や痛みはこれまで経験したことがないほどひどく、それ以外の感情によってさらに増幅されている——恥、後悔、挫折《ざせつ》といった感情だ。氷河を歩いて渡るのには丸一日かかっていた。ダワはもっと速く行くこともできたのだが、クインは自分とペンバと一緒に行動してくれと言い張った。ダワの手助けが欲しかったからではない。自分が最初にサロンと対峙《たいじ》したかったからだ。それはクインでなければならなかった。

少し立ち止まり、このあとのことを考えて息を整えた。サロンは常に喧嘩腰なので、理性的で穏やかな話し合いは期待できない。深呼吸をして覚悟を決め、谷床に点在するほかのテント群を見わたした。その多くにも明かりがついている。ほとんどのチームは山からおりてきていた。登頂後のパーティが大きなメステントで開かれている。厳しい寒さをものともせずに人々がテントから出て、酒を飲み、テントの中でかかっている大音量のヒップホップに合わせて踊っているのが見える。彼らはリズムを取り、声をかぎりに〝世界の頂点〟に行ってきたぞと叫び、ビール瓶やグラスを山頂に向かって掲げ、自分たちがそこにいたこと、生きて帰れたこと、エベレスト登頂者の仲間入りができたことに有頂天になっている。

登頂を果たしたか否かにかかわらず、クインが向かうテントでそんな陽気なパーティは開かれていない。そう考えたとき、彼は思わず山を振り返った。少年が自分の後ろを歩いていて、エベレスト登頂成功を祝おうとしているという、無為な望みを抱きそうになる。

だが後ろは無人だった。

坊やは死んだ。

それを認めたからには、甘んじて責めを負わねばならない。

クインは胸の痛みを感じつつ歩きつづけた。

おれは、できることを全部やったんだ。


ようやくメステントに着くと、三人は外でバックパックをおろして置き、まずダワがファスナーを上げて丸い入り口を開け、入っていった。大きなドーム型テントの中にいるのは、登山隊の中国人連絡将校ウェイ・ファンと、登山隊づき最年少コックのフィンジョーだけだった。中国ヒマラヤ協会から登山隊の物資輸送を補佐するために派遣されたファンは、実際にはその地域における中国の支配を妨げる行為を阻むために送り込まれた安月給のスパイだった。難民のネパールへの流出、〝チベット解放〟プロパガンダ、違法なチベット国旗の――特に中国で最も崇高な山〝チョモランマ〟頂上での――掲揚、といった行為だ。

ファンはすっかり酔っ払い、テントの中央に置かれた大きなトレッスルテーブルに突っ伏している。場にそぐわない花柄のビニール製テーブルクロスの上には、パブストのビールの缶や中身が半分ほど残ったウイスキーやウォッカのボトルが散乱している。フィンジョーは意識のないファンを起こさないようにしながら、散らかったものを片づけている。三人が入ってくると手を止め、幽霊を見たような顔になった。

「大丈夫だ、フィンジョー。おれたちが来たと言って、サロンを呼んできてくれないか？」クインが言うと、フィンジョーはあわててトレイを置き、テントを出た。そのあとの沈黙を破って、クインはダワとペンバに言った。「話すのはおれに任せてくれ。いいな？」

ふたりが返事をする前に、テントのファスナーが乱暴に開けられた。サロンが来たのだ。

頭を屈めてテントに入ってきたサロンは、まずクインを見た。「ああ、おまえに話させてやるぞ」横を向いてダワとペンバを怒鳴りつける。「おまえらふたり、出ていけ！」

シェルパふたりは動くことなく指示を求めてクインを見たので、クインは行っていいという意味を込めてうなずいた。ところがペンバが立ち去ろうとしたとき、サロンはその前に立ちはだかって大声で言った。「おまえとの話が終わったとは思うなよ。まだ始めてもいない。氷河キャンプで、おれの用意した酸素が悪かったと言い触らしてくれたそうだな。全部酸素のせいだと。そんなことをぬかして、ただですむと思っているのか?」

クインはいらだちに襲われ、ふたりのあいだに割り込んだ。「おい、ペンバは、何か変な感じだったと言っていただけだぞ」サロンの荒い息からはアルコールのにおいが漂っている。ウェイ・ファンと一緒に飲んでいたに違いない。

サロンはクインをにらみつけて「なんだと?」とだけ言った。怒りのあまりそれ以上言葉が出ないのか、唇を噛んで血走った目でクインを見据える。しばらくして、立ち尽くしているシェルパふたりに怒鳴った。「ダワ、ペンバ、出ていけと言ったはずだぞ!」

「ミスター・ニール?」ダワが問いかける。

「いいんだ。今は外で待っていてくれ」クインは答えた。

場の緊張をやわらげるため、シェルパが出ていくとクインは両手を上げ、ゆっくり、できるだけ穏やかにサロンに言った。「なあ、ジャン＝フィリップ、落ち着いてくれ。おれたちは運の悪い日に当たったんだ。たしかに悲惨な日だった。しかし、山頂のことは知っているだろう。事故は起こりうるし、実際に起こった。山頂からおりるとき、おれは坊やを助けるためにできることは全部やった。ペンバが言っているのは、何かがおかしかったってことだけだ。具体的なことは定かじゃない。坊やの心臓に問題があったのかもしれない。おれにはわからない。だがこれだけは言える。こんなふうになるはずは――」

クインが最後まで言う前にサロンは近づいてきて怒りの形相で叫んだ。「黙れ《タ・ギュール》！でたらめだ《セ・デ・コネリー》！」

怒りにわれを忘れたサロンに道理を説くこともできず、クインは肩をすくめて首を振った。

「どういう意味だ？　おれは上で何があったかを説明しようとしているだけだ」

「その……意味は……〝クイン、でたらめをぬかすな！〟ってことだ。悪い日に当たったとか、ペンバの具合が悪かったとか、酸素がおかしかったとか、坊やの手袋が薄かったとか、おまえがピッケルを失くしたとか、そういうのは聞きたくない。おまえはこの二四時間、自分の口でおれに説明するのが怖くて、氷河キャンプでそんな情けない弁解を言い触らしていたんだろう。今朝ならおまえの話を聞いてやったかもしれんが、今はもう遅い。話は終わりだ。坊やはぶっつぶれた。お金持ちのパパは、おれもぶっつぶそうとしている。登山隊の費用は払ってくれない。一セントたりともだ。おれには金がいる。大事なことなんだ。おまえを雇ったのは、坊やを山頂に連れていって無事連れ帰らせるためだぞ。だからこそ、テイト・シニアはほかの登山隊じゃなくてうちを選んでくれた。なのに失敗しやがって」

サロンの話を聞いて、クインはふと一〇万ドルの登頂成功ボーナスのことを思い出した――登りはじめる前、サロンはそのことばかり話していた。そんな金額がサロンにとって本当にそれほど重要なのか、あるいは酔った勢いでそう言っていただけなのかと考えつつ、クインはなんとかサロンにわかってもらおうとした。「おれの話を聞きたくないのはわかるが、実際何かが悪かったんだ。明日にしよう。あんたは今話し合えるような状態じゃ――」

ふたたびサロンはさえぎった。今回は発作を起こしたように、ベースキャンプじゅうに聞こえる大きな声で叫んだ。

「上で悪かったのはおまえだ、ばか野郎が！　おれの客を殺しやがって！　おまえとシェルパのお友達は、セカンドステップでネルソン・テイト・ジュニアを見捨ててきた！　そうだろう！　坊やはニワトリみたいに軽かった。おまえみたいな男なら――おまえなら、坊やをかついでおりられたはずだ！」

「無理だ。わかっているくせに」

サロンはぱっとクインを見、いかにも面白そうに言った。「おれは夕方に、坊やの父親にそう説明しておいてやったぞ。おまえはもっと早く戻ってくるべきだったな」

クインはあっけに取られた。「まさか。それが本当だとしたら、あんたは何かを隠したがっているってことだ。酸素ボンベがおかしかったとペンバが言ったのは、正しかったのかもな」

サロンは切れて、いきなりクインの喉につかみかかった。

ふたりはもつれ合ってテーブルに倒れ込み、ボトルや缶や中国人連絡将校を床に落とした。

激しく地面にぶつかったウェイ・ファンは意識を取り戻し、ナイフで刺された豚のような金切り声をあげてテントの端まで這って逃げた。

下山で疲れたクインは、上からのしかかるサロンを止めようともがいた。サロンは落ちたウォッカのボトルのネックをつかみ、地面に叩きつけた。ガラスと透明な酒が飛び散る。

彼はギザギザに割れたボトルをクインのほうに突き出した。

クインはガラスの鋭い切っ先を顔から離そうともがき、左手を持ち上げてサロンの手首をつかんだ。だがどれだけ押しのけようとしても、ガラスの先端はどんどん近づいてくる。もともと力が強く、ベースキャンプでたっぷり休息を取っていたサロンは、クインを圧倒していた。

ガラスの先が頰を切り裂いて血が噴出した直後、サロンは突然引っ張り上げられてクインから離された。

ペンバがボトルを持った腕をつかみ、ダワは古いピッケルの柄をサロンの顎の下に突きつけた。

シェルパふたりはサロンを引き戻して地面に倒した。

クインが起き上がったとき、ほかのシェルパやチベット人もテントになだれ込んできた。

リャクパともうひとり、クインの知らないシェルパが、ペンバに加勢してサロンを押さえ込んだ。ダワは立ち上がってピッケルの石突きの金属部分をサロンの喉に当て、「やめろ」とだけ言った。

サロンがもがいて逃れようとしたので、ダワは石突きをさらにきつくサロンの喉に押しつけた。

「やめろ」もう一度言う。

サロンは今度は従った。

「今は出ていったほうがいいぞ、サロン」クインは出血する顔を押さえたまま立った。

サロンは無言で動きもせず、ただ憎しみの目でクインを見返した。

ダワはゆっくりピッケルを離していった。するとサロンは、ダワが自分に向けているピッケルの石突きに視線を据えたまま、さっきよりは小さな声で話しだした。

「ここはおれの縄張りだ《セ・マ・メゾン・イシ》。ここでおれにこんなことをして、ただですむと思っているのか？」

ほかのシェルパの手を振りほどいて立ち上がり、クインを見ながら言う。「おまえは下山中泣きながら、セカンドステップにいるのは自分のはずだったのにと言っていたそうじゃないか。正直言って、おれもそのほうがよかった。おまえと、命の恩人のシェルパふたりとは、まだ決着がついていないぞ」野次馬を押しのけ、サロンはテントを出た。

ショーは終わった。ダワはクインの傷をバタフライ形テープで留めたあと、シェルパやチベット人とともにテントから出ていった。テントのすぐ外で、彼らは興奮して話し合いを始めた。それが終わると、ダワはふたたびクインのもとに現れ、今夜はサロンがまた何かしてこないよう自分たちが見張っておくと告げた。

クインはダワの心遣いに、改めて礼を言った。

ダワはうなずいて応え、古いピッケルを持ち上げた。

「ミスター・ニール、これ、わたし保管してました。持ってきました。あなたのために」ピッケルをクインのほうに押しやる。

サロンの喉に当てられるのを見るまで、クインはヤマガラスの洞窟から持ってきた古いピッケルのことをすっかり忘れていた。それを目の前に出されたとき、セカンドステップでの記憶がどっとよみがえった。「ダワ、悪いがおれはそんなもの欲しくないんだ」

「だめです、ミスター・ニール。これ、二回あなたの命救いました。あなたが持ってるべきです」ダワはそう言い張り、渋るクインの手に木製の長いピッケルを押しつけた。

ダワを納得させるため、クインはピッケルを受け取った。そのとき、丸顔のウェイ・ファンがまだテントにいて、ふたりをじっと見つめていたことに気がついた。クインは彼に歩み寄り、あいている手で、ファンが床から拾い上げていたウイスキーのボトルを引ったくった。

「これが必要なのは、あんたよりおれのほうだ」

20

長いピッケルを杖にして、クインはゆっくりテントをあとにした。明るい星の群れが、頭上に丸く広がる夜空を埋め尽くしている。気温は低くなっているものの、風はまったく吹いておらず、遠くにあるメステントでの登頂成功パーティの大きな音も漂ってこない。パーティはたけなわだった。おそらくノー・ホライゾンズのテントでの喧嘩の話で盛り上がっているのだろう。エベレストのベースキャンプはふたつのことを糧《かて》にしている。登頂とゴシップだ。

頬の傷はずきずき痛む。クインは立ち止まり、痛みとサロンに襲われたショックを振り払おうとした。サロンについては扱いにくい、冷酷、腹黒いといった話は聞いたことがあったが、エベレストにはそういう人間も多くおり、クインはその大半とうまくやっている。サロンには特に気をつけろと忠告されたときも、自分は誰とでもうまく付き合えると思っていた。しかしサロンは手に負えなかった。あの男は異常だ。

でも、おまえをこの悪夢に導いたのは、本当はおまえ自身のうぬぼれじゃないのか？

そうだった。八回エベレストに登頂した自分なら、一六歳の少年を山頂まで連れていって戻ることもできると思い込んでいた。心の奥では、そんな若い客と関わることに不安を抱いていたのに。

それと、おまえは金に目がくらんだ。

もともと二〇〇九年シーズンにクインと契約していた探検社は、登山シーズンの数カ月前に倒産した。彼はフリーになったことをほかの会社に知らせはしたものの、今年はもう仕事がないだろうとあきらめていた。ところが、サロンはクインを雇える機会に即座に飛びついた。サロンがそこまで熱心だったことに、クインは少し気をよくした。好きであろうとなかろうと、サロンはエベレスト商業登山における大物だ。ガイドの責任者としての報酬は、クインが普段もらっているよりも多い二万ドル。それに加えて少年の登頂が成功したあかつきにはさらに一万ドルのボーナスが出る。おいしい仕事だ。昨シーズンまでは、エベレストでのガイド業に見合う充分な報酬は得られないとあきらめていた。それでもかまわなかった。四月と五月はどうせほかの山々での仕事が少ないし、自分は世界一高い山で大好きなことをするのだという自負で、財布の中身の乏しさを埋め合わせていた。自らのうぬぼれとサロンの——というよりテイト・シニアの——金が結びついたせいで、クインは通常なら守るはずのルールを無視してしまった。

ウイスキーボトルの蓋を開けてラッパ飲みをする。喉が焼ける。痛いくらいだ。ボトルをおろしたとき、またパーティの音楽が聞こえてきた。古いロックの曲がかかっている。曲名は『写真《フォトグラフ》』だ。

写真か。

その言葉に、ダワと少年とで過ごした山頂でのあわただしい時間の記憶が呼び覚まされた——危険で、愚かで、ばかげた商取引だった。

つまらない写真のために。

あんな計画に乗ったことには、われながら驚きあきれてしまう。その後の騒ぎのせいでカメラを見もしなかったという事実が、山頂写真の無意味さを際立たせている。

しかし、驚くようなことか？

ある意味、常に最も大切なのは写真だった。

クインにとっても。

彼をエベレストに、いや登山に導いたのも、一枚の写真だった。

寒さの中、ひとりで突っ立って、ウイスキーをさらに飲みながら、彼は天井の高い学校の図書室で運命の写真を初めて見たときのことを思い出していた。最初、図書室は単なる避難所だった。七歳で送り込まれたイギリスの全寮制学校の、硬い壁と『蝿《はえ》の王』で描かれたような不穏な雰囲気から逃れるための、本に囲まれた部屋。この完全な静寂の中に隠れて、七〇年代に若者に支持された小説を読みふけった。デニス・

ホイートリー、ジェームズ・ハーバート、スヴェン・ハッセル、エーリッヒ・フォン・デニケンなどの、ぼろぼろのペーパーバック。図書室の棚に並べられたのではなく、安全地帯を出た廊下で交換したり借りたりしたものだ。

ほかの生徒から手に入れた本を一冊読み終えるたびに、築何十年もの色あせた黄色い壁に沿った棚に並べられた『ナショナル・ジオグラフィック』に引きつけられた。

やがて、その内容の濃い小型雑誌を目当てに図書室に通うようになった。何時間もかけて、色彩豊かな光沢のある写真に見入り、正確にして簡潔な説明を読んだ。記事を読んでは、遠く離れた場所に心を漂わせた。最も高い場所、最も深い海底、最も暑い場所、最も寒い場所、最も湿度の高い場所、最も乾燥した場所、あるいは何もない宇宙。当時は気づいていなかったが、そうした雑誌は彼に消えることのない放浪願望を植えつけた。どれだけ努力しても決して満たされることのない、冒険への渇望《かつぼう》だ。

頻繁に現れる写真があった。完璧な写真、二〇世紀におけるきわめて有名な写真。それに出合うたびに、クインは至高の瞬間に魅了された。その写真では、ひとりの男が記念すべき一歩を刻んだ瞬間に、颯爽としたポーズを取っていた。何年も追っていた巨大な野獣を倒し、勝ち誇ってその肩を踏みつけたかのような、素晴らしい写真だった。男の足元から硬く凍ったピラミッド状の雪が、コルクを抜いたばかりのシャンパンのように下へと流れている。斜面の両側、白い〝肩〟から、ほかの壮大な、しかし明らかに彼の立っている頂上より低い山々をつなぐ稜線が遠くに見えている。そこは疑う余地のない〝世界の頂点〟だ。

写真の中央に立つ登山家は、ゲートルつきの分厚いブーツ、灰色のぶかぶかのズボン、上半身を覆う紺色のパーカーという服装だった。顔はマスクで隠れているが、凝視しているうちに酸素マスクとスノーゴーグルは消え、白い歯を見せたとてつもない喜びの顔が見えてくる。手は、晴れているが黒い空に向けて、勝ち誇ってピッケルを掲げている。くくりつけられている何枚もの旗は、ほとんどは強烈に吹きつづける風に吹かれて、撮影者から見てピッケルの柄の向こうに隠れてしまっている——この環境が静謐《せいひつ》ではなかったことを示す、写真の中で唯一のものだ。

一枚の旗だけがはっきり見えていた。赤と白と青の英国国旗《ユニオン・ジャック》。ピッケルを持つシェルパのテンジン・ノルゲイも、巧みにカメラを操作したサー・エドモンド・ヒラリーもイギリス人ではなかったけれど、ユニオン・ジャックはこの写真をイギリスのものとして強く印象づけている。旗は歴史の重みで隊員の国籍といった些細な事実を打ち消し、「グレート・ブリテン、一九五三年五月二九日、エベレスト初登頂」と叫んでいる。幼い少年であっても、学校の門の外にあるイギリスという国がもはや偉大でないことは知っていた。この国は粗悪な自動車を製造し、醜いコンクリートの高層ビルを建築していた。常にストライキを行い、かつて栄光に輝いていた兵士を北アイルランドに派遣し、兵士は降りしきる灰色の雨の下でテロ組織のIRA暫定派に愚弄され、処刑されていた。しかし若きクインにとって、あのエベレスト山頂写真は間違いなくイギリスのもの、偉大なものだった。彼はそれゆえに祖国を信じ、自分自身をも信じた。もしかすると自分もいつの日か、あのような偉業を成し遂げられるのではないかと思った。

その有名な写真をきっかけに、クインはやがてジョン・ハントによる淡々とした遠征記録『エベレスト初登頂』を読むようになり、その後モーリス・エルゾーグの『処女峰アンナプルナ――最初の８０００ｍ峰登頂』やヘルマン・ブールの『八〇〇〇メートルの上と下』、ハインリヒ・ハラーの『白いクモ――アイガーの北壁』といった生き生きとした記録の翻訳によって、それ以外の多くの山を知った。図書室を出て、体育館の吹きさらしの古い壁の内側に張られた高さ二・五メートルの羽目板を登りもした。てっぺんまで行くと、心臓が激しく打ち、めまいがして口の中がからからになりながら、ひとりで息を切らせて幅六センチの出っ張りに沿って歩いた。膝を震わせ、小さな指で不ぞろいの石やはがれかけたモルタルのあいだに手がかりを探した。初めてそうやって体育館の内側を一周したときは快哉《かいさい》を叫び、今までよりも背が高く強くなった気分でおりていった。その後、もっと高いところを目指して登りつづけた。ついには、高価な学費がもたらす特権と安心に背を向けて山へ向かった。

今、クインはダワが返してくれた古いピッケルを持ち上げた。写真で見たのとそっくりだ。手に持つと非常にバランスがいいが、現在使用されるチタンと炭素繊維製の近代的な小型のものに比べるとかなり重い。ウイスキーに酔った頭で見ているうち、まさにあの晴れた日にテンジンが掲げていた、そのピッケルかもしれないという気がしてきた。別の状況なら、素晴らしい戦利品だと考えただろう。彼はよくエベレスト山中で昔の装備品を見つける。ほとんどはがらくただ。古いキャンバス地の切れ端、テントのペグ、ブリキ缶、捨てられたハーケン、ハンマーも一度見つけた。だがこれほど興味深いものはめったにない。一度だけ、同じくらい価値のありそうなものを見つけた。三〇年代のイギリスの遠征隊が捨てていった真鍮製《しんちゅうせい》の酸素ボンベだ。それはひどく重かったが記念品としてイギリスまで持って帰り、気は進まなかったもののイーベイでドイツの収集家に一二〇〇ポンドで売った。手放すのは惜しかったけれど、いつものように感傷より金のほうが大事だったのだ。

寒さで体がどんどん冷えてきたので、クインはピッケルをおろし、この六週間ベースキャンプで寝泊まりするのに使っていた小さなテントに戻ろうとした。テントに近づいたとき、ヤク飼いの乾燥糞を燃やす焚《た》き火のきつい刺激臭が漂ってきた。明るい炎のまわりでは、フードをかぶった人間が四人、暖を取るために体を寄せ合って座っている。ひとりが顔を上げてクインにうなずきかけた。チベット人ではなかった。

シェルパのリャクパだ。「心配いりません、ミスター・ニール。わたしたち、交代します。サロン見張ります。安心して寝てください。体、休めてください。朝には元気になってますよ」

クインはテントのファスナーを開け、ピッケルとバックパックを中に押し込み、小さなガスランプを灯した。彼自身も中に入って数分間寝袋に倒れ込み、休憩した。そのあと古いピッケルを、テントの奥に置いたリュックサックふたつのうち、大きいほうに押し込んだ。カトマンズへ戻る長い旅に備えて残りの荷物を詰め直さなければならないが、今は寒すぎ、疲れすぎている。作業は明日にしよう。

肩から寝袋を羽織り、またボトルに口をつけてウイスキーを飲んだ。たっぷり飲んだので、もはや割れた唇や荒れた喉の痛みは感じず、内側からの熱さが疲れた心をなだめてくれた。『フォトグラフ』がまだ頭の中で無限に繰り返されている。彼はそのリズムに聞き入った。

写真。

写真。

写真。

やめろと自分に命じたのに、やめられなかった。

バックパックからカメラを、リュックサックから電池パックを取り出す。寒さでかじかんだ指で、充電された電池をカメラにセットして電源を入れた。

そこにおさめられた写真を順に表示させて、一六歳の少年が世界の頂点に向かった片道の旅の足跡をたどっていった。

そのあとは、どれだけウイスキーを飲んでも心は休まらなかった。

21

一九三八年一〇月一六日
午前一時二一分
ドイツ　帝国アウトバーン七号線　北西方面

左人差し指の痛みを無視しようとしながら、ヨーゼフは足の下でトラックの重いタイヤがなめらかな舗装道路を進む規則的な音に耳を澄ませた。単調な音が眠りを誘ってくれることを願ったが、それはかなわず、〝やつらはぼくたちをどこに連れていくんだ？〟という疑問ばかりが頭をめぐる。エンジンの轟音は答えを教えてくれない。

血にまみれた指先に、またしても鋭い痛みが走った。

たかが指一本なのに、なんでこんなにひどく痛むんだ？

痛みは二層に分かれているように感じられた。爪をはがされたときの鋭く激しい痛みの下では、指のさらに奥でずきずきする痛みがある。時計の針が執拗に時間を刻みつづけるようなリズミカルな疼《うず》きは、包帯が巻かれる前にさっと塗られた軟膏《なんこう》が既に感染との戦いに負けたことを告げている。

指一本でこんなに痛むとしたら、ギュンターはいったいどんな痛みを感じているんだろう？

ヨーゼフはトラックの床で伸びている友人の黒い輪郭に目をやった。暗い中でも、傷だらけの両手に巻かれた白い包帯が見え、彼が意識と無意識のあいだをさまよいながら、ときどきあげるうめき声が聞こえる。ヨーゼフは無傷の右手をギュンターのじっとり汗ばんだ額に伸ばした。やはり熱い。ギュンターは死にかけているのだろうか。

その思いにヨーゼフはおびえた。クルトは手こそ無事だが、ゲシュタポによる尋問のあいだ、怪我をした膝を集中的に痛めつけられていた。その後ヨーゼフとクルトは、ギュンターを助けるためにできるだけのことをした。番兵にもらった水筒から何度も水を飲ませた。できるだけ楽な姿勢になるよう体を起こしてやり、トラックの後部に唯一置かれていた古い毛布三枚で覆った。額の汗をぬぐった。だが、何をしても、ギュンターの苦しみをやわらげることはできなかった。

ヨーゼフには、ギュンターは単に手を切り刻まれて爪をはがされただけではないという気がしていた。殴られたとき内臓を損傷したのではないか。ゲシュタポは最初からギュンターがリーダーだと知っていた。三人の中からギュンターを選び出して最も長い時間をかけて拷問し、必要な情報を引き出そうとした。密出国と密輸取引におけるミュンヘンの黒幕の正体をギュンターが知っているのかどうか、ヨーゼフにはわからない。しかし手に包帯が巻かれていることからすると、ギュンターは最後にはすべてを白状したのだろう。ゲシュタポには誰も抵抗できない。たとえギュンターでも。

これからどこへ連れていかれるのか、とヨーゼフはまた考えた。彼らの身柄はゲシュタポからふたたび親衛隊に渡された。唯一考えられる結論は絶望的なものだった。自分たちはどこかで射殺されるのだろう。これ以上拷問があるとは思えない。ゲシュタポは拷問の達人で、既に必要な情報は引き出している。親衛隊は単に三人を口封じのために殺したいだけなのだ。親衛隊があの山の上でユダヤ人九人を殺したのはわかっている。ユダヤ人の中には女や子どももいた——ヨーゼフは尋問されているあいだ、そのことに文句を言った。トラックの暗闇の中で、またあの場面がよみがえる。彼らを殺した銃声と爆発音が聞こえる。あの夜、恐ろしい響きとともに、ヨーゼフのこれまでののんきな人生は徐々に奪われていった。渓谷道路まで戻ったときには、自分がもはや若くなく、気ままに生きる自由人でもないことがわかっていた。それ以来、あの音の記憶は彼が自らの生存を望む権利も否定している。

親衛隊はどうしてぼくたちを逮捕するだけで満足してくれなかったんだ？

今は、どこかに連行されているのか？

ギュンターがうめきはじめ、一度恐ろしい悲鳴をあげたあと、また静かになった。その叫び声を聞いて、ヨーゼフはゲシュタポが爪をはがしはじめたときの自らの悲鳴を思い出した。あのとき、長身でブロンドの親衛隊中尉が正式な書類らしきものを振りまわしながら部屋に駆け込んできて、ただちにヨーゼフを釈放しろと命じたのだった。

尋問者は最初、ヨーゼフの手首を湾曲した木の肘かけに縛りつけた重い革紐をほどくのを拒んだ。左の肘かけでは、ヨーゼフの指から噴出した血だまりの中に、彼の爪をはさんだままの小型ペンチが、縛られた手の横に置かれていた。口の中に苦いものが込み上げ、目に苦痛の涙をためたまま、ヨーゼフはペンチを床にはたき落とし、ゲシュタポのひとりに側頭部を殴られた。

すると親衛隊将校は即座にホルスターからルガーの銃を抜いて叫んだ。「おまえたちの誰も、二度とこの男に手を触れるな。この書類には、おまえたちの最高司令官、親衛隊全国指導者ハインリヒ・ヒムラー将校による、この男を即刻解放してわたしの管理下に置くようにとの命令が書かれている。すぐに従わなかったら撃つぞ！」将校はいちばん近くにいるゲシュタポの顔にピストルを突きつけ、別の男に書類を手渡した。すぐにヨーゼフは部屋から出された。指にはぞんざいに包帯が巻かれ、待っているトラックに乗せられた。中には既にクルトとギュンターがおり、トラックはただちに出発した。

またギュンターが叫んだ。ヨーゼフは今一度、自分たちとトラックの最後部のあいだに陣取っているふたりの親衛隊将校に対してギュンターには手当てが必要だと訴えたが、彼らはやはり何もしなかった。「黙っていろ」というそっけない言葉が、道中得られた唯一の返事だった。ヨーゼフ・ベッカーにできるのは、友人が死にかけている中、自分の最後の目的地となる場所に到着するのを黙って待つことだけだった。


逮捕後、最初に向かったのは、ガルミッシュ＝パルテンキルヒェンにある彼ら自身の兵舎だった。そこで何日にもわたって、連隊の将校に付き添われてやってきた親衛隊の将校が三人を個別に尋問した。尋問は徹底的とはいえ、軍隊の正規の手続きに沿った、穏やかとも言えるものだった。

ヨーゼフはあまり多くを語らなかった。あまり多くを知らなかったからだ。

「はい、正式な山岳ガイド兵で、軍所属の山のガイドです」

「ときどき山の向こうまで人を連れていって、帰りに密輸品を持って帰りました」

「報酬はもらいました。いつも、戻ってきて密輸品を渡したとき現金を受け取りました」

「もらった金のほとんどは故郷のエルマウで暮らす母親と姉妹に送りました」

「金の一部でBMWのバイクも買いました。家族を訪ねるために故郷の村へ戻るとき、そのバイクに乗っていきました」

「父親が先の世界大戦で死んで以来、家族は親密に暮らしてきました」

「山に登るときもバイクを使いました」

「登山は好きです。数多くのルートを登りました」

「岩でも氷でも雪でも、必要なものはなんでも利用して山頂にたどりつきました」

「ドイツやオーストリア。休暇のときはスイスの山も登りました」

「いつもではありませんが、たいていは単独登山でした」

「密輸組織の人間が何者かは知りません。直接会ったことはないし、素性について聞いたこともありません。自分はただのガイドです。軍隊に入る前もそうやって暮らしていました。除隊後もガイドをしたいと思っています」

「こうなっては正式な除隊などできないことには、考えが及びませんでした」

「共産主義者ではありません」

「ユダヤ人が好きだというわけではありません。彼らは人間で、自分はガイドです。これまで山ではたくさんの人々を案内してきました」

尋問は長々と続いた。ヨーゼフには答えをはぐらかす理由がなかった。彼がはっきりわかっているのは、自分が山に登ったこと、軍人であること、ギュンターとクルトとともに山の仕事に従事したことだ。彼をとらえた者たちもそれを知っている。だから否定してもしかたがない。

四日目、ヨーゼフは独房からまたしても取調室に連れていかれた。廊下を歩きながら、同じ質問を繰り返すことになんの意味があるのかと考えていた。ところが今回部屋に入ると、出迎えたのは第一山岳師団司令官の背中だった。

ルードヴィヒ・ガンツラー少将は、結露した窓から兵舎の向こうにそびえる、ヴェッターシュタイン山脈の切り立ってごつごつした岩壁を見上げていた。ガンツラーの副官は既に取り調べデスクの横に座り、書類の入った革のファイルを前に広げていた。少将は振り返って、入ってきたヨーゼフを見つめた。獰猛な狼の頭を彫刻した象牙色の火皿がついた海泡石《メアシャム》パイプを吸っている。部屋はかぐわしい煙で曇っていた。気をつけの姿勢で敬礼したヨーゼフの目が煙でむずむずしたが、香りには少し心が慰められた。ヨーゼフの父のパイプは、まだ実家の壁に飾られている。

ガンツラーはヨーゼフに座るよう手ぶりで示した。自らも席につくと、副官がこのために持ってきていたらしい目の前の銀の皿にパイプを置いた。狼の頭から立ちのぼる煙は徐々に薄くなり、やがて完全に消えた。ヨーゼフが司令官にここまで近づいたのは初めてだった。陰気な顔の白髪頭だ。紳士らしい話し方をする。ヨーゼフは彼のような高官を何人も山へ狩りに連れていったことがあるが、ガンツラーはその中にいなかった。首には、一級鉄十字章の後ろに、鮮やかなエナメルのかかった青い星形の〝プール・ル・メリット〟勲章がぶらさがっている。ドイツ人の武勇を示す最高の栄誉勲章で、ブルーマックスとも呼ばれるこの勲章を少将が勝ち取ったのは、若き中尉だった彼がイタリア戦線にいた一九一七年だったと連隊では言われている。その一週間後にはエルヴィン・ロンメルという若き将校も同じ勲章を授与され、以来彼らふたりは生涯の友となったという。

ガンツラーが話しはじめると、ふたつの勲章がかすかに揺れた。「きみがヴァクセンシュタインを登るのをわたしが見ていたのは知っているかね？」

ヨーゼフはうなずいた。

ガンツラーはヨーゼフの右手に目をやった。

「きみの偉業を称えて贈った連隊リングははめていないな。親衛隊が取っていったのか？」

「はい」ヨーゼフは独房に入れられる直前のことを思い出した。彼らはヨーゼフの首から認識票をむしり取り、それと一緒に指輪も持っていったのだった。

「残念だ。きみが今どんな困った立場にいるにせよ、ベッカー一等兵、あの日の登攀には指輪を受け取る値打ちがあった。わたしが執務室に望遠鏡を持ってこさせて、きみの一挙手一投足を見守っていたのは知っているか？　あれは美しかった。大胆かつなめらかな登攀の見本だった。ロープもハーケンも使わず、たったひとりでどうやってあんなことができるのかと不思議に思ったよ。きみは大変な危険にさらされていた。ちょっと手や足を滑らせたらどうなったか、想像してみたまえ」

ガンツラーは口を閉じてヨーゼフの返事を待った。

「そういうことは決して考えません。登ることだけに集中します」

「たしかにそうだな。そして素晴らしい成果を残す。あの日きみを見ていて、わが連隊が誇らしかったよ。アルプスの北壁を征服できるのは親衛隊だけではない、われわれ山岳猟兵、真の山の軍隊も蜘蛛《くも》のように岩壁を登れるのだ、と考えたものだ。きみのような兵士がいれば、ドイツはふたたび本当に偉大になれると思った。

きみの上官は、きみは師団一優秀な登山家、バイエルンでも指折りの登山家だと言う。わたしもそう思う。いつの日かきみが転落するのを目にするのではないかと憂慮していたが、そんなことはなかった。それをうれしく思っている」ガンツラーはいったん言葉を切ったあと、ヨーゼフを見つめながらゆっくり話した。「優秀な兵士が死ぬのをなすすべもなく見ているのは、まともな司令官ならとても耐えられない」

ヨーゼフはうつむいて、射貫くようなガンツラーの視線を避けた。

「今回の件を軍隊内の問題にとどめておくよう、わたしが尽力したことは知っておいてほしい――連隊内の問題に。わたしをはじめとした将校たちは、われわれで問題は解決できるはずだと思っている。しかしながら、きみの場合はもはやそれが不可能だ。ゲシュタポとクリポは、どちらがきみたち三人をミュンヘンに送り届けるかで争っている。現在この国には、単純に兵を率いるだけでは解決しない問題がある。上層部はこのような問題を、かつてよりはるかに複雑にしようとしている」

少将は自分の言葉が相手の頭に染み入るのを待って、また口を開いた。

「きみをここに呼んだのは、兵士対兵士として、最後にもう一度訊きたかったからだ。きみをガルミッシュ＝パルテンキルヒェンにとどめておけるようなこと、ミュンヘンで無駄死にするのではなくここで獄中にとどめておけるようなことを、何か話してくれないだろうか。

いずれ戦争が始まる。そのときには、きみのような人間は牢獄にいるのではなく、釈放されて、国に仕え、ほかの兵士と同じく運を試すことになる。わたしがきみの登攀を見たとき、きみはその権利を得たのだ。

教えてくれ、密輪を組織したのは誰だ？　シルンホッフェル上等兵か？　ミュンヘンの黒幕は誰だ？　何か教えてくれ。名前でもなんでも、きみをここにとどめておけるような記録に載せられるものを」

ヨーゼフは何か言いたかった。だが彼が知っている名前はひとつだけだし、そのイルザは死んだ。気がつけば、彼は黙ったままガンツラーのブルーマックス勲章をじっと見つめていた。その前にぶらさがっている鉄十字勲章に比べて美しい勲章だ。優美で精巧、かつ雄々しい。罪のない子どもたちがネズミのように撃たれることのなかった時代のもの。

「わたくしが申し上げて記録に載せられるものといえば、われわれを逮捕した親衛隊兵士は、われわれが山越えさせようとしていたユダヤ人九人を殺した、ということだけです」ヨーゼフはガンツラーを見つめた。

　ガンツラーは束の間ヨーゼフの目を見つめ返した。「彼らはきみも殺すだろうな、ヨーゼフ・ベッカー一等兵。わたしはきみに最後のチャンスを与えた。今、好むと好まざるとにかかわらず、わたしはきみが転落していることを受け入れねばならない。きみはまだ地面にぶつかっていないだけなのだ」

　彼は立ち上がって敬礼し、ヨーゼフを最後に一瞥《いちべつ》すると、パイプを取り上げて部屋を出た。

　一時間以内に、三人は二台の黒いベンツに分乗してミュンヘンへ護送された。リアウィンドウの向こうから、雪をかぶったバイエルンの山々が静かに彼らの出発を見送った。二時間後、自動車はミュンヘン中心地のゲシュタポ本部に到着し、彼らは昼と夜のある外界と別れて地下の小さな独房に移された。

　地下に入った直後、ヨーゼフは悟った。自分の命は今や他人に握られ、相手の好きにされるのだと。すぐに尋問が始まった。三人は殴られ、拷問された。いつでもギュンターが一番目だった。最後にギュンターが独房に戻ったとき、彼の指は出血していた。独房から引きずり出されたヨーゼフには、自分の大切な手がどういう目に遭うのかわかっていた。

親衛隊将校が到着したときは、指一本の爪をはがされるだけですんでいたが、それは思いやりからではなかった。親衛隊に思いやりなど存在しない。彼らは囚人を意のままにしたかっただけだ。三人はいずれ始末されるのだろう。

トラックのエンジンの単調な音が突然変化し、ヨーゼフの思いは現在に戻った。トラックは長時間走ってきた高速道路から外れたようだ。エンジン音は大きくなったり小さくなったりしはじめ、トラックはもっと狭く曲がりくねっているらしい道路をゆっくり走った。冷たい空気が入ってきて、見えない霧がヨーゼフの服を湿らせ、湿気た土くさい農場のにおいを運んできた。これから自分自身の墓穴を掘らされるのだろうか。

トラックは速度を落とし、最も低いギアに変え、タイヤをきしらせながらでこぼこの坂道をのろのろと登って止まった。直後に親衛隊将校のひとりがヨーゼフの頭から麻袋をかぶせてトラックの後部まで引っ張り、見えない手が乱暴に彼を地面におろした。袋の下から、濡れた丸い敷石が照明を反射して黄色く光っているのがちらりと見えた。

その場に立ったまま、胸の中で心臓が大きな太鼓のように激しく打つのを感じていた。山のことを考えて動悸を静めようとしたものの、パッナウンの山奥の礼拝堂にいた幼いイルザの顔、外から聞こえたライフルのボルトのスライド音ばかりが思い出された。

彼はふたたびその音が聞こえるのを待った。

22

二〇〇九年五月三一日
午後四時五〇分
チベット　ラサ　ホテル・シャンバーラ

ラサのホテルの部屋で、サロンはアスベスト張りの天井を見上げた。さっきは漢民族の娼婦《しょうふ》が服を着ようとしたので、途中で止めさせた。甲高い偽りの嬌声が有刺鉄線にひづめを引っかけたヤクの子を思い出させるとしても、まだ女の用はすんでいない。

女がえくぼのある腰を振ってバスルームに消えるのを見ながら、サロンはタバコを手に取った。空港から戻ってくるときホテルの近くで客待ちしている彼女を見て、あの女なら気を紛らせてくれるかもしれないと思った。だが効果はなかった。サロンの体はいまだに激しくわきたつ怒りで張りつめている。彼はどっぷり借金漬けになっていて、世界じゅうの商売相手はもはや電話を返してくれず、インド情報局には武器取引で捜査されている。しかも今回のエベレストでの大失態だ。

タバコに火をつけ、煙が渦を巻いて立ちのぼるのを眺めながら、問題を解決するはずだった登頂成功ボーナスは消えたのだと自分に言い聞かせた。テイト・シニアが最後の電話を切る直前に吐いたセリフが、またもや耳の中によみがえる。「サロン、わたしからあと一セントたりとも引き出せると思うなよ。また、わたしの弁護士が世界じゅうにあるきみ名義の財産を探し出し、ありとあらゆる法的手段を使って勝手に動かせないようにするから覚悟しておくといい。きみの財産は硬く凍結される。わたしのむす――」怒り狂ったテイト・シニアは最後の言葉「息子よりも」を言えずに通話を終えた。

しみだらけのナイロン製ベッドカバーの上に横たわったサロンは、狭い部屋の壁が迫ってくるように感じていた。体は怒りといらだちで震え、頭の中では暴力や苦痛を求める思いが駆けめぐる。安い部屋を壊したりだらしない娼婦を殴ったりしたい衝動を必死で抑えて、サイドテーブルのガラス製灰皿を取って胸の中央に置いた。胸に入った第一アルペン猟兵大隊の連帯章のタトゥーは、彼をベッドに釘づけにしているかのようだ。冷静になれと自らに命じてタバコを深々と吸い、肺を煙で満たした。

さあ、吐け。

ゆっくりと。

もう一度吸え。

煙が喉を焼くのを感じつつ、サロンは心を落ち着かせた。

タバコの灰を落とそうと見おろしたとき、分厚いガラス越しにゆがんで大きく見える古いタトゥーが目に入った。今では醜く黒いあざにしか見えない。それが新しく鮮やかだったときのこと、チャドでの激烈な戦闘の合間にそのタトゥーを入れたことが思い出された。今、生き残るためにはあのときのように激しく戦わねばならない。

またタバコを深く吸うと、唇がすぼまって歯に当たるのが感じられる。戦うのなら、まず始末すべきはサロンの破滅を招いた人間だ。

クイン。

ペンバ。

ダワ。

三人とも山頂で坊やと一緒にいた。

あいつらなら、もっとなんとかできたはずだ——特に、くそいまいましいクインの野郎なら。

クインのことをじっと考えているとき、サロンがテントを出たあとの出来事についてて中国人連絡将校ウェイ・ファンが話してくれた内容が記憶によみがえった。ダワがクインに古いピッケルを渡したこと、クインが拒もうとしたのにダワは彼が持つべきだと言い張ったこと。

ダワはなぜそんなことをした？

クインはなぜピッケルにそこまでびくついた？

そのピッケルにどんな意味がある？

サロンの中の何かが、その疑問への答えを見つけねばならない、答えがわかるまでは来るべき戦いを待ち、相手を殺すのでなくおびえさせる程度に抑えるべきだ、と警告した。たとえ特別な意味を持つものではないとしても、ダワとクインはあのピッケルを使ってサロンに屈辱を与えた。だからサロンは、時機が来ればお返しにそれで彼らを罰してやるのだ。

吸い殻を灰皿に押しつけてつぶすと、サロンはベッドから起き上がり、脱いだ服から携帯電話を取り出して、カトマンズのある番号を呼び出した。一連の指示を出して電話を服に戻し、帰ってきた中国人娼婦にベッドでうつぶせになるよう手ぶりで示す。「いいか、今度は静かにするんだぞ」と言いながら床から彼女の下着を拾い上げ、歯の抜けた口に押し込んで声を封じたとき、電話が鳴った。画面を見ると、今かけたのと同じカトマンズの局番だ。彼は大声で応答した。「今度はなんだ？　さっきちゃんと説明しただろ？」

「していないわ。今はまだ」電話の向こうから垢抜《あかぬ》けたイギリス人の声がした。

「誰だ？」

「サロン、こちらはヘンリエッタ・リチャーズよ。ネパール駐在のアメリカ大使から、ネルソン・テイト・ジュニアの死亡事故について調べるよう依頼されたの。あなたに質問があるのよ」

「くそったれ！」サロンは怒鳴った。

娼婦がびくりとする。携帯電話は部屋の中を飛び、奥の壁にぶつかって壊れた。

23

二〇〇九年五月三一日
午後三時〇五分（ネパール時間）
ネパール　カトマンズ　スクラ通り五七番地　アパートメントE号

山脈の反対側にいるヘンリエッタは、彼女の電話に対するサロンの反応にまったく驚いていなかった。正直で知性ある人々は常に彼女を文句なしの歴史家、そしてヒマラヤ登山の守護者とも見ている。彼らは登頂を果たしたら、自分たちが成し遂げたことを裏づけてもらうためヘンリエッタの確認を進んで求める。逆にほら吹き、ペテン師、いかさま師は、彼女を脅威としか考えない。ヘンリエッタ・リチャーズがジャン＝フィリップ・サロンを嫌う理由はたくさんある。サロンがヘンリエッタに対していつも非協力的であるという事実は、そうした理由の正しさを証明している。

ヘンリエッタが初めてサロンと会ったのは、たいていの人と同じく彼が登山においてて好成績をあげているからだった。だがその後、大使館での仕事の中で、彼のほかの活動絡みで会うことが増えていった。サロンにまつわる噂は多い。それらは事実ではないが、事実もそれと同じくらい派手、あるいは危険なものだった。たとえば、サロンはずっとフランス外人部隊にいたと言われている――サロン自身ときどきそう言っている――が、ヘンリエッタは調査を通じて、彼が実はフランスの山岳部隊である第一アルペン猟兵大隊にいたことを知った。八〇年代半ばにチャドとリビア間の激しい紛争で戦いの場所がチャド北部のティベスティ山地に移動したとき、初めて外人部隊に異動させられたのだ。間違いなく真実であるのは、彼はたまった休暇を利用して、そこで当時非常に困難と言われていた登山を成し遂げたことだ。ヘンリエッタは短期間だったが彼の能力を尊敬もしていた。しかしサロンのほうはヘンリエッタの能力についてまったくなんの関心も見せず、そのときから彼女はサロンを批判的な目で見るようになった。

そうしたアフリカでの登山のかたわら、彼はあるときカトマンズで小規模なトレッキングガイド業を営むホテルを一軒手に入れた。登山者が多く集まるタメル地区のバーでは、サロンは軍隊を辞めたときに備えてホテルを買ったのだと噂された。しかしヘンリエッタは真相を知っていた。横流ししたフランス軍の酸素ボンベに代金が支払われなかったため、彼は代わりにホテルを無理やり手に入れたのだ。そして一九八八年、ついに軍隊を辞めたサロンはネパールに移り住み、仕事を始めた。愛想の悪い彼に接客業は向いておらず、ホテルはすぐに売却された。だが登山に関する評判と冷徹なビジネス手腕を利用して、サロンはガイド業のほうを展開させた。それを補佐したのはふたりの兄弟だった。

オレグとドミトリのヴィシュネフスキー兄弟はコーカサス山脈地方出身の荒くれロシア人だ。一〇代のときアフガニスタンに侵攻したソビエト占領軍に徴兵され、冬のあいだにパキスタンの高地を越えて逃げた。母なる国ロシアに帰っても歓迎される見込みはなかったので、兄弟はその後数年間、放浪の旅を続け、盗んだりだましたりしながらインド亜大陸を横断し、ある夜カトマンズでサロンの山岳用品店に押し入ったところでつかまった。さんざん殴られたあと彼らは、一月に野戦服だけを着てパキスタンのドーラ峠を越えた、自分たちはロシア人であり何をされても屈服しない、と話した。サロンはその挑戦にそそられたものの、彼らの言うとおりだろうと考え、自分の配下で働かせることにした。わずかな給金を払い、必要なら引きずってでも客を山頂まで連れていけと言い、頻繁に彼らの異常性を利用して気に食わない相手を襲わせた。

九〇年代半ばには、型破りだが有能な探検社ノー・ホライゾンズは、高山への商業登山を主催して大きな成功をおさめていた。充分な報酬があれば、エベレストにでも客を登頂させた。きついフランス訛りと絶え間ない罵りの言葉は、山々のベースキャンプにおける名物となった。そのベースキャンプを利用する人々の大半は、高い山に来たという満足感を得るためだけに多額の料金を払った客だ。八〇〇〇メートル級の山を目指す登山者の数が急増したのに合わせて、酸素ボンベの需要も急激な伸びを示した。サロンは昔の軍隊仲間と連絡を取り、カトマンズの同業者の一部を文字どおりぶっつぶして、酸素ボンベの商売にも乗り出した。

しばらくのあいだ、商売はうまくいっているようだった。ガイドふたりには雀《すずめ》の涙ほどの賃金しか支払わず、酸素は安く仕入れ、高報酬のエベレスト〝サーカス〟となりつつあるものにおける主要な団長のひとりとなった。それを考慮してもサロンはいい暮らしをしすぎている、と指摘する人々もいた。しかし最近はサロンに逆風が吹いているらしい、というのが衆目の一致するところだ。高水準、高品質を求める気運によって、探検ビジネスも酸素ビジネスもより専門的になり、競争が激化している――世界的な景気後退によってエベレストの登山費用六万五〇〇〇ドルを払える客の数が大幅に減ったため、客の奪い合いはますます激しくなった。〝凶悪双子〟として知られるふたりのガイドは副業としてタイからクリスタルメスやMDMAといったドラッグを密輸入していたが、粗悪な薬によってバックパッカー三人がタメル地区のダンスクラブで死ぬ事故があり、彼らは姿を消してしまった。そのためサロンはさらなる窮地に立たされた。まともなガイドに相場どおりの報酬を払わざるをえなくなり、彼は落ち目の商売を起死回生させる必要に迫られた。

たいていの人間ならその説明で充分満足しただろう。だがヘンリエッタはサロンがそれ以外に手広く行っている活動——そして、それによる損失——のことも知っている。カトマンズ駐在の外交官たちはかねてより、ノー・ホライゾンズ社の行う商業登山は〝表の顔〟で、裏ではネパール毛沢東派の反政府勢力から利益を得る不当な商売を行っているのではないかと疑っていた。主に、盗んだフランス製の武器をカトマンズの反抗勢力や雇われ武装集団に売る商売だ。ネパール毛沢東派が二〇〇六年に山をおりて紛争が政治的解決を見たため、サロンのこちらの商売も危うくなり、残る顧客はインドの反政府武装勢力であるナクサライトだけとなった。ヘンリエッタの聞くところによれば、インド情報局はその件について捜査しているらしい。二〇〇八年末にナポリ港経由でコンテナ二個分の中国製の偽造登山ウェアを売ろうとしたが失敗に終わったという、いささか無謀な行動は、サロンがどれだけ自暴自棄になっているかを示している。

だから、サロンが自らの企画したエベレスト登山におけるこのような災害についてヘンリエッタと話す気がないのは、意外でもなんでもない。

ヘンリエッタは助手のサンジェーヴ・グプタを呼んだ。「サンジェーヴ、ノー・ホライゾンズのチームがカトマンズでどのホテルを使うか調べてくれる？　たぶんピークかクーンブよ。登山者はたいていどちらかに泊まるから。わかったらホテルに電話して、ノー・ホライゾンズのチームがいつチベットから到着する予定か訊いてみて。できるだけ早く、ニール・クインと登山後のおしゃべりをしたいの」

クインがサロンのような人間と関わったことになぜか腹立ちを覚えつつ、ヘンリエッタは立ち上がって外出の用意をした。

「出かけてくるわ。床屋のパシとちょっとランチを取って、ノー・ホライゾンズの登山隊についての噂を聞いてみようと思うの。パシに、わたしが今から行くと連絡してくれる？　夕方に戻るわ」

24

一九三八年一〇月一六日
午前三時二一分
ドイツ　ノルトライン＝ヴェストファーレン州　ヴェヴェルスブルク城

ヨーゼフは頭から麻袋をかぶせられ、寒い中で何も見えないままたたずんで、死が訪れるのを待った。ところが銃の装塡《そうてん》される音も銃声も聞こえてこない。聞こえるのは、彼を取り囲んでいるらしい見えない建物から響く、ほかの人々の遠い声だけだった。

きっと刑務所に送られたんだ。

やがて肩をぎゅっとつかまれ、彼は歩かされた。

別の考えが頭に浮かぶ。

この刑務所にはギロチンがあるに違いない。

吐き気が込み上げた。めまいを感じつつ、自分の足が段を三歩のぼり、重そうな石の玄関の段を踏み越え、なめらかな床の廊下をたどるのを、袋の下からのぞき見た。廊下には光沢ある赤と白と黒の正方形のタイルが敷きつめられている。

建物の奥まで歩いていき、曲がって大きな部屋らしきところに入った——予想外に暖かく、おいしそうな食べ物のにおいもしている。

不安におびえながらも、ヨーゼフの口の中にはすぐさま唾がわいた。

番兵はヨーゼフを押してベンチに座らせ、麻袋を取った。目の前のテーブルでは湯気を立てたジャガイモとソーセージが皿に山盛りになっている。その横にはホットワインを入れた陶器のマグカップ。ワインからも香料のにおいがする湯気が上がっていた。ヨーゼフの隣ではクルトも席につき、脚をまっすぐ横に伸ばしている。だがギュンターの姿はない。

ふたりは顔を見合わせ、肩をすくめ、がつがつと食べはじめた。

ワインを飲もうとしたとき、ヨーゼフはマグカップに描かれた小さな模様に気がついた。皿にも描かれている。金物類にも同じ模様が彫られている。文字も書かれていた。〝親衛隊育成学校ヴェヴェルスブルク〟。

それが何か、ヨーゼフにはまったくわからなかった。そんなことはどうでもいい。自分は射殺されなかった。こんなふうに飲み食いさせてもらって、今後どうなるのか想像もできない。

それが、意識を失う前に最後に思ったことだった。

気がつけば、木の床に敷いた毛布の上で横たわっていた。頭はがんがん痛み、口の中は乾燥し、舌はふくれている。まるでワインとビールをがぶ飲みしてひと晩過ごして深く短く眠ったあとの、二日酔いのようだ。

頭を持ち上げると、陽光が頭上の屋根窓から差し込んできて、目がくらんだ。

苦労して立ち上がる。頭はくらくらしている。壁に手をついて体を支えてまわりを見ると、クルトも別の毛布の上にいた。ギュンターはベッドで横になっている。ふたりとも眠っていた。ギュンターの包帯は新しそうだが、既に血が染み出していた。

ヨーゼフは自分の手を見て、その包帯も替えられているのを確認した。

腕時計に目をやる。

三時四七分。

だが、針はそこで止まっていた。

彼は自問した。今は午前か？　午後か？

わからない。

めまいは少しおさまったので、クルトのところまで行って屈み込み、体を揺すった。

クルトは徐々に目覚めはじめた。

ギュンターの横まで行くと、ゆっくり呼吸しているのがわかった。無傷の手をギュンターの額に置いてみる。熱は少しさがっていた。

ギュンターは眠らせておくことにして、ヨーゼフは狭い部屋を見まわした。ここがどこかを示すものはほとんどない。木の床板はなめらかに磨かれ、白壁はペンキを塗ったばかりらしい。屋根窓のガラスも最近取り替えられたようだ。どうせ牢獄だろうが、清潔で明るく、刑務所というより修道院を思わせる。

窓まで行って、広がる田園風景を眺めた。地面は硬く凍結し、かすみのかかった秋の空気に包まれていて色がない。上空の低い雲を通して円形の白い光が見えている。この方向は西か、それとも東か、ほとんど雲に隠れた太陽は昇るところか、それとも沈むところか。窓の取っ手をまわすと、意外にも簡単に開いた。冷たい空気の中に顔を出してみる。冷気で頭がすっきりして、ここが城か田舎屋敷の高い階にある部屋だとわかった。田園地帯から高く切り立った崖か絶壁の上に立つ、高い建物だ。

窓のすぐ下は屋根の斜面しか見えず、その下に何があるかはわからない。斜め下に遠くの森が見え、その向こうには広い谷がある。谷に流れる茶色い川は、葉の落ちた高く黒い木がところどころに立つ茶色の痩せた草地を蛇行《だこう》している。

窓の横枠につかまって、上半身をさらに外へ押し出した。首をひねって後ろを見ると、窓は急勾配の屋根から外に突き出していた。屋根を覆うタイル状の黒い粘板岩《スレート》も非常に新しい。真四角のタイルはなめらかで、隙間なく重ねられている。直感的に、ここにつかまって登れるだろうかと考えた。だがタイルの端もつるつるしているので、ちょっと足を滑らせたら宙に飛び出して落ちるだろう。一九三六年冬季オリンピックのために彼の連隊がガルミッシュ゠パルテンキルヒェンに建設した、スキーのジャンプ台から飛ぶように。

右にも左にも、屋根の斜面には屋根窓が並んでいる。右には五つ。その向こうの端には淡い色の石灰岩でできた大きな円形の塔がそびえている。塔の丸く平らな屋上にある背の低い胸壁は、不完全な印象を与えている。この塔をもっと高く堂々としたものにする尖塔ができるのを待っているかのようだ。塔の側面に縦に並ぶ窓の数からすると、少なくとも五階か六階の高さはありそうだ。塔を眺めているあいだに、低い位置にあった太陽がさらに下へ移動していた。日は沈んでいる。では、この窓は西向きということだ。塔はちょうど北を向いている。今が夕方ということは、昨夜食べ物か飲み物に何を入れられたにせよ、その薬で自分たちは丸一日近く意識を失っていたわけだ。

なぜ？

ヨーゼフの視線はふたたび塔のてっぺんに向かった。白く長い棒が二本立っている。どちらにも大きな旗がついている。一枚は深紅、一枚は漆黒。二枚とも非常に大きいので、北東から吹く弱い風には少しも乱されていない。血のように真っ赤な旗には、見慣れた白い丸と黒い鉤十字が描かれていた。黒いほうの旗には真っ白な折れ線が二本。親衛隊のマークだ。それを見たとき、最後の食事の食器に書かれていた〝親衛隊育成学校ヴェヴェルスブルク〟という名称が思い出された。

ここはどういう場所なんだ？

後ろを向いて部屋の中を見ると、クルトが上体を起こし、ここはどこだと尋ねてきた。ヨーゼフが窓から見たものを説明しようとしたとき、ギュンターが何かつぶやいたがよく聞き取れなかった。最初ふたりはギュンターが眠っていてうわごとを言っているだけだと思ったが、近づいてみると、ギュンターも意識を取り戻していた。水が欲しいと言っている。

部屋に水がないのはわかっていたので、ヨーゼフはドアを叩いて注意を引いた。すぐにドアが開き、白いジャケット姿の当番兵が入ってきた。まるでホテルのようだ。ヨーゼフは水を頼んだ。男は足早に部屋を出ると、水差しとコップを持って戻ってきた。ヨーゼフがギュンターに水を飲ませるのを、男は見ていた。ヨーゼフはギュンターの唇にコップをあてがいながら、ここがどこかと男に質問した。「ヴェストファーレンのヴェヴェルスブルクだ」すぐに返事があった。「親衛隊全国指導者ハインリヒ・ヒムラー所有の城、親衛隊の学校であり拠点だ。全員起きたようだから、こいつのために医者を連れてこよう」

少し経《た》つと、医療鞄《いりようかばん》を持った親衛隊将校が入ってきた。医師だと自己紹介したが、名乗りはしなかった。医師は時間をかけて丁寧にギュンターを診察した。ギュンターはまた寝たり起きたりを繰り返している。すると医師はニッケルとガラス製の注射器でギュンターの上腕の内側に何かを注射し、「これで眠れるようになる」とだけ言って、手に包帯が巻かれた腕をそっと置いた。

ギュンターの処置を終えた医師は意外にも、ヨーゼフに指を見せろと言った。新しい包帯をはがし、強い消毒薬でかつて爪があったところの傷をきれいにする。むき出しの肉に液をかけられるとひどく痛み、ヨーゼフは歯を食いしばって悲鳴をこらえた。傷口からまた出血しはじめると、医師は手早く新しい包帯を巻いて、ずきずきするほどきつく縛った。「その指は縫わねばならん。傷口はまだふさがってない。しかし当面は、きみの手に麻酔をかけるのはやめておこう。またあとだ。痛みはあるだろうが、これだけしっかり覆っておけば手を使うことはできる」

次に医師はクルトの右膝の怪我を診察した。包帯をはがし、副木を外し、膝頭に触れながらゆっくり膝を曲げて関節の動きを確かめた。ほとんど動かない。医師がちょっと触れただけで、クルトは痛みにたじろいだ。包帯を巻き直した医師は「この膝はひどく損傷している」とだけ言うと部屋を出ていった。自分たちだけになったヨーゼフとクルトは今の処置に戸惑い、ほとんど何も言わなかった。次に何をすべきか、何ができるかわからないので、ヨーゼフは窓の脇にもたれ、鈍い太陽光が消えて真っ暗になるのを見つめていた。やがて狭い部屋でひとつだけある電灯が急につき、当番兵がやってきてトレイを置いた。パン、チーズ、ハムという簡素な食事だ。今回、香料の入ったワインはなく、水差しに入った水だけだった。フォークやナイフもなかった。

当番兵はすぐに立ち去らず、窓辺のヨーゼフのところまでやってきた。隣に立って夜の闇を見ながら、「ここで何が起こっているかを説明する時間はないけれど、ぼくだったら、逃げられるなら逃げる。指導者殿が来られたときに何かされるのを待つよりは、いちかばちかの賭けに出たほうがいい」とささやいた。そして急ぎ足で部屋を出た。ヨーゼフはドアに鍵がかけられる音を聞いた。だが窓はまだ開いている。

「今のを聞いたか？」ヨーゼフは声を落とした。

クルトはうなずき、ギュンターを見、自分の膝を指差して首を振った。

ヨーゼフは理解した。

「ギュンターは少しでもよくなっているか？」

クルトは左足で跳ねてベッドまで行き、腰かけて手の甲でギュンターの頰に触れた。

ギュンターは動かない。

クルトはすぐにギュンターの首の横に指を持っていった。脈を探して一度、二度と首を押す。だがそこで手を止め、信じられないという顔で振り返った。「ヨーゼフ、ギュンターは死んでいるみたいだ」

ヨーゼフは駆け寄った。

本当だった。ギュンターは死んでいた。

親衛隊の医師が来たときのことを思い起こす。

あの注射はなんだったんだ？

ぼくたちはどうなるんだ？

ふたりは唖然として幼なじみを見おろした。やがてクルトが言った。「暗くなったら逃げるぞ」

「だけど脚は大丈夫か？」

「ここでやつらにもてあそばれるのを待つくらいなら、ここから落ちたほうがましだ」

25

ヨーゼフは山が自分を呼び、逃げろと誘うのを感じつつ、狭い窓からそっと体を出した。窓枠の外では、右側の塔の照明と、星座のようにきらめく遠くの小さな町の明かりが見える。しかしそれ以外の、城の中心部分、ほかの屋根窓、まわりの田園地帯などは、すべて真っ暗だった。

冷たい夜気を風に受けながら窓の下枠に座り込み、ここに残していく死んだ幼なじみに思いを馳せる。突然頭の中でギュンターの顔が幼いイルザの顔に変わった。幽霊を頭から振り払おうと、素早く窓枠を両手でしっかりつかんで体を引き上げた。きつくつかんでいると、怪我をした人差し指がずきずき痛む。手の緊張をゆるめるため、窓枠の横から勾配のあるタイル張りの屋根に足を持っていって踏ん張ろうとしたが、足元は黒い氷のようにつるつる滑って踏ん張れない。

これじゃだめだ。

上半身の力を使い、指の痛みに悲鳴をあげたいのをこらえて、ヨーゼフは窓から部屋に戻った。

「クルト、屋根は急勾配で滑りやすい」中に入ると伝える。「しっかり足を踏ん張るには、素足じゃないとだめだ。ブーツを脱いで両方を紐で結び、首からさげろ。こんな急な屋根をてっぺんまで登っていくのは難しすぎる。屋根窓の上まで行って、ほかの窓を順に伝って横に動くしかない。そうしたら左側の、二箇所の屋根がぶつかって谷になっているところまで行ける。そこのほうが登りやすい。いちばん上に着いたら、そこからどう行けばいいかわかるだろう。身を乗り出して見てみろ」

　クルトは片足跳びで窓まで行き、腕の力で身を引き上げて乗り出し、ヨーゼフが説明したルートを確かめた。

　部屋に戻ると、暗い顔で、だがきっぱりとヨーゼフに言う。「行こう。ブーツを脱ぐのを手伝ってくれ」

「よし。ぼくが行く方向をよく見ておけ。両手と無傷のほうの脚にしっかり体重をかけるんだぞ」ヨーゼフは指示しながらクルトの靴紐をほどいて脱がせ、また窓から体を出した。

　ゆっくり慎重に、勾配の険しいタイルにふたたび踏み出す。冷えて湿った足の指でタイルの細い端をつかんで体を支え、片手を上げて窓の出っ張りをつかんだ。身をこわばらせてもう片方の手を持ち上げると同時に、タイルの斜面の上で足をじりじり上げていく。もっと速く動け、どんなに手が痛くてももっとしっかり窓枠をつかんで足を浮かせろと自分に命じるものの、足はずるずる下に滑る。すぐさま体は窓の横で下方向に引っ張られた。

屋根の急斜面を端まで滑り落ちたとき、内なる声が叫んだ。〝もう終わりだ！〟

どんどん速く滑っていき、手はなすすべもなくつるつるしたタイルを叩く。足は引っかかりを求めてばたばたする。

地面にぶつかるまで、何秒くらい落ちつづけるんだ？

その質問の答えが得られそうになったとき、右足の指が何かに触れた。タイルから突き出している通気管だ。

一瞬滑落が止まった。その隙にもう片方の足でタイルの端をつかみ、体を屋根にぴったり押しつけて落下を防ぐ。

両脚を広げてタイルに張りつき、その冷たさをほてった顔に感じながら、なんとか落ち着きを取り戻そうとした。

目を上げると、屋根窓から身を乗り出したクルトの輪郭が見えた。

「そこにいろ」クルトはそう言ったかと思うと窓から引っ込んだ。

数分後、さっきギュンターの体を覆っていた毛布の端がヨーゼフの伸ばした手までおろされてきた。ヨーゼフはそれをつかみ、ゆっくり窓まで引き上げられた。

落下寸前だったことに動揺しつつ、部屋に戻って体を休める。呼吸が平常に戻ると、クルトに言った。「無理かもしれない」

「それでもやらなくては。外に出て死んだら、少なくとも自由の身で死ぬことになる。ここに閉じ込められたまま死ぬほうがいいのか？　もう一度やろう」

今回ヨーゼフはさっきよりずっと敏捷《びんしょう》に動いて屋根窓の上まで登ることができた。そこでひと息ついたあと、横向きに四つん這いになって体を伸ばし、隣の窓の上まで移動した。そうやって、さっき見た屋根の斜面がぶつかる谷まで行った。幸い二枚の屋根の端は手でつかみやすく、谷樋《たにとい》の鉛板はざらざらしていて足はそれほど滑らない。そのため予想どおり屋根の頂上まで素早くよじ登れた。

城の上で緊張を解き、下に目をやると、クルトの黒い影が窓から出てくるのが見えた。ところが屋根に出たとたん怪我をした膝が体を支えられずに折れ、クルトは下へと消えていった。

一瞬悲鳴があがったが、すぐに何も聞こえなくなった。ヨーゼフはあわてて谷樋伝いにおりていった。下まで行くと、屋根の下部に沿って伸びる雨樋にぶらさがるクルトの輪郭が見えた。

「つかまっていろ。今助けに行く」ヨーゼフはクルトに聞こえるよう声をあげた。

「だめだ。行け」

「さっきはおまえがぼくを助けてくれた。今度はぼくが助ける」ヨーゼフは片方の足をおろして細い雨樋に軽く体重をかけ、強さを調べた。ありがたいことに、雨樋は頑丈だった。二、三回蹴ってみたが、びくともしない。新しく取りつけられたものらしい。ふたりの体重を支えてくれそうだ。

「手を離すなよ！」クルトに呼びかける。谷樋に足を引っかけて体を半回転させ、屋根のほうを向き、両手をタイルにぴったりつけた。クルトがぶらさがっているところまで、できるだけ速く雨樋伝いに横移動を始めた。一刻も早くそこまで行きたい一心で、タイルの端がすねに食い込むのも気づかなかった。

ようやくクルトのところまで行って、左腕を下に伸ばす。クルトの手首をつかんだとき、傷ついた指に激しい痛みが走った。

クルトを引っ張り上げるためさらに屈み込んだ瞬間、靴紐で首からさげていた重いブーツが不意に滑り落ちた。

ブーツは上を向いたクルトの顔の中央に勢いよくぶつかった。衝撃でクルトの手が雨樋から離れる。ヨーゼフはすぐさま、つかんでいた手首を力いっぱい握りしめた。爪のない指は猛烈に痛かったけれど、決してクルトを放さなかった。クルトは二度失敗したあと、なんとか体を振り上げてまた雨樋をつかむことができた。しかし、どうやってもそれ以上は上がらない。体を引き上げるには両足を踏ん張らねばならないが、右脚は使いものにならず、力を入れられない。左足だけが、目地が塗り直されたばかりのなめらかな壁面を虚《むな》しくこするばかりだった。

クルトは腕の力だけで体を持ち上げようと奮闘した。ヨーゼフも彼の右手首をつかんでがんばれと励まし、クルトが上がろうとするのに合わせて手首を引っ張って助けた。そのたびに指から流れた血が、包帯から染み出して、クルトをつかむてのひらに広がる。

ぬるぬるした血のせいで、クルトの手首が滑りはじめた。

クルトもそれに気づいた。

彼は最後に一度ヨーゼフを見上げ、首を振り、雨樋から手を離した。

体重に引っ張られて、クルトの手首がはがれた包帯とともにヨーゼフの手から離れた。

ヨーゼフは苦悶の叫びをあげ、クルトの体が静かに闇の中へ落ちていくのを見つめた。やがてずっと下のほうで木の枝にぶつかる音がし、そのあと鈍いドサッという音が聞こえた。

今の出来事に呆然としたまま、ヨーゼフは屋根の下部に張りついてじっとしていた。番兵の叫び声、下から照らされる光線、それに続くライフルか機関銃の銃声を待つ。もうどうでもいい。光線が現れたら自分も飛びおりよう。

息をあえがせ、身を震わせて、避けられない運命の訪れに身構えた。ところが照明はつかなかった。クルトが地面に衝突した恐ろしい音のあと、まわりは静まり返っている。まるで深い井戸に石が一個落ちたにすぎないかのようだ。

クルトを失ってひとりきりになったヨーゼフは、ゆっくり体をひねってまた屋根に張りつき、雨樋に足をかけ、屋根の谷まで戻った。

まだ音はせず、照明はつかず、銃声もない。手の猛烈な痛みだけを感じつつ、ふたたび谷樋から屋根の上まで登っていった。そこで止まってひと休みする。馬に乗るようにてっぺんにまたがって冷たい夜の空気を深く吸いながら、自暴自棄になった頭で次の行動を考えた。

ここへ来て最初に気づいたのは、城が四角ではないことだ。槍《やり》の穂先のような先細の鋭角三角形になっている。槍の先端に相当する北の角に大きな塔があり、あとふたつの角にはそれより小さな塔が立っている。城の三面の屋根はどれも急勾配で、中央に三角形の庭がある。中庭は明るく照らされているが、城の外は真っ暗だ。

爪のはがれた指の痛みが激しすぎて、それ以上は考えられない。ヨーゼフはシャツの下のほうを裂いて包帯を作り、傷ついて出血する指を隣の指と一緒にきつく縛った。そして、屋根伝いに自分に近いほうの小塔に向かった。塔の側面まで行って表面を撫でてみる。石はなめらかで隙間はない。ブロックのあいだにポケットナイフを差し込むのも難しいだろうし、ましてや指など入りそうにない。この壁面につかまっておりるのは無理だ。だから彼は塔の屋根を乗り越えて城の次の辺まで行き、そちらの屋根から下に身を乗り出した。

今通ってきた屋根と同じく、高くて傾斜はきつい。窓から城の中に入り、内部から外に出る道を探すしかないと思えてきた。だが、おそらく廊下や階段は迷路のように入り組み、そこいらじゅうに親衛隊の兵士がうようよしているだろうから、あまり気は進まない。可能であれば城の外壁をそっとおりるほうがよさそうだ。ヨーゼフはまた屋根のてっぺんに戻って次の塔まで行き、城の残る一辺まで進んだ。

今回、屋根はそれほど高くなかった。城のこちらの面はほかより二階分ほど低い。途中には外から城の中庭まで通じる丸石敷きの橋がある。橋が城に入っていくところには、高くて幅の狭い、小さな屋根のある囲いがある。かつては落とし格子門か、はね橋の仕掛けが設置されていたのだろう。両側を控え壁にはさまれ、凝った線条細工がほどこされた石の囲いは、城のほかの部分より古く、表面はざらついている。それを見たときヨーゼフの胸は高鳴った。あそこの壁ならおりていけそうだ。

屋根伝いにその囲いのあたりまで向かい、ゆっくり屋根を滑りおりて、橋から城への入り口の真上に行った。雨樋につかまって、城の壁から突き出した胸壁つき屋根まで飛びおりた。しばらくそこにうずくまり、いちばんいいおり方を考えた。やがて、片手片足ずつ動かして右側の壁をおりはじめた。

橋の丸石が近くに見えてきた。見張りの姿はないが、橋までおりたら素早く静かに暗い森まで逃げていけと自分に言い聞かせた。ブーツを失ったのは残念だけれど、今はどうしようもない。片足、片手、片足、片手と順におろしていく。最後に、橋に着地してすぐ走りだせるよう身構えて、橋の高欄に向けて左足をおろした。

素足が空気を引っかく。

「その足を左に五センチ動かしてもう少しさげたら、探しているものが見つかるぞ」

闇の中から明瞭な声が響いた。

ヨーゼフはぎょっとした。

すぐに考えたのは、橋の脇から下に飛びおりることだった。

「ベッカー一等兵、そこから飛んだら一〇メートルほど落ちるぞ。すぐには死なないだろうが、下は岩だらけだ。おそらく脚の骨は折れる。こちらはしばらく治療せずに放っておくつもりだから、結局おまえは死ぬ。それよりは橋の上におりて両手を上げることを勧めるね」ヨーゼフの心を読んだかのように、声は話しつづけた。

ヨーゼフは指示に従い、高欄から丸石を敷いた橋におり立った。橋の向こうのどこかから投光照明が向けられ、ヨーゼフは白い光に目がくらんだ。

制帽をかぶって長い黒革のコートを着た親衛隊将校が、橋の出口の闇からゆっくり進み出て、ヨーゼフのほうに歩いてきた。

「悪いがそこまでだ。今夜の壁登りはおしまいだ」将校はヨーゼフに銃口を向けている。

黒い制帽のひさしから、将校の顔が徐々に見えてきた。ヨーゼフをゲシュタポから解放させた、あのブロンドの親衛隊中尉だ。さらに四人の親衛隊将校が中尉の後ろから現れ、城の入り口に向かって橋を歩きはじめた。彼らは談笑している。ヨーゼフはそのうちのひとりに見覚えがあった。

「なかなか見事だったぞ、ユルゲン、候補者のうちオーディションを通過したのはひとりだけだったがな。さて、もう夜も遅い。話の続きは明朝にしよう。おやすみ」そう言ったのは、ヨーゼフが新聞で写真を見たことのある男だった。親衛隊全国指導者ハインリヒ・ヒムラー。ヒムラーは早足で城の中に入っていった。すれ違いざまにヨーゼフの目を見つめたが、ひとことも発しはしなかった。

26

二〇〇九年六月五日
午前八時四五分
ネパール　カトマンズ　タメル地区　クーンブ・ホテル

昨夜遅くチェックインしたとき、クインはフロントで彼宛のメモを渡された。ボールペンで走り書きされている。

〝ミスター・ニール・クイン
ミスター・サンジェーヴ・グプタよりお電話で以下の伝言がありました。
『ミス・リチャーズがお会いしたいとのことです。明日のお昼を提案しておられます。場所はいつものところで』〟

クインはヘンリエッタ・リチャーズに何度も会っているので、それが提案などではないことを知っている。彼女はクインが正午ぴったりにスクラ通りのアパートメントの応接間に現れることを期待しているだろう。待ち合わせの時刻や場所を変えようとするのは時間の無駄だ。

クインが呼び出されるのはこれが初めてではない。ヒマラヤの山々に何度も登っていれば、遅かれ早かれヘンリエッタのアパートメントに呼ばれて、彼女が納得するまで説明を行うことになる。クインは自分の登頂成果について嘘をつく必要を感じたことがなかったので、尋問はなんら恐ろしくなかった。むしろその話し合いを楽しみ、山に関する彼女の途方もない知識に感心した。ただし最近の彼女は、クインが自分自身を過小評価している、従来からあるルートでの登山を繰り返して生計を立てる以上のこともできるはずだ、と感じているらしい。いつでも話し合いの終わりには、登山に関する古い本や、彼が〝ちょっと時間があったら試してみる〟べき無名のルートを勧められる。クインはそのことに少しいらだちを覚えている。ヘンリエッタが正しいとわかっているからだ。

だが今回の失敗について、根掘り葉掘り訊かれるのは気が進まない。ほかにすべきことがある。何よりも、ネルソン・テイト・シニアと連絡を取り、実際に山頂で何が起こったかを伝えねばならない。チベットからの帰途、シャンムーに立ち寄ったとき連絡を試みたが、電話は通じなかった。ある意味、クインはほっとした。電話で話がすむとは思えなかったからだ。テイト一家は悲しみと、おそらくは怒りにまみれ、クイン自身もまだ気持ちの整理がついていない中で、筋の通った説明などできるはずもない。カトマンズに戻ったときには、まずはメールで事実をすべて書き並べるのがいいという結論に達していた。怒鳴られたり泣き叫ばれたりする前に、クインの見解を先方に伝えておくのだ。

静かなホテルから、騒々しくて靄《もや》に包まれたにぎやかな通りに出たとたん、嵐の前の暑さと湿気が早くもこのあわただしい街を襲い、分厚い雨雲が上空で渦巻いているのが感じられた。最初に来たリクショーか三輪タクシー《トゥクトゥク》を呼び止めようと道の脇に立っているとき、ヘンリエッタに会うのはそれほど悪いことではないかもしれないと考え直した。彼女は真実にこだわる人間だ。彼女にメールの下書きを見せて率直な意見を求めればいい。静かに座ってメールを書ける、いちばん近くのネットカフェはどこだろうと考えながら、クインはまだ傷痕《きずあと》の残る額にかかった髪をかき上げた。ホテルに戻ってじっくりシャワーを浴びると、髪はいつもくしゃくしゃになる。散髪をしなければならない。とりわけ、あとでヘンリエッタに会いに行くのなら。彼女がヒッピー嫌いであることは誰もが知っている。

クインはようやく自転車の引くリクショーをつかまえ、交通の騒音に負けないよう「アンナプルナ・カフェ」と声を張りあげた。インテル・ミラノのシャツ、カットオフのジーンズ、ゴムサンダルという姿の小柄なタマン族の運転手は、シートの破れた後部座席に乗るよう手ぶりで示した。運転手が尻を上げてペダルを踏んで体重をかけると、右太腿の日焼けした太い筋肉がふくらんだ。それ以上の指示は必要なかった。

歯車が不承不承にはまり、チェーンが抵抗してきしむ。不安定なリクショーは、既に多くの乗り物が道路で場所を求めて争っている自殺的な渋滞の中へゆっくり漕ぎだしていった。スピードを上げながらカトマンズの観光の中心地であるタメル地区を縫うように進み、混雑した道路や歩道を走り、色とりどりの土産物を並べて大音量で音楽を鳴らす明るいネオンの店の前を通り過ぎ、タイガーバームや木の笛といった雑多なものを大声で売り歩く抜け目ない少年少女を避けるためにときどき大きくカーブする。

やがて、キーキーと鳴って走っていたリクショーはアンナプルナ・カフェの前で止まった。クインは運転手の伸ばした手に数枚の汚れたルピー紙幣を握らせて下車した。カフェに入ってコーヒーと奥のパソコンの料金を払う。軽い凍傷にかかった指で、ゆっくりキーボードを打ちはじめた。その後二時間近くかけて、疲れた頭の中をできるかぎり奥まで探り、思い出したことが本当に正しいかどうか自問しながら、メールを書きつづけた。簡単ではなかった。八〇〇〇メートルを超える高地で起こったことを完璧に記憶しておくのは不可能だ。書き終えたとき、クインは疲れ果て、頭の中が空っぽになった気がした。大学で三時間にわたる試験を終えてペンを置いたときのようだ。

ヘンリエッタ・リチャーズに渡すためにプリントアウトし、自分のアカウントに下書きとして保存した。ヘンリエッタに説明しているとき何か思い出すかもしれないので、メールをすぐヘンリエッタとテイト家に送るのではなく、時間を置くほうがいいと考えたのだ。それに、ヘンリエッタは少しでもつじつまの合わないことを見つけるのが得意だし、クインは自分の書いたものが正しいという自信を持ちたかった。デイパックから軽量のゴアテックスジャケットを出し、代わりに五ページのプリントアウトを入れて店を出る。雨の前に用事をすませてしまおうと人々が急いで動きまわっているので、道はさっきよりさらに混雑していた。

クインは人ごみをかき分け、パシの床屋に通じる路地まで早足で向かった。頭を屈めて、祈禱旗よろしく路地の入り口にずらりと吊るされた土産用の刺繡《ししゆう》入りTシャツの下をくぐる。頭上で揺れるTシャツの色彩豊かで幻想的な模様はヒッピー文化の名残りだ。美しく刺繡された何百組ものブッダの目がクインを見おろしている。虹色の視線から逃れて床屋に足を踏み入れもしないうちに、主人のパシが長らく会わなかった友人のように挨拶してきた。すぐにクインの額の包帯を指差し、いつもと同じ愛想のいい笑顔で遠慮なく尋ねる。「どうしたんです、ミスター・ニール？」

クインはセカンドステップで氷や岩が落ちてきたことを思い出し、大げさに顔をしかめた。「ああ、これか。岩だよ。危ないところだった」

「こっちは？」パシは割れたウォッカのボトルで切られた頰の傷を指差した。

「ひげを剃《そ》っていて手が滑った」

「だけど、ひげはまだありますよ」パシは間髪を入れずに言い、しまったと思って言いつくろった。「悪い冗談でした。今回の登山は大変だったと聞いてます。どうぞお入りください。髪、長すぎますね。あとでヘンリエッタ・リチャーズに会うんなら、ひげも剃って頭のマッサージもしたほうがいいですよ」

ヘンリエッタ・リチャーズから呼び出しを受けたのをパシが既に知っていることにわずかないらだちを感じつつ、クインは割れた鏡の前に座った。もちろんここは美容院ではない。昔風の床屋、第三世界の質素な店だ。荒削りの棚には細くてとがったハサミや、古いタイプの安全刃がついた手作りの西洋剃刀《かみそり》が散乱している。剃刀は簡単に喉を切りそうなうえに、衛生面でも疑問がある。汚れた鏡の両側には、横を刈り上げて襟足を伸ばしたマレットという髪型にしたり、パーマをかけたりし、濃い口ひげを口の両脇に垂らした、七〇年代アメリカの男性ヌード写真が飾られている。ポルノ男優ジョン・ホームズのファンなのかもしれない。

　壁のそれ以外の部分を覆い尽くしているのは、何百枚ものヒマラヤ登山隊のハガキ、ステッカー、ペナントだ。登山家はみなカトマンズに戻ったらこの店に来る。常に布製の防暑帽《トーピー》をかぶったパシは、いつも話をしたがる。そのおかげで、彼はヘンリエッタ・リチャーズとほとんど同じくらい山の噂に通じていると言われている。普段のクインはパシとのおしゃべりを楽しむ。だが今日は、古い回転椅子に座ったとき疲労と悲しみに襲われた。今は自分の山上での事故が噂の的になっているだろうと思うと、とても話をする気にはならなかった。

　パシもクインの顔に傷よりも暗いものを見て取り、その思いを察したらしい。黙って仕事にかかり、店内にはハサミの音だけが響いた。パシの指が頭のまわりで素早く動いているあいだ、クインは汚れた鏡に映った自分の顔を見ていた。岩がぶつかったあざは包帯からはみ出て広がり、日に焼けた額を濃い紫や青、あるいは黄色にも染めている。頬の切り傷はかさぶたで覆われ、傷口を留めるバタフライ形テープは今朝のシャワーで濡れて端がめくれ上がっている。

　サロンとの喧嘩を思い出したとき、クインは身をこわばらせ、そのあと大きく息を吐いた。パシはちょっと手を止めて、大丈夫かと尋ねた。クインはうなずきながらも切り傷を指差し、ひげを剃るときは気をつけるよう警告した。

ひげ剃りが終わると、パシはクインの顔全体を濡れた冷たいタオルで覆い、軽く押さえつけて、顎に残った石鹸《せっけん》を拭き取った。クインは窒息させられているように感じた。またセカンドステップの記憶がよみがえる。彼はあの小さな洞窟にいた。しかし今回はひとりきりで、氷の山に閉じ込められ、生きながら凍結され、外に出ようと必死で氷をかきむしって……。

パシがぱっとタオルをどけると、鏡の中にひげのないやつれた顔が現れた。他人を見ているようだ。皮膚の下にある頭蓋骨《ずがいこつ》の形が見えてきた。くまのできた目は暗く落ちくぼんで黒い穴になる。鼻や唇は消え、歯がむき出しになる。

おれはいったいどうしたんだ？

「頭のマッサージはしますか、ミスター・ニール？　頭のマッサージは？」

その声は切羽詰まったように早口になり、クインははっと現実に戻った。自分の頭が生み出した幻想に動揺したまま、少しつっかえながら返事をした。「ああ、パシ、頼む。だが額のあたりは触れないでくれよ」

パシはまず首から始めた。筋肉を揉み込むと、電気ショックのようにクインの脊髄《せきずい》から頭まで螺旋状にしびれが走る。パシの小さいが力強い指は、次に頭皮にかかった。親指をまわして耳の下を強く押す。それで頭が明瞭になり、クインはヘンリエッタ・リチャーズにどう対処すべきかを考えはじめた。

「終わりました」やがてパシが告げた。

クインは立ち上がって首をまわし、そのあいだパシは落ちた毛を払い落としてあと始末をした。クインは黙り込んでぶっきらぼうだったのが後ろめたくなった。

「あまりおしゃべりしなくて悪かったな。いろいろと考えることがあったんだ」パシをなだめるように言い、たっぷりチップをはずんだ。

パシはにっこり笑って金を受け取った。「気にしないでください、ミスター・ニール。よくわかってます。山に登る前に散髪してもらえなかったのが残念なだけです。来てくださってたら、サロンと一緒にエベレストに行くのがよくない理由をいくらでも教えてあげたんですけど。気をつけてくださいよ、ミスター・ニール。充分気をつけて」

道に戻ったクインは、吊られていたブッダの目のTシャツがなくなっていることに気づいた。今日最初の雨嵐になりそうな灰色の空を見た商人たちは、商品を取り込んで店のドアを閉めている。クインは最悪の雨をやり過ごそうとバーに入っていった。ヘンリエッタ・リチャーズに尋問される前に強い酒が必要だと自らに弁解して。一杯目のウイスキーを飲み、降りだした豪雨を窓から眺め、またもやセカンドステップのヤマガラスの洞窟に思いを馳せた。

27

二〇〇九年六月五日
午前一一時二六分
ネパール　カトマンズ　ダーバー・マーグ交差点

ペンバが死んだのは三台目の車に轢《ひ》かれて間もなくだった。

自慢の新車、一五〇ccのヒーロー・ホンダは、今や道路をふさぐねじれた金属のかたまりになってしまった。鞄から飛び出したノートパソコンは、バイクの残骸の横に落ちている。タールマック舗装の道路を転がって割れたあと、多くの自動車のタイヤに踏まれてつぶれ、持ち主と同じ運命をたどった。雨の中で制御できなくなったバイクは前輪が浮き上がり、乗り手と荷物を対向車の群れの中に投げ出したのだ。

歩道に集まった野次馬は、激しい雨が若きシェルパのつぶれた頭部を叩き、安物の中国製ヘルメットがクルミの殻のようにきれいにふたつに割れて落ちているのを見つめた。ペンバの遺体は歩道の高い縁石にもたれかかり、ぐっしょり濡れたTシャツから染み出す真っ赤な血は、道路脇を流れるモンスーンの雨の川に注ぎ込んでいる。赤い血は汚い水やそれが運んできたゴミとまざり合い、徐々に不快な灰色になっていく。

土砂降りの中、野次馬はその光景に目を凝らしていた。また起こったバイク事故に、ぞっとしながら見入っている。ようやく救急車が遺体を運んでいくと、彼らも現場から立ち去った。誰もが、モンスーンが来るたびにバイク事故の件数は増えるものだと納得していた。明日も、明後日も、同じような事故があるだろう。これもそういう事故のひとつとしか考えられない。

実際に起こったことを見た者はいなかった。その日最初の豪雨がすべての痕跡を消していた。急速に激しくなる雨の中、家路を急いでスピードを上げたクロムメッキ加工の赤い小型バイクに一台の自動車が並んだところは、誰も目撃していなかった。自動車の助手席側のドアが突然開いてバイクと乗り手にぶつかり、乗り手がバランスを崩してハンドルが左右に大きくぶれ、バイクが対向車群に突っ込んでいったことに、誰も気づいていなかった。ペンバが道路脇に飛ばされて死ぬまで、誰も何も見ていなかった。

マルチ・スズキの盗難車はバイクの動きが止まりもしないうちに姿を消していた。車に乗っていたふたりは、サロンからの命令どおりあのシェルパを痛い目に遭わせられたことに満足していた。偶然ペンバを見かけて、その機をとらえてさっさと始末できたのだ。あとふたり標的がいるので、今日の午後も忙しい。とりわけ今朝はホテルでひとりをつかまえそこねたのだから。

助手席の男は運転手にダワの写真を渡して、大声で住所を告げた。小型車はすぐに左折して対向車の前を横切り、カトマンズの反対側に向かった。

28

二〇〇九年六月五日
午前一一時五五分
ネパール　カトマンズ　スクラ通り五七番地　アパートメントE号

クインは頭を屈め、かつてはネパールを支配するラナ家の宮殿だった建物に入っていった。濡れた犬のようにぶるっと体を震わせてからジャケットを脱ぐ。三階までの階段をのぼるときにも、日本製ウイスキーの味はまだ舌に残っていた。上へ行くにつれて登山の後遺症であるすねや太腿の痛みがひどくなるのを感じつつ、少しずつ土砂降りの雨から離れていく。前にココナッツマットが敷かれ、中央に〝E〟という真鍮の文字がついた白い光沢のあるドアまで来たとき、アジアからも離れた気がした。

ノックをすると、即座にサンジェーヴ・グプタがドアを開けてクインを招じ入れ、きびきび動いて彼の手から濡れたジャケットを受け取った。いつものように、中はいかにもイギリス的な落ち着いたオアシスだ。花柄の壁紙、登山に関するカラフルな本が並んだ書棚、ポプリの皿、アルファベット順にファイルをおさめた壁一面の灰色の書類棚、部屋の隅にひそむ超然とした黒猫。それらすべてが、イギリスのサリー州にありそうなエリート女子校の女性校長の部屋という雰囲気を醸し出している。

ヘンリエッタ・リチャーズは応接間の中央に置かれた、背もたれがまっすぐな椅子から顔を上げ、ニールを見つめた。膝の上は書類だらけだ。横にはノートやルーズリーフの束が載ったテーブル。デスクの隅にはパソコンがあった。パソコンの画面には、彼女とサンジェーヴ・グプタが調べていたらしい報告書が明るく映し出されている。半月形の読書用眼鏡越しにクインを観察し、傷だらけの顔を見、ウイスキーと雨水のかすかな香りをかぎ取って、ヘンリエッタは言った。「こんにちは、ニール。立ち上がってご挨拶しなくてごめんなさいね。見てわかるように、作業の途中なの。そこに座ってちょうだい。紅茶は飲む？ ミルク入り、砂糖抜き、でしょ？ サンジェーヴが用意してくれるわ」

「ああ、ヘンリエッタ。ありがとう」クインは彼女の向かい側の椅子に腰をおろした。サンジェーヴが紅茶の入った花柄の磁器のカップと受け皿を渡す。登山によるたこや傷だらけの大きな手の中で、優雅な器は滑稽《こっけい》にも感じられた。

「カトマンズに戻ったばかりで呼び出して悪かったわね。しばらく休みたいでしょうけど、ネパールのアメリカ大使から、ネルソン・テイト・ジュニアの件を調べるよう頼まれているのよ」ヘンリエッタは口調を改め、早速本題に入った。

「そうじゃないかと思ったよ。事情をはっきりさせなきゃいけないのはわかっている」クインはカップを置き、デイパックから事情を説明するメールの草稿を取り出してヘンリエッタに渡した。「一部始終を書き出すのがいちばんいいと思った」

ヘンリエッタは紙を受け取った。五枚にわたりぎっしり書かれているのを見て、助手のほうを向いて言う。「サンジェーヴ、わたしの本を一冊こっちにくれる？」サンジェーヴはすぐに分厚いハードカバーの本を渡した。『ピカデリーから空へ——エベレスト登頂を目指すイギリス人の探索の旅　一九二一年〜一九五三年』、ヘンリエッタ・リチャーズ著。

メールのプリントアウトと交換するように重い本をクインに渡す。「あなたがここにいるうちにメールをじっくり読みたいから、待っているあいだにわたしの最新刊でも見ていてちょうだい」

彼女は読みはじめたが、すぐに止まってクインを見た。

「このメールはもう先方に送ったの？」

「いや、とりあえずの下書きだ」

「よかった。ちょっと待ったほうがいいわ。聞いた話だとネルソン・テイト・ジュニアはあまり理性的な人じゃないそうだし、あなたが何を送っても、彼の弁護士連中はねじ曲げて解釈して、メールを紙屑《かみくず》同然にしてしまうわ。サロンはあなたが少年を見捨てたと言っているそうね。だから、あなたが自分の立場を説明したい気持ちは理解できる。でも、あなたが直接先方と話をするより、わたしみたいな第三者から伝えたほうがいい。もどかしいでしょうけど。もちろんそれは、あなたが少年を見捨てなかったという前提の話よ。このメールでそれを説明しているんでしょう？」

「ああ、もちろんだ。率直に言って、あそこに残されたのが坊やじゃなくおれだったらよかったのにと思っている」

「それは立派ね。だけど現実にここにいるのはあなたなわけだし、これから間違いなく法的な争いになるから、きちんと備えておくべきよ。エベレストで顧客を死なせたとして訴えられたガイドは、これまでに何人もいるわ」

「わかっている。皮肉なことに、おれはブリストル大学で法律を学んで、一九九〇年には半年間ロンドンのペケット・クロス・エイヴォン法律事務所で働いた。そのあと山岳ガイドになったんだ」

「ええ、それは前にも聞いたわ。でも、あまり役に立ちそうにないわね。テイトはアメリカ大使に、どんな手段を使っても息子の死に責任がある者を罰すると言っているわ。それと、サロンはもうラサの中国当局に事件を報告したそうよ。わたしは報告書を見られないけど、彼がここで触れまわっているのと同じ内容だと思う――事故の責任はあなたにある、と。この問題はどんどんややこしくなっていくでしょうね。わたしはあまりサロンを気に入ってないから、まずはこのメールをじっくり読ませてちょうだい。そのあと、真相を明らかにするためにわたしに何ができるか考えるわ。待っているあいだ、わたしの本を見ておいて――それであなたは、山に対する信念を少しは取り戻せるかもしれない」

最初のうちクインは、ヘンリエッタがメールを読みふけっているのが気になって、綿密な記述のハードカバーに集中できなかった。彼女は赤ペンを手に、ほぼすべての段落に書き込みをしている。クインはいいかげんにやってきた宿題を目の前で採点されている気分だった。自分の人生もそれくらいシンプルだったらよかったのにと思いつつ、分厚い本の中ほどをふたたび開く。

ツイードジャケットを着たイギリス紳士が山中の僧院をバックにして立つ写真やエベレストの陰で紅茶を飲む写真をめくっていき、最後の写真に到達した。一九五三年にテンジンがエベレスト山頂に立つ、あの有名な写真。彼を山に誘った写真だ。それをもう一度見ているうちに、この会合の結果がどうなろうと自分のエベレストにおけるキャリアは終わったということが痛感された。もう耐えられなくなって本を閉じ、黙って待った。

やがてヘンリエッタは最後まで読み終えた。「周到に説明できているわ。これをメールでわたしのところに送ってくれる？」

「ちゃんと書けているなら、おれがこのまま先方に送ってもいいんじゃないか？」

「わたしを信頼して」ヘンリエッタは紙を持ち上げた。「ダワとペンバもあなたの弁護に協力してくれるのよね？」

「ああ」

「よかった。あのふたりにも会うつもりだから。ただ気がかりなのは、テイト・ジュニアの死因がはっきりしないことね。サロンの準備した酸素ボンベに欠陥があったと思う？」

クインはその質問に驚いた。彼は酸素が悪かったというペンバの推測に言及せず、時間軸に沿って思い出せるかぎりの客観的な事実を述べることに専念していたのだ。

「おれはそんなことを言っていないぞ」

「ええ、あなたはね。だけど、みんなそう言っているわ」

クインは肩をすくめた。「どうかな。頂上で坊やの装備の何かが悪かったんだ。おれのほうはなんともなかったが。氷河キャンプにおりたとき、ペンバはボンベに欠陥のあるやつがまじっていたと思うと言いだした。しかし、おれのメールを読めばわかるように、ペンバは登るとき無酸素登頂を目指していて自分のボンベを使わず、それで具合が悪くなった。ペンバの体調が悪くなったのも、事態の悪化を招いた一因だ。

ボンベが悪いとペンバが言ったのは、自分のミスをごまかすためじゃないかな。ダワはそれについてあまり何も説明していない。だがシェルパ同士では、それについてもっといろいろ話をしていると思う。やつらのことは、あんたも知っているだろう。ともかく、坊やのボンベは山頂でおれのピッケルの横に置いてきたから、今取り戻して調べるのは無理だ。おれの個人的な意見だが、ちょっとした不運が重なってだんだん問題が大きくなり、最後には手に負えなくなったんだと思う」

「遠征中に頭をよぎった登頂成功ボーナスのことが、あなたの判断力を鈍らせた可能性はない？」

これもだ——クインがメールの中で言及しなかったこと。

クインは落ち着きを失いはじめた。

「ない。サロンはそれに固執していたが、おれにはそこまでの金額だとは思えない」

「いくらなの？」

「一〇万ドルだ。サロンはその一〇パーセントをおれに約束してくれた」

ヘンリエッタは大きく舌を鳴らし、ゆっくり首を振った。

「あなたも安く見られたものね。テイト・シニアは大金持ちよ。カトマンズには噂が広まっている。出どころは主にサロンの債権者たちだけど、噂だと登頂成功ボーナスは五〇万ドルだったそうよ。床屋のパシでも知っているわ」

クインがその情報を消化するところをヘンリエッタは見守った。彼は少しのあいだ目を閉じ、顔をこわばらせた。そのとき初めて、サロンが怒り狂っていた理由がわかったようだ。

「まあ、いくらだったとしても、それは支払われない」クインはうんざりと頭を振った。「坊やは死に、テイト・シニアはおれたち全員に復讐《ふくしゅう》する気だ。正直、それはしかたないと思う」

ヘンリエッタは小さく首を傾けた。「セカンドステップで発見したというピッケルについて教えて」

「ただの古いピッケルだ。あれを見つけたのは、おれにとって幸運だった。しかし、この話の中でそれほど重要だとは思えないんだが」

「ジョージ・リー・マロリーのものということはない？」

クインが即座に首を振ったのは、この大きな問題の中で彼女がそんな些末事にこだわることにあきれ、少々いらだったからだった。

この女はほんとにしつこいな。

「いや、そうじゃないと思う。単なる古いピッケルだし、誰が残していったものであってもおかしくない」

29

一九三八年一〇月一七日
午前一時二七分
ドイツ　ノルトライン=ヴェストファーレン州　ヴェヴェルスブルク城

橋の上で銃口を向けられてたたずんだヨーゼフは、この脱走劇全体が茶番だったことと、ヒムラーのお楽しみのために友人ふたりが死に追いやられたことを悟った。銃を突きつけられて城の三角の中庭まで歩かされたとき、背後の将校のひとりが「ああ、賭けはわたしの負けだ。金は朝に払う。しかし面白い見世物だった。なかなか楽しかったな、ユルゲンが予言したとおりに」と言うのも聞こえた。

ほかの将校は去っていき、ブロンドの親衛隊中尉だけが残った。「きみは、脱走は不可能であること、城から一歩でも出ようとしたら撃たれることを理解しているだろう。だからわたしはこのピストルをしまい、きみと城の中で話をしようと思う」中尉はホルスターのフラップを開いた。ヨーゼフがうなずくのを待ってルガーをしまう。

番兵がふたり現れてヨーゼフの両側に立った。中尉は丸石を敷いた中庭を横切って、城の堂々とした門をくぐった。

彼らは、旗幟《きし》を飾り、光沢のある甲冑《かっちゅう》を並べ、見えない窓に分厚い錦のカーテンをかけた廊下を進んで、広大なホールに入った。部屋の奥にある暖炉では薪《まき》が大きく燃え、簡素だが大きな炉床が炎を囲んでいる。鉤十字などの記号が彫られた、どっしりした石造りの暖炉だ。炉棚にある錬鉄製の枝つき燭台《しょくだい》は、絡み合ったオークの枝に見えるようねじって成形され、一二本の赤い蠟燭《ろうそく》が黄色く燃えて煙を上げている。燭台の幹に入った大きな金色のSSというルーン文字が、蠟燭の光を浴びて揺らめいて見える。

部屋の横幅いっぱいに、ぴかぴかに磨いた細長いテーブルが据えられている。中尉はテーブルを指差してヨーゼフを座らせた。

テーブルの中央には靴紐で結んだヨーゼフのブーツが置かれていた。ヨーゼフがそれに気づいたのを見て取り、中尉は言った。「きみのブーツだ。幸い、下まで落ちても壊れなかった。残念ながら、きみの友人にはそこまでの運がなかった。ちょっと失礼する。取ってきたいものがあるのでね。そのあいだ、出血した手はテーブルに置いておくといい」彼はジャケットの内側からたたんだ白いハンカチを出してヨーゼフに渡し、部屋を出ていった。

番兵ふたりは黙ってヨーゼフの後ろに来た。ヨーゼフは血だらけの縛った指をハンカチでくるみ、着ているシャツに手を潜らせて隠した。ずきずきする痛みから気をそらせるため、向かい側の壁にかかった大きな三枚のタペストリーを眺める。タペストリーは最近織られたばかりらしく、糸はまだ鮮やかで明るい。いちばん左のタペストリーでは、ヘルメットをかぶった黒ずくめの親衛隊の軍勢がバリケードの向こうで激しく戦い、ヘルメットがなく頭を血だらけの包帯で巻いた兵士ともうひとりの兵士が、傷ついて足元に倒れた親衛隊将校の手当てをしている。将校は自らの血だまりの中に横たわり、手にはまだルガーのピストルを持って構えていた。

中央のタペストリーは同じく親衛隊の兵士たちを描いているが、こちらはぶかぶかの黒いズボン、膝上の長靴、袖をめくり上げた白いシャツ姿で、血を吸った土地を耕している。土地は遠くまで広がり、その先には雪をかぶった険しそうな山々の連なりがあった。三枚目、いちばん右のタペストリーは笑顔で幸せそうな家族を描いた牧歌的な光景だ。父親は一枚目で傷ついていた親衛隊の将校だが、すっかり回復し、もう軍服は着ていない。ブロンドの妻と四人の美しい子どもたちとともに、茅葺《かやぶ》きで白く塗った農家の前に立っている。家族は互いに腕を組み、父親は誇らしげに先ほど耕された土地のはるか向こうにそびえる山々を指している。広い畑では収穫直前のトウモロコシの穂が金色に輝き、山では雪が頂上だけに残り、山肌は淡い紫色に見えている。

親衛隊中尉が戻ってきたため、ヨーゼフはテーブルに目を戻した。中尉は向かい側に座り、革のフォルダーと鞘におさめた親衛隊の儀式用短剣を前に置いた。短剣を持ち上げて、黒と銀の鞘から厚みのある刃を抜く。手を伸ばして短剣の先をヨーゼフのブーツの紐に引っかけ、もう片方の手でブーツを自分のほうに引き寄せた。刃に力をかけた瞬間、太い紐は絹のようにきれいに切れた。ヨーゼフを見ながら短剣を大きなテーブルの中央に置く。先はまっすぐヨーゼフに向けられていた。暖炉のちらちら揺れる炎が、短剣の刃の中央に刻まれたブラックレター体の文字を照らした。

中尉は色の薄い目でヨーゼフを見つめた。「第九九山岳猟兵部隊ヨーゼフ・ベッカー一等兵、わたしの自己紹介をしておこう。ミュンヘンではちゃんと挨拶する時間もなかったからな。親衛隊第一SS装甲師団中尉、ユルゲン・ファイファーだ。親衛隊全国指導者殿の個人的副官を務めている」いったん止まって相手が理解するのを待ち、先を続けた。「ベッカー一等兵、この短剣について何か気づいたことはあるか？」

ヨーゼフは短剣を見、中尉に目を戻した。「鋭いです」

ファイファーはしばらくヨーゼフを見つめたあと、ゆっくり大仰にうなずいた。

「そう、鋭い。一瞬できみを殺せる。ほかには？」

「刃には、親衛隊のモットー〝忠誠こそわが名誉〟が書かれています」

「そうだな。きみには忠誠心があるか？」

「あります」

「わが総統、わが民族、わが国に対して罪を犯したきみは、何に、あるいは誰に、忠誠を誓っているのだ？」

「家族と友人にです」

「なるほど。家族と友人。それは、けちな犯罪者や暴漢が、ささやかなつまらない勝負が終わったと自覚したとき臆面もなく口にする、自己正当化の便利な口実だ。今夜の出来事できみは友人を失った。だからわたしと話し合うに当たっては、自分の家族についてもっと真剣に考えたほうがいいぞ」

ファイファーは再度短剣に目をやった。「ほかに何か気づいたか？」

「両刃です」

「そうだ。そこから何を考える？」

ヨーゼフは疲労困憊していた。こんなお遊びには付き合っていられない。

「何も考えられません」

「壁登りが疲れるのはわかるが、真面目にわたしの相手をしてほしい」

ファイファーは番兵ふたりに出ていくよう合図した。

ふたりは即座に部屋を出てドアを閉めた。

ヨーゼフは親衛隊将校とふたりきりで残された。自分の正面にある瞬きしない冷たい目を見つめる。その目には暖炉の炎がかすかに映っていた。

「この短剣には両側に刃がついているんだ、と考えます」ヨーゼフは当然のことを答えた。

「そのとおり。鋭い、刃が、ふたつ」ファイファーはヨーゼフを見つめて一語一語はっきり発音した。「つまり、どちら側でも切れるということだ。わたしが今から説明することを聞くとき、〝両刃の剣〟という言葉を念頭に置いておくように。始めていいか？」

「断れるんですか？」

「いや」ファイファーは短剣を取り、親指で片方の刃をそっと撫ではじめた。「ユダヤ人を密出国させる仕事を始めたとき、きみはその権利を失った。帝国に対する反逆罪には必ず死刑が宣告される。しかしきみにとって幸いなことに、わたしは指導者殿によって宣告を覆す権限を与えられた。きみにやってほしいことがある。だが、その任務にも危険がある。死ぬかもしれない。ただし、それはきみが失敗した場合だけだ。ゆえに、死ぬかどうかはわれわれでなくきみ自身にかかっている。現在きみが置かれている状況は、少しばかり改善したわけだ」

ファイファーは短剣を裏返して、もうひとつの刃にも同じことを繰り返した。そのあと刃の腹で目の前の革フォルダーを開いた。中では白いカードが数枚重なっている。

「きみに遂行させる作戦にきみが真剣に取り組むよう、われわれはもうひとつの刃を用意した。カード遊びは好きか？　きっと好きだろう。ドイツ国防軍一等兵はみなそうやって暇をつぶすのではないか？」

彼は短剣の先でゆっくりカード七枚を一列に並べた。短剣の刃をそれぞれのカードの下に入れて引っくり返す。カードは写真だった。最初の三枚をめくったところで手を止める。ギュンター、クルト、ヨーゼフの顔が写っている。

ファイファーは短剣をギュンターの顔に突き刺して写真を持ち上げ、クルトの写真の上に置いた。もう一度短剣を押して二枚目の写真も一緒に突き刺し、持ち上げて、冷たくヨーゼフを見据えた。

立ち上がったファイファーは無言で暖炉まで歩いていき、二枚の写真を短剣の先から抜いて炎の中に投げ込んだ。テーブルに戻ると、またナイフを使って次の三枚の写真をめくった。

ヨーゼフの写真の隣には、母と姉妹の写真が並んでいた。ファイファーは短剣の刃をそれらの写真の上に置いて見えなくした。

「少々芝居がかったことをしたのを許してくれ。だが、これできみの置かれた立場は明確に理解してくれたな？」

ヨーゼフはぞっとして顔をそむけ、ファイファーの後ろにある三枚のタペストリーに視線を向けた。この親衛隊中尉が最初の絵で血を流して倒れている男だったらよかったのに、と心の底から思った。ヨーゼフがその場にいたなら、この男が生きて故郷に帰って家族とともに山を見るのは許さなかっただろう。

タペストリーに描かれた遠くの山を眺めたとき、ヨーゼフはすべてを悟った。ありったけの憎しみを込めて将校に目を戻す。「で、どの山にぼくを登らせたいんですか?」

ファイファーはまたナイフを持ち上げ、最後の写真をめくった。

「これだ」

30

二〇〇九年六月五日
午後二時三五分
ネパール　カトマンズ　タメル地区　クーンブ・ホテル

クーンブ・ホテルに入ったとたん、ドアマンはクインを脇に引っ張り、息を切らせて言った。「ミスター・ニール、気をつけてください。今朝男がふたり、あなたを捜してました。ぼくは、あなたはここにおられない、どこか知らないと答えました。悪いやつです、すごく悪いやつ。ゲスのきわみ」

クインが自分を訪ねてきた者について心配するより、ドアマンの言葉の使い方を面白がっていると、ホテルから出ようとするロス・マクレガーとアイヴス・デュランとばったり会った。デュランは少々申し訳なさそうに言った。「ニール、いろいろ問題があるのはわかっているが、ぼくたちは明日帰国する。だから、あとで一緒に一杯やらないか？　八時にラム・ドゥードルに席を予約しているんだ。シェルパも何人か来る。今朝ダワが荷物を持ってきたとき声をかけた。大変なときとはいえ、最後に一度集まるのもいいだろう。それに、サロンが賃金を払わないのなら、ぼくたちでシェルパにチップを払ってやるべきだ」

クインはパーティに出る気分ではなかったものの、マクレガーとデュランは好きだし、ヘンリエッタがダワやペンバと話すつもりである以上、ふたりと相談しておく必要があるので同意した。ホテルの部屋に戻ると、昼寝をしようとした。まだ登山の疲れが残り、さらにヘンリエッタ・リチャーズとの話し合いで消耗してしまったにもかかわらず、断続的にしか眠れなかった。とぎれとぎれに悪い夢を見て、そのたびに目が覚める。結局寝るのはあきらめ、横になって休息を取るだけにした。しばらくすると、それもできなくなった。

ヘンリエッタに持っていけと言われた本を取り上げ、一九二四年のジョージ・リー・マロリーとアンドリュー・〝サンディ〟・アーヴィンによる最後の登頂の試みの章を開いた。登山家二名が山頂を目指して歩きだしたあとついに戻ってこず、彼らが死ぬ前に登頂を果たしたのか、ヒラリーとテンジンが登る約三〇年前にはじめてエベレストの頂上に立ったかどうかという謎は、クインもよく知っている。また、借り物のカメラ、コダックのヴェスト・ポケットをふたりのどちらかがまだ持っているとの期待から彼らの遺体が捜索されたことも知っている。未現像のまま凍りついたフィルムが、登山史における最大の謎を解き明かすかもしれないからだ。

ヘンリエッタはこの本で、アーヴィンのピッケルが一九三三年に、マロリーの遺体が一九九九年に発見された詳細ないきさつを含め、既知の事実をくまなく集めていた。マロリーのピッケルとアーヴィンの遺体はいまだに見つかっていない。まさかとは思いつつ、クインはダワが返してくれた古いピッケルのことを考えた。立ち上がり、泥のついたリュックサックからピッケルを取り出す。バスルームからフェイスタオルとコップ一杯の水を持ってくるとピッケルをきれいにし、初めてじっくり観察した。

長さは八〇センチ足らず。柄はトネリコ材、木はまだ硬く締まり、色は薄い黄褐色、黒い線の網目模様が入っていて、経年変化により黒光りしている。傷は下のほうに一箇所だけあった。野生動物に嚙まれたかのように、木がえぐれている。頭部近くの側面には、数字がふたつステンシルされていた。

その裏側には粗く彫った大文字ふたつがある。優雅なブラックレターを試みて木に浅く刻んだ字だが、少々均整を欠いた素人っぽいものだ。

観察を続けていくと、柄の根元は鋼鉄でくるまれ、そこから鋼鉄製の石突きが出ているのがわかった。クインを襲ってきたサロンを止めるためにダワが突きつけた部分だ。鋼鉄製の頭部はほぼ平面で、雪や土を掘り起こすために用いる小さな三角のアッズという部分と、長くてほとんどまっすぐで先端がとがったピックという部分とに分かれている。ピックの下部には鋸歯状《きょしじょう》の刻み目が入っている。アッズとピック両方の状態からすると、このピッケルはかなり使い込まれているようだ。ピックに入った新しい銀色の引っかき傷を見て、クインはセカンドステップでこれが滑落を止めてくれたことを思い出した。

木製の柄には光沢のない鋼鉄製の輪があり、上下に動くようになっている。柄の下から一五センチほどのところに小さな金属のねじが出ていて、輪が外れないよう留めている。この輪にはかつて革かキャンバス製のストラップがついていたのだろう。先端の少し下には白い布テープが巻きつけてある。長年風雨にさらされてきたため布は茶色く変色し、もろくなっているが、しっかり結ばれてはいる。ここには旗のようなものがくくりつけられていたに違いない。ピッケルの持ち主が山頂に到達するつもりだったことを考えたとき、クインの背筋が少しぞくりとした。

彼は濡らしたフェイスタオルでピッケルの金属の頭部をこすりはじめた。

長いピックの側面に小さな製造番号が見えた。ＤＲＧＭ　Ｎｏ．１４９６３１８。裏返すと、反対側には楕円が刻まれていた。中に何か書かれている。

さっと指先を舐め、そこをこすってみた。鋼鉄に刻まれた薄い線が、くすんだ金属の上に黒く浮かび上がる。クインはピッケルをベッド脇の明かりまで近づけた。楕円形の中央には〝アッシェンブレンナー・モデル〟とある。上部には〝高品質保証ピッケル〟、下部には〝フルプメス社〟と書かれていた。

楕円形の左に、もっと小さい模様が彫られている。クインはもう一度指を湿らせてこすった。

翼を広げた鳥らしきものがぼんやり見えた。

クインは切迫感に駆られ、ピッケルに直接唾を吐きかけ、かすかな模様をさらにこすりつづけた。

やはり鳥だった。単純な形の鷲。二枚の翼は四つの平行なブロックが少しずつ横にずらして積まれ、左右に広がった形になっている。翼と翼のあいだにある鳥の頭は左を向いている。横向きの四角い頭部から鉤状に曲がって先端のとがった嘴が出ている。小さいが堂々とした絵で、ぱっと見たところローマ時代のもののようにも思えた。

鷲は小さな円の上に留まっている。円の左には文字〝Z〟、右には〝Fg〟。円の中にある模様は古いアジアの記号に見えたが、近代ヨーロッパではもっと別の意味で用いられている。

ナチスの鉤十字だ。

31

二〇〇九年六月五日
午後四時四五分
ネパール　カトマンズ　トゥリプレショール地区

ゴミだらけのバグマティ川北岸に通じる狭い路地で、ダワのみぞおちに続けざまにパンチが叩き込まれた。一〇発目までには、ダワの肺も胃も腸も空っぽになっていた。粗雑な金属製メリケンサックは今や腹筋を裂き、内臓を破り、上部に食い込んだときは肋骨《ろっこつ》を折っている。

最初に殴られたときダワは嘔吐《おうと》したが、そのあとは血を吐いた。もう立っていられない。長身の襲撃者は相棒に、ダワを羽交《はが》い絞めにするのをやめて落とすよう合図した。ダワは未舗装の路地の泥の中に崩れ落ちた。

すぐさまふたりは無抵抗のダワを蹴りはじめた。そのたびにダワのどこかが壊れる。襲っているグルン族の男ふたりは仕事を楽しんでいた。彼らは軍隊でご主人様の気に障った毛沢東派の容疑者――それを言うならほかの誰でも――を尋問した日々をなつかしがっていた。山岳地帯の共産主義者の脅威によって国王がその座を追われ、彼らが軍隊を去ってカトマンズの暗黒街の住人となることを余儀なくされて以来、あまりに多くのことが変化した。サロンがときどき昔の楽しみを味わう機会を与えてくれるのが、せめてもの慰めだ。

彼らはとりわけシェルパどもを嫌っている。ふたりはダワを何度も蹴りつけながら、山岳シェルパがカトマンズの大物気取りでドル札を見せびらかし、新しいバイクに乗り、外国人にぺこぺこしていることを思い浮かべていた。やつらのうちふたりを叩きのめし、そのお楽しみに報酬をもらえるのは、いい気分だ。

殺すのではなく怪我をさせるだけにしろというサロンの指示にしぶしぶ従い、長身の男は相棒を止めた。じっと立って、ぐったりした体を見おろしながらメリケンサックをポケットにしまう。襲撃の成果を冷たい目で見て、たくましいシェルパを血だらけにしてやったことに満足した。自分たちには、まだこれだけのことができる力があるのだ。

しばらくそのまま息を整えたあと、男は膝を上げ、重いブーツに全体重をかけてダワの右足首を踏みつけた。腱と骨の折れる音がする。意識を失った体からは、かすかなうめき声が発せられただけだった。男はまた脚を上げて、ダワの左膝も同じように踏みつけた。そしてネパール語で言う。「もう登山はできなくなったぞ、この猿《さる》め。サロンからの〝登頂ボーナス〟を楽しんでくれよ」

自己満足のあまり、笑いながら相棒のほうを向く。「ふたり始末した。残るはひとりだ。さっさとずらかろうぜ」ふたりは盗難車に戻った。助手席側のドアにはペンバのヒーロー・ホンダとぶつかったときの引っかき傷が鮮明に残っている。土の道を自動車が加速して走り去ったあと、痩せた黒い野良犬がダワのねじ曲がって動かない体に歩み寄り、彼を覆う血や吐瀉物《としゃぶつ》を舐めはじめた。ダワは動かなかった。

32

二〇〇九年六月五日
午後七時三〇分
ネパール　カトマンズ　タメル地区　クーンブ・ホテル

勢いの強いシャワーを浴びているあいだも、クインはまだ古いピッケルに鉤十字がついていた理由について思いをめぐらせていた。だがどれだけ考えても、頭に浮かぶのは単純な事実だけだった――イギリスはエベレスト、ドイツはナンガ・パルバット。昔のヒマラヤ山脈登山に関してクインが少年の頃学んだ、よく知られ、正式に記録に残されている事実だ。戦前は二国が二山に分かれて登頂を試みていた。

クインが読んだ記憶のある中でイギリス人以外がエベレストに近づいた最も古い記録は、一九四七年にカナダ人アール・デンマンが単独で頂上を目指したものだ。その数年後、スウェーデン人、もしくはデンマーク人がやはり単独で試みている。いずれにせよ、彼らが勇猛果敢に、しかし単独でエベレストに登ろうとしたのは、鉤十字の時代よりずっとあとだ。また、彼らはそれほど高くまで登っておらず、セカンドステップには行っていない。クインは頭をフル回転させて、もっと大規模な遠征隊について考えた。五〇年代と六〇年代には、スイス、フランス、中国、それに噂ではロシアも、新たなルートでの初登頂を目指す国家間の競争に参加した。だが、鉤十字と決別したドイツもそこには登場しない。

あのピッケルを置いていったのはロシア人じゃないか？

ある昔の登山家にまつわる言い伝えを思い出した。一九五二年、パヴェル・ダッチュノリアン博士という人物に率いられたロシアの遠征隊が、エベレスト登頂を果たせず翌年戻ってくることになるイギリスに先んじて初登頂を試みた。彼らは北からのルートをたどったが、遠征隊の六人全員が遭難して行方不明になったと言われている。鉄のカーテンが消えてロシアのさまざまな記録が世界に公開されたあとも、この話がどれだけ真実に基づいているかは誰にもわかっていない。

おれは、その話が本当である証拠を見つけたのか？

一九五二年というのは、ヨーロッパで第二次世界大戦が終わってたったの七年後だ――ピッケルが、焼け野原のドイツからロシア兵が持ち帰った記念品という可能性はある。

まあ、今はおれの記念品だ。くそいまいましい鉤十字をつけたピッケルとはな！

現在置かれた状況を考えると、さっさと服を着て、乏しい財布の中身を確かめたほうがよさそうだ。彼はひとつのリュックサックを探り、鍵つきカラビナ数個と新しい四個セットのアイススクリューを取り出した。命を救ってくれたことに対する報酬としては安っぽく思えるが、クインがダワにやれるのはせいぜいこれくらいだ。タメル地区に多くある山岳用品店のどれかで売れば、まずまずの金になるだろう。クインはカーゴパンツの深いサイドポケットにそれを突っ込み、ラム・ドゥードルまでの短い道のりを歩きはじめた。一九五〇年代の同名の小説で有名になった高さ一万二〇〇〇メートルの架空の山と同じ名前の、タメル地区にあるレストランだ。

ラム・ドゥードルはカトマンズを終点とするあらゆるツアー、トレッキング、登山を祝う場所として知られている。エベレストに登頂した者は無料で食べることもできる。もちろん、経営者がサンジェーヴ・グプタに問い合わせてそれが事実だと確認してからだ。今回、クインに祝う理由は何もなかったが、ふたりの顧客のために自分の問題は脇に置いて付き合うべきだと考えた。バーカウンターへ行くと、ふたりは既に来ていた。シェルパの姿はまだない。

デュランはクインに、初登頂五〇周年記念バージョンのエベレストビールの大瓶を渡した。ボトルは濡れて冷たい。デュランの登頂を祝って形ばかりの乾杯をしたが、ビールはうまかった。クインは大瓶から直接飲みつづけた。テンジンの山頂写真を載せた金縁で楕円形のラベルは、いつものようにゆるんで手の中でずれる。クインはラベルをはがし取った。みんなそうしている――旅の日記に貼る者もいれば、何も知らない仲間の背中に貼る者もいる。背中に貼られたラベルは乾いて床まで滑り落ち、登山史における最も有名な写真はうっかり踏んだ愚か者の足元から彼らを見上げるのだ。クインはラベルをカウンターに置いて、まだ凍傷で麻痺している指先でまっすぐ伸ばした。これを見るたびに、この写真に導かれて歩きはじめた長い道のりが終わろうとしているという思いに胸が痛む。腹の中のビールが吐き気を催した。

三人はカウンターで待っていたが、シェルパはなかなか現れない。しかたがないのでテーブルに移って料理を注文した。食事が終わると、彼らを待つのを不承不承にあきらめ、タメル地区の有名パブのひとつ、トム&ジェリーに場所を移すことにした。予約した人数の半分が現れずステーキディナー二人前をキャンセルした埋め合わせにいつもよりたっぷりのチップをウエイターに渡し、先にパブに行っているというシェルパへの伝言を託して、彼らは店を出た。

トム&ジェリーはラム・ドゥードルよりさらに混雑していたが、なんとか赤いビニール張りのブースを確保できた。そこでもう少し飲みながら話をしていると、テーブルの向こうからしきりに手を振っている小さな顔が見えた。「ミスター・ニール、ぼくです、フィンジョーです。コックの。リャクパに言われて、あなた捜しに来ました。来てください、ミスター・ニール、早く！」

クインは人をかき分けてフィンジョーのほうに向かった。大きな手を少年の小さな肩に置き、外の比較的静かなところに連れていく。「どうしたんだ？」

するとは少年はおいおい泣きはじめた。

「フィンジョー、話してくれ」

フィンジョーが泣きながら切れ切れに発する言葉は、徐々に意味をなしていった。

「ペンバ……ペンバです。死にました……バイクで。バイクの事故で……ダーバー・マーグで。雨で滑って。死んだんです。バイクが倒れて死にました」

クインが今聞いたことを理解しようとしているあいだも、少年は話しつづけた。

「それから、ダワは川の近くで見つかりました。殴られてます。こっぴどく殴られたんです。ダワも死ぬかもしれません」

クインは呆然として「なんだと？」と答えることしかできなかった。

「両方の脚、折られました。だからもう山に登れません。ペンバも殺されたんだと思います。ただの事故じゃなくて。リャクパは、サロンがやったって言います」

そこで少年は崩れ落ち、身も世もなく泣いた。

クインは肩越しに後ろを見た。知らせを聞いたときもぞっとしたが、今日早くにホテルでふたりの男が彼を捜していたことと関係あるに違いないと気づいたときには戦慄が走った。サロンは本当に脅しを実行に移している。

フィンジョーは少し落ち着きを取り戻した。手の甲で目をぬぐい、言葉を詰まらせながら言う。「リャクパに、気をつけろって伝えるように言われて、あなた捜しに来ました。みんな、サロンは頭がおかしいと思ってます。ずっと前からおかしかったって。殺し屋雇って、あなたとダワとペンバを襲わせてます。リャクパは隠れてます。大丈夫です。あなたも隠れろって言ってます」

クインは財布から数枚の紙幣を出して少年の手に押しつけた。「ありがとう、フィンジョー。すぐにタクシーで家に帰れ。どこにも、誰のところにも寄るな。わかったか？」少年は服の袖で鼻と口をぬぐい、クインに抱きつき、カトマンズの夜の中に走り去った。

クインは急いでパブに入って人をかき分けてブースに戻った。

「アイヴス、すぐに出よう。ここでは説明できない。とにかくロスを動かすんだ。急げ。今すぐだ」

マクレガーは酔っ払って千鳥足だったため、クインとデュランで引っ張って店を出、流しのタクシーに乗り込んだ。ホテルに向かって数ブロック行ったところで、クインはデュランにフィンジョーの話を伝えた。たちまちデュランの酔いが覚めた。

ホテルに戻ると、小柄なドアマンの姿はなかった。

クインは暗いロビーをのぞき込んだ。誰も見えないので、デュランと協力してぐったりしたマクレガーを連れて中に入り、小さなエレベーターの前まで行った。

「アイヴス、もしやつらがここにいても、きみたちふたりは標的じゃない——狙いはおれひとりだ。ロスを部屋まで連れていって、回復体位で床に寝かせておいてくれ。知っているよな？」

「もちろんだ」

「変な物音がしたら助けを呼べ——とにかく誰かに助けを求めろ。わかったか？」

古いエレベーターのドアがきしんで閉じる。ガタンと揺れたあと、エレベーターはゆっくり上昇を始めた。

それを見送りながら、クインはこのあとどうすべきかと考えた。ロビーを見て、身を守る道具がないかと探す。何もない。

パニックを起こしかけたとき、ある考えが浮かんだ。カーゴパンツのポケットから、ダワにやるつもりだったアイススクリューのうち、最も長い二本を取り出した。どちらも長さ二五センチほどある。スクリューの鋭いねじ山を包む青いプラスチック製の覆いをはがし、端のキャップを取ってクロモリ鋼製のとがった先を露出させた。鋭い金属製の先端が照明を反射してきらりと光る。それを短剣のように両手で一本ずつ持って、ゆっくり静かに階段をのぼっていった。

足音を殺して最上階に出ると、廊下の突き当たりにある自分の部屋のドアに向かって歩いた。

ドアに近づいたとき、中からかすかな音が聞こえた気がした。

さらに近寄ると、ドアがほんのわずかに開いているのがわかった。だが部屋の中は真っ暗だ。

立ち止まって深呼吸をし、右手に持ったアイススクリューの先でドアをゆっくり押した。

ドアが完全に開く直前、あの古いピッケルの頭部が暗い部屋の中から振りおろされてアイススクリューに当たり、クインは思わずスクリューを落とした。

誰かが闇の中から飛び出してきてクインの両肩をつかみ、部屋に引きずり込んだ。

ピッケルの柄がふたたび打ちおろされ、クインは背中を殴られて前のめりに倒れた。

顔が床に激突する。肩に置かれた手はクインをカーペットに押しつけて呼吸を困難にさせ、ピッケルの側面が彼の背中を何度も叩く。

ピッケルの金属製頭部の平らな面が背中を打つたびに、白い閃光が胴体から頭までを貫いた。

クインは逃れようと身をよじったが、相手は彼を床に強く押しつけ、古いピッケルはさらに何度も体を殴った。

苦悶にのたうっているとき、セカンドステップでダワがおりるのを助けてくれたときのことが鮮明によみがえった。その記憶に力づけられたクインは全力で体をひねって床から浮かせ、自分を押さえている見えない襲撃者に向けて勢いよく左腕を突き出した。

左手で握るアイススクリューが柔らかいものを突き刺すのが感じられた。目の前の男はぞっとする悲鳴をあげ、すぐにクインを放した。

男があとずさったとき、アイススクリューも一緒に引っ張られた。

クインは手を離した。スクリューは襲撃者の右目に深々と刺さっている。

自由になったクインがよろよろと起き上がると、ピッケルの頭部が、今回は鋭いピックをこちらに向けて襲ってきた。

クインが横に転がると同時にピッケルが振りおろされ、鋭い先端が彼の胸をかすめ、シャツの生地を引っかけ、カーペットとその下の木の床に深く食い込んだ。

クインの上にいる男はピッケルを引き抜こうとしたものの、ピッケルはしっかり刺さっていて動かない。男は足を上げてクインの頭を踏みつけようとしたが、あわててドアに向かって駆けていくもうひとりの襲撃者にぶつかられ、後ろ向きに倒れた。

鋼鉄製の長いアイススクリューが血みどろの顔に刺さったまま、襲撃者は苦痛の叫びをあげて部屋から走り出た。

もうひとりも床に刺さったピッケルから手を離して相棒を追った。
モンスーンの豪雨がホテルの平らなコンクリートの屋上をまた叩きはじめる。クイ
ンは意識を失った。

第二部 岩壁の横断 アイン・アウスゲゼット・クエアガン

33

一九三九年二月一五日
午前八時三〇分
ドイツ　ノルトライン=ヴェストファーレン州　ヴェヴェルスブルク城

ヨーゼフが今日の訓練の荷物をそろえ終えようとしているとき、ファイファーが監房に入ってきた。いつものように完璧な装いだ。だが珍しく顔には笑みをたたえている。後ろに何か隠し持っているようだ。どうせ、あのいまいましい親衛隊の短剣だろう。ファイファーを見たとき、あるいは彼のことを考えたときも自然と顔に浮かぶ憎悪を隠しもせず、ヨーゼフは目を上げた。

先日ヨーゼフがヴェヴェルスブルクに戻ったときからずっと、ファイファーは不在だった。前回ふたりが会ったのは、ベルリンのリヒターフェルデ地区で第一SS装甲師団の四週間にわたる基礎訓練を終えたヨーゼフをファイファーが迎えに行き、精鋭武装親衛隊のもとでのさらに一カ月の戦闘とサバイバル訓練のためにハルツ山地まで送ったときだった。

なんの用だろう、とヨーゼフはいぶかしんだ。この冷酷なファイファーが普段くつろいだ表情をすることはない。ヨーゼフは立ち上がりかけたが、相手が止めた。「続けてくれ。訓練の邪魔はしたくない」ファイファーは、冷たい板石に膝立ちになって重い装備の入った背嚢《はいのう》の紐を締めているヨーゼフを見おろした。

冬至以来、オークと鉄で造られた重いドアの外では、地面は分厚い雪に覆われている。年明けには、絶えず吹きつける身を切るような北風がすべてを氷で閉じ込めた。その凍った世界にまたしてもひとりで向かおうと準備している男を、ファイファーは感心して見つめた。ヨーゼフはリヒターフェルデでもハルツ山地ふもとのバート・ハルツブルクでも、限界まで追い立てるようにとの指示のもとに特訓された。不愛想で無口ではあったものの、彼はそこで〝優秀〟という成績をつけられた。ヴェヴェルスブルクに戻ったあとは、外の天候や気温に関係なく毎日四〇キロの荷物を背負って六、七時間、城のまわりの険しい山を登りおりしている、と見張りは報告していた。城に戻るとシャワーを浴びて着替え、大量に食べ、残りの時間は図書室で、与えられたエベレストに関する書物を読んで過ごす。図書室員以外とはほとんど口を利かないが、ファイファーが与えたあらゆる指示に忠実に従っているようだ。

「いい知らせだ」ファイファーは言った。「エルンスト・シェーファーのチームは、ようやくチベットに入る許可を得た。彼らは今や、国際的に認められた帝国の正式な遠征隊だ。これによって、きみがわたしの夢見ていた山のふもとまで行ったときに必要となるものを、正式な外交ルートでそろえておけるようになった。これから事態は急激に進展することになるから、わたしはきみの訓練の進捗状況を確認し、次の段階について助言するためにここへ来た。きみが訓練から戻ったら、また詳しく話をしよう。それと、きみががんばっていると聞いたので褒美の品を持ってきた」

ファイファーは大げさな仕草で腕を後ろから出した。ヨーゼフのピッケル、山岳猟兵部隊の山岳帽、ガンツラーから与えられたエーデルワイスの指輪がついたままの軍隊認識票を持っている。

「逮捕されたとき没収されたものだろう。きみはこれらを取り戻す権利を得た。見てわかるとおり、勝手ながら帽子には少し細工をさせてもらった」

ヨーゼフは無言で重い背嚢をまず膝に置いたあと、立ち上がって背中にまわした。手袋をした手でピッケルを取って金属の頭部を撫で、木製の柄を右肩から後ろにおろした。先端を背嚢と背中のあいだに差し込み、頭部が背嚢の上部に引っかかって止まるまで下に滑らせる。使っていないとき、ピッケルは常にそうして持っている。ピッケルを取り戻せて気分はよかった。口を閉じたまま認識票、指輪、帽子をファイファーから受け取った。

指輪のついた認識票は首にかけ、服の下に押し込んだ。指輪に触れても幸運は感じない。あるのは屈辱と喪失感だけだ。かぶる前にいつもするように帽子のひさしを軽く下に曲げたとき、ファイファーの言った意味がわかった。前面のドイツの鷲の下に、小さな色つき円形章の代わりにつけられた、つやのある新しい金属バッジを見る。

それは親衛隊のドクロマーク、〝トーテンコップ〟だった。

死神か。今のぼくには、エーデルワイスよりも似合うお守りだ。

ヨーゼフは帽子をかぶり、既に耳と顎を覆っているウールのスカーフにかぶさるようきつく引きおろした。黒レンズのスノーゴーグルをかけて、ファイファーを彼が本来属する暗闇に追いやった。

白いジャケットのフードを頭にかぶる。「よろしければ、そろそろ出発します」

「わかった」ファイファーは出口の重いドアを開けた。とたんに厳しい冷気が吹きつける。彼は歯を食いしばり、ヨーゼフがなんのためらいもなく色のない冬の朝の中に踏み出すのを見つめた。

「待て！」ファイファーの声に、ヨーゼフは振り返った。凍えるような風はヨーゼフをすり抜け、開いたドアから城の中に入ってくる。「ヨーゼフ・ベッカー上等兵、きみがわたしを憎んでいるのは知っている。しかしわかっておいてほしい。憎むのはかまわん。憎悪は強い感情だ。憎しみがあればなんでもできる。前途に何があろうと、その気持ちは非常に重要になる。またあとで。では、ベルク・ハイル！」

ヨーゼフは顔を幾重にも覆う防具のため聞こえないふりをして首を振ったものの、実際には一言一句理解していた。ファイファーが自分を呼ぶ肩書が一等兵から上等兵に昇格していたことも。あの男がうっかり間違うはずはない。

ファイファーから顔をそむけ、分厚い服に包まれて外界から遮断されたように感じながら、背負った重い荷物に意識を集中させた。返却されたピッケルの硬い柄が背中に当たり、背嚢のストラップが肩に食い込む。普段ならその重みを考えないようにし、一時的にではあっても城から離れられることに安堵を覚える。しかし今日は重い荷物を積極的に歓迎した。重みによって、痛み、怒り、そして途方もない憎悪を体の隅々にまで浸透させた。足を速めて城の橋を渡る。ブーツの鋲が丸く冷たい敷石を叩いた。

雪をかいた道路に出ると、早足で急斜面の森に入っていった。すぐにすねまで雪にめり込み、坂をおりはじめたとたん足は固まった雪で滑った。転ばないよう低い常緑樹や葉のない若木につかまる。木の枝に積もった新雪が揺さぶられ、ヨーゼフに降りかかった。やがて、毎朝と同じく、クルトの体が城から落ちたと思われる地点に来た。

立ち止まって雪や氷を体から払い、ドサッという音とともに転落死したクルト、静かに死んでいったギュンター、自分が死へと導いた九人のユダヤ人——特にヨーゼフが墓に押しやってしまった幼い少女——を思い出す。祈りの言葉は唱えず、ただ自分がしたことを思い起こし、彼らを殺した者が今ヨーゼフにさせたがっていることについて考えた。

ああ、たしかに憎んでいるよ。

彼は毎日その場所から、城が立つ崖の向こうにある川沿いの渓谷まで行き、険しい坂を限界まで力を振りしぼって登りおりしている。肺が悲鳴をあげて口の中に血の味がするまで、何時間もそれを続け、背骨が折れそうな重い荷を背負って、自らを励ましながら進む。一歩ごとに、まっすぐ城から離れていきたい衝動と戦う。狙撃手の銃弾一発ですべてが終わるのなら、喜んでそれを受けただろう。しかし逃げれば母と妹たちも殺されるのはわかっている。その思いが、切れない糸で頰に食い込んだ釣り針のごとく効果的に彼を城に連れ戻すのだった。

どれだけ進んでも、常に城の邪悪な存在が感じられる。城はまわりの田園地帯を黒い影で覆い尽くす。あたかも城が、凍りついた不毛な土地に荒涼とした冬を招いたかのようだ。今ではヨーゼフも親衛隊育成学校ヴェヴェルスブルクのことをよく知っている。暗い城でヨーゼフが日常的に口を利くただひとりの人間は、図書室員のワイベルという大尉だった。ワイベルはファイファーから、来るべき登山の計画のために必要なものすべてをヨーゼフに与え、彼の学習を監督する任務を与えられている。

　五〇代後半の神経質なワイベルは、仕立てのいい親衛隊の制服と、フランドル地方の塹壕《ざんごう》にいて負傷したことを示す記章を身につけた男だ。彼は息もつかせぬ早口で、ヴェヴェルスブルク城を、大学でもあり要塞《ようさい》でもある、親衛隊にとっての精神的な〝世界の回転軸〟、ヒムラー率いるゲルマン人による黒騎士団にとってのキャメロット城（伝説のイギリス王アーサーの城）だと述べた。この黒騎士団はいずれ世界を征服し、たとえ一〇〇〇年経っても老いることはない。彼は目を潤ませてヒムラーを賛美し、神秘的な人物、アーリア人がほかの民族を統治すべき支配民族である理由を誰よりもよく理解している崇高な人物だと表現した。近くの強制収容所に収監されているエホバの証人の信者について、こっそり話した（神のみを賛美するエホバの証人は当時、ナチス政権に忠誠を誓わなかったため迫害されていた）。収容者は城の修復のため慎重に選ばれた最高の大工、技師、建築家だという。能力を最大限に活用して働くべきだ、逃げようとしてはならない、との信念に突き動かされた者たちだ。ユダヤ人は決して、このような神聖な地に手を触れることを許されない。城はやつらを死に追い込む運命にあるのだ、とワイベルは言った。

　そう、あいつらは今まさに、ユダヤ人を死に追いやっているんだ。

　ヨーゼフは城とその住人についての恐怖を、ほかのことと同様に脳裏から締め出し、登山に思いを向けた。そうするのは難しくなかった。ファイファーがあの写真を引っくり返して次に登るのはエベレストだと告げた瞬間から、ヨーゼフはそのことだけを考えてきた。この数カ月、一心に見つめてきた白黒写真が、色のない無限のイメージとしてヨーゼフの頭の中に焼きつけられたかのようだ。その途方もなく大きい山はやすやすと彼の頭を占めて、それ以外のことをすべて追い出し、ヨーゼフ自身もそれを許した。訓練のために重い足取りで歩きながら、既に暗記しているルートの詳細を頭の中に思い起こす。疲労で足が止まるたびに、山頂への最後の大きな一歩を踏み出したときのことを想像し、また歩きだすのだった。

それは敵を喜ばせて友人を裏切ることだとどれだけ自らに言い聞かせても、あの偉大な山に登りたいという願望は日に日に強くなる。家族のことを思い、断れなかったのだと考えているときでも、そう単純な話ではないことを知っていた。エベレストは、彼をこの暗くて中世のような城の世界につなぎ留めている見えない枷《かせ》と同じく、ヨーゼフを虜《とりこ》にしはじめている。罰として強いられる行為に魅力を感じてしまうことで、彼は魂を失う危険を冒しつつあった。

34

その日の午後、ヨーゼフが城の図書室に入るなり、ワイベルがつっかえながら言った。「お……お……お客さんだ。きみを訪ねていらっしゃった」

ヨーゼフがいつも座っているテーブルを見ると、黒い制服姿の人間がふたり、こちらに背を向けて席についていた。ヨーゼフ専用の学習エリアには多くの地図、本、写真が広げられている。ヨーゼフがテーブルに向かって歩いていくと、ひとりが振り返った。言うまでもなくファイファーだ。

「よし。きみが来るとワイベルが言った時間ぴったりだな。こっちに来て座りたまえ、ベッカー上等兵」

もうひとりの将校はじっと座ったままだ。黒い大判の革フォルダーに入ったピンク色の吸い取り紙にはさまれた手紙や命令書に、せっせと署名している。万年筆を振ってヨーゼフに座るよう合図したあとも、無言のまま一枚ずつ書類を眺め、細くとがった字で署名をしつづけた。どの署名もまったく同じだ。歯が並んでいるような、ギザギザの字。

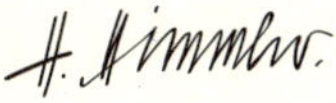

最後の吸い取り紙をめくってもう手紙が残っていないのを見ると、親衛隊全国指導者ヒムラーはフォルダーを閉じ、万年筆の蓋をゆっくりまわした。きちんと閉じたことを確認して黒いジャケットの内側にしまい、革フォルダーをファイファーに渡し、まっすぐにヨーゼフを見据える。話すとき、これといった特徴のない――左頬に決闘でついた小さなY字形の傷はあるが――丸顔は小さくぴくぴく動いた。

「では、きみがわれらのシーシュポスだな？　午前中に北塔の執務室にいるとき、よくきみの姿を見ているぞ。重い背嚢を背負ったまま、渓谷の川沿いの坂をゆっくり登りおりしているだろう。なかなか勇気づけられる光景だ。日々固い決意を思い出して訓練しているのだな」

ヒムラーはヨーゼフをじっと見つめたあと、ファイファーに向き直った。

「中尉、この作戦の進捗状況を報告したまえ」

ファイファーは床に置いたアタッシェケースに革フォルダーをしまい、代わりに淡黄色のファイルと小さな包みを取り出した。それを前に置いてファイルを開き、中のタイプしたメモと備忘録に目をやった。表紙の裏にヨーゼフと母と妹たち、それにエベレストの写真が留められているのが、ヨーゼフにも見えた。

「承知しました、指導者殿。ベッカー上等兵はこの四カ月間、リヒターフェルデ、バート・ハルツブルク、そしてここヴェヴェルスブルクに滞在しております。われわれの作戦の目的を初めて説明したときから、彼はわれわれが登山に必要だと考えて用意した訓練を行ってきました。要求以上の成果をあげ、訓練担当将校を感心させております。指導者殿もごらんになったとおり、訓練には熱心に取り組むとともに、かの山について詳しく学んでおります。さらに、行動を的確に記録するため、近代的写真術にも精通するようになりました。また、通過する国々で主に使われている国際的言語をある程度理解できるよう、英語も少々覚えました。出発までまだ数週間ありますので、登頂を果たすのに充分な準備ができると考えております」

ヒムラーは改めて感心したかのようにヨーゼフに目を向けた。「よし。どうやって隠密に山まで行くか、もう一度説明してくれ」

「彼はマルクス・シュミット教授の協力のもと、シッキムまで山岳遠征隊に同行します。教授は登山家と科学者七人から成る集団を率いてカンチェンジュンガの比較的低い峰に登り、その地の地質と動物相を調査します。この遠征は教授の数年来の夢であり、われわれ自身の目的達成のため、われわれがそれを実現させました。それほど高いところまでは登らないので、現地のイギリス当局からもすんなり認可されました。彼らの軍隊の将校に監視されはするでしょうが、あまり困難な事態にはならないはずです」

「シュミットはシーシュポス計画の目的を知っておるのかね？」

「シュミット教授は信頼のおける仲間です。長年にわたる党員、親衛隊全国指導者友の会のメンバーであり、完全なる忠誠を誓っておられます。遠征隊の最初の登山まで、ベッカー上等兵を支援するため全力を尽くしてくださいます。その登山が果たされたあと、ベッカー上等兵は高山病になってこれ以上先に進めなくなり、あらかじめ選んでおいた地元のポーターに付き添われ、ドイツへの帰国を命じられます。しかし実際には、彼らはひそかにチベットに入ります。山のふもとまで行きついたら、シェーファー教授のチベット遠征隊の一員と落ち合います。その者はベッカー上等兵のエベレスト登山のための装備と支援を与えます。ご存じのように、われわれは単独登山を支持しております。大量の物資もなく勇猛果敢に登頂を果たすことで、決意を固めたひとりのドイツ人に何ができるかを全世界に示すのです。そうした偉業はイギリス人どもにさらなる屈辱を与えることにもなります。やつらは登頂の試みにおいて常に大集団を送り込んでいますので」

「抜かりない計画だ。出発はいつだね？」

「三月二日に、蒸気船グナイゼナウ号でベネツィア港からインドのボンベイに向けて発《た》ちます。シェーファー教授のチームがインドへ行くのに使うのと同じ船です」

「それは早いな」ヒムラーはヨーゼフのほうを向いた。「きみは何にでも登れると言われている。それを証明するこのような機会を与えられたことを、栄誉に思っているかね？」

ヨーゼフはヒムラーがいつもかけている鼻眼鏡を見つめ返したが、ガラスレンズに見えたのは、虹色に反射した、開いたファイルの内側にある山と家族の写真だけだった。

「はい、指導者殿。山頂に旗を立てるのを楽しみにしております。家族は今後長きにわたって、それに誇りと幸福を感じてくれることでしょう」

ヨーゼフは〝家族〟という言葉を口にしながらファイファーをちらりと見た。するとファイファーはすぐさま話に割り込んだ。

「旗については、これらを準備させました。充分効果的だと考えます」

テーブルの包みを開けたファイファーは、新しい小旗二枚を取り出した。一枚ずつ丁寧に広げてしわを伸ばす。一枚目は赤い三角形で、中央の白い丸の中に鉤十字が描かれている。二枚目は白いルーン文字ＳＳが書かれた黒く四角い旗だ。それぞれの旗の一辺には、白い布テープが二本ついている。ファイファーはヒムラーにそれを示した。

「ベッカー上等兵のピッケルに二枚をくくりつけて山頂に立てられるよう、寸法を測って縫わせました。さっきも申しましたが、彼はライカの三五ミリカメラの扱いを教え込まれており、われわれが世界に示せるように栄光の瞬間を適切に記録におさめることができます。きっと偉大な写真になることでしょう」

「そうだな」ヒムラーはファイファーの説明の一語一語をじっくり味わうように聞き入って答えた。ふたたびヨーゼフを見つめる。「われわれが次に会うことがあれば、そのときさみは、世界で初めてエベレストに登頂を果たしたドイツの英雄となっているだろう。もはや、今のような反逆者でも犯罪者でもなくなる。素晴らしいではないか？」

ヨーゼフは返事をせず、ヒムラーはジャケットの内ポケットからまた万年筆を取り出した。作戦ファイルを取って一枚の紙の裏に何かを書き、たたんでファイファーに渡した。

ファイファーがそれを読んでいるあいだにヒムラーは席を立ち、それ以上何も言わずに出ていった。ファイファーは紙を慎重にポケットに入れ、二枚の旗をたたみ直し、うわべだけの笑みを浮かべた。「よし。ベッカー、何か質問はあるか？」

「ひとつだけ」

「言ってみろ」

「〝シーシュポス〟とはなんですか？」

「何、ではなく誰だ。ギリシャ神話の登場人物（永遠に巨岩を山に運ぶ義務を課せられた人物）だよ。出発前にシーシュポスにまつわる話を読んでおくといい。そうしたら、この作戦のコードネームとしてふさわしい理由がすぐにわかるだろう」

35

二〇〇九年六月八日
午前一〇時三〇分
ネパール　カトマンズ　タメル地区　クーンブ・ホテル

クインはおんぼろランドローバーの助手席に乗り込んだ。鋭い痛みが背中に走る。コルセットのような包帯に腹をきつく締めつけられて顔をしかめた。裂けた灰色のシートに浅く腰かけ、古い金属製ダッシュボードに手を置いて前屈みになり、したたかに殴られた背中がぼろぼろの発泡プラスチックや突き出した金属製フレームに接触しないようにした。

ネパール山岳シェルパ組合会長のバブ・ソナムが運転席に乗り込み、古いランドローバーを動かそうとした。自動車はなかなか言うことを聞かず、五度目の試みでようやくエンジンがかかり、すすまじりの黒い煙を誇らしげに吐いてカトマンズの大気をさらに汚染させた。ソナムはエンジンの気が変わる前に大きく吹かし、すぐさま道路に飛び出した。「ダワはあなたが治療を受けたビール病院ではなく、サガルマタ・ゾナル病院におります」

意外にも老シェルパは明瞭で流暢な英語を話した。

「まだ昏睡状態です。とてもひどく殴られました。発見が遅かったら放置されて死んでいたでしょう」ソナムはいったん話をやめ、ランドローバーの硬いギアを入れることに集中した。「命を助けるため、手術で脾臓《ひぞう》が取り除かれました。肺の片方はつぶれて、一個の腎臓は破裂、肋骨何本かと片膝と片方の足首はひどく折れていました。やつらがしたのは、あなた方イギリスの人たちが言う〝脚の狙い打ち《ニーキャッピング》〟だと思います。わたしのいとこはそう言っています。いとこはイギリス軍のグルカ兵として長年働いたのです。ダワは昏睡から覚めても、回復にかなりの期間がかかるでしょう。いずれまた歩けるようになるかもしれませんが、エベレストにはもう行けません。登山は永久に無理です」

ランドローバーがカトマンズの渋滞を縫っていくあいだ、クインはその情報を消化していた。「治療費は誰が出しているんだ？　かなり高額のはずだが」

「一部は公的健康保険でまかなっています。残りはうちの組織でなんとかします。そんな余裕はないんですが。資金はありません。でも、長年のあいだにダワがお手伝いした外国人の登山家がたくさんいらっしゃいますので、寄付を募るつもりです。みなさん気前よくしてくださるはずです。ダワ・シェルパはたくさんの人に尊敬されていますから」ソナムは明らかに心配そうな表情になった。「退院してからのほうが、もっと大変です。ダワには奥さんと三人の子どもがいます。それに、弟のペンバの奥さんと小さな息子の世話もしなくてはなりません。もう高山で働けないのに、どうやってみんなを養えますか？　山の仕事しかしたことがないんです」

クインはやかましい自動車の引っかき傷だらけの黄ばんだサイドウィンドウから外を眺めた。ダワの怪我について教えられたあと、むき出しのレンガを積んだ建物、蜘蛛の巣のように絡まって露出したケーブル、スピードを上げる自動車やバイク、信号を無視して道路を渡る歩行者などが、いつもより危険で恐ろしく感じられた。今初めて、この乱雑な都会で日々生き抜こうとすることの危うさ、怖さを実感した。自らが受けた襲撃を思い出し、身を守るために自分がしたことを考えて小さく身を震わせる。

「襲撃したふたり組のことは何か聞いているか？　おそらく彼らは――」

「いいえ、いいえ。何も聞いていません」ソナムはクインが言い終える前にあわてて否定した。二度ごくりと唾をのみ込むと口をつぐみ、急に前方の道路に注意を向けた。

その後ふたりは沈黙を守った。地面の穴に車輪がはまったり赤信号で急停止したりするたびに、クインの背中と肋骨を痛みが貫く。やがて自動車はごちゃごちゃとした病院の前庭で止まった。ソナムは躊躇なくランドローバーを既に止めてある車の横に駐車させ、クインを病院の待合室に案内した。部屋は混雑し、人いきれでむっと暑い。何列も並んだ薄汚れたオレンジ色のプラスチック製の座席は、血まみれで放心状態の男、陣痛に悲鳴をあげる妊婦、腹を押さえてうんうん言う小さな子などであふれている。ソナムが受付でサインをしているあいだ、クインはまわりで麻酔や傷の手当てを待つ人々の悲惨な様子に見入った。空気には苦痛や菌が染み出している。それらと共鳴して、クインの殴られた背中はずきずき痛んだ。

ようやく現れた看護師は彼らを病院の暑く暗い迷路の奥深くに導いた。ダワの病室の前で、クインは彼の小柄な妻に会った。涙で濡れ、縁に塗ったコール墨がにじむ充血した目で、彼女は懇願するようにクインを見上げ、両手を握り合わせて遠慮がちに「ナマステ」と挨拶した。

クインは同じように挨拶し、彼女に英語が通じるかどうかわからないまま「お見舞い申し上げます」と言った。クインが入れるよう、妻が病室のドアを開ける。中を見たとたん、クインの目に涙が浮かんだ。まったく予想していない光景だった。ハリウッド映画で見るような〝昏睡〟を予想していた。五体満足の人間が静かに横たわり、ぱりっとした白いシーツの上にきちんと手を置き、ひっそり置かれた生命維持装置が電子音を鳴らして安定した容態を示している、という光景だ。

ダワの昏睡状態はまったく違っていた。彼は拷問を受けているかのように苦しんでいた。薄い氷で意識の下に閉じ込められ、激しく恐ろしい悪夢に溺れないよう必死で逃げているみたいだった。何本ものプラスチックチューブにつながれたぼろぼろの体はのたうちまわり、チューブには琥珀色《こはくいろ》の液体や小さな血塊が流れている。透明なプラスチック製酸素マスクの下からは懇願するような言葉の断片が漏れ、マスクに覆われた顔はひどく腫れていてほとんど人相がわからない。ときどき体全体がびくりとベッドから跳び上がる。意識はないのに、痛みで悲鳴をあげている。

クインは衝撃を受けた。逃げ出したい、今すぐこの部屋を出たい。

思わずドアまであとずさったが、ソナムが逃げ道をふさいでいた。

「見るのがつらいのはわかります。それでも、ここにいて話しかけてください。医者は、ダワは聞き慣れた声にになら反応するかもしれないと言っています。少しは落ち着くかもしれないと。この数カ月間、ダワは山であなたと長いこと一緒にいました。あなたと何度もいろんな山に登ってきました。お願いです、ミスター・クイン、どうかやってみてください」

クインはとっさに逃げようとしたのを恥じ、心を強く持って、椅子を引いてきて座った。ダワの妻が背後にまわる。かすかな声が聞こえた。彼女が唱える「オム・マニ・ペメ・フン」というマントラだ。クインは懸命に何を言うべきかを考えた。突然舌が固まり、下手に選んだ言葉は目の前の光景に対して無意味で不適切なものに思えた。目を閉じて〝集中。集中。集中〟と自分に言い聞かせているうち、ようやく話しはじめることができた。

ふたりで一緒に登った山、分かち合った瞬間、共通の知人、ともに立った山頂の話をしていると、徐々に舌がなめらかになってきた。イギリスについて話した。暮らしたことのある場所について話した。よく行ったパブについて話した。クインの山への愛には勝てないとあきらめて去った女たちについて話した。

クインが持っているバイクについても話した。シェルパたちはいつもその話を聞きたがる。買って三〇年近く経ち、走行距離が六万五〇〇〇キロを超えているにもかかわらず、彼らにとってそのバイクは憧れだった。一五〇ccでも高級バイクである彼らからすれば、一〇〇〇ccというのは想像を絶する逸品だ。クインはその古いBMWについてまた話した。バイク旅行の話をした。スコットランド、フランス、スイス、オーストリアへの旅を言葉で再現した。目的地に着くとバイクを止め、登った山、食べたもの、飲んだワイン、話した言語、そこでできた友人の話をした。

クインが小さく低い声で果てしなく自らの人生をたどっていくあいだ、ダワの妻の唱えるマントラはより速く、より高くなっていった。

肩にそっと手が置かれ、クインを止めた。

「ミスター・クイン、すみません、そろそろ行かないと。もうすぐペンバの葬儀です」ソナムがひそひそと言った。

クインは古いロレックス・エクスプローラーに目をやった。すっかり時間を忘れていたのだ。

二時間も話しつづけていたことに驚いた。自分の顔が涙で濡れていることにも驚いた。

彼は腕時計を外した。てのひらの上で金属のベルトは自然に折れ曲がって小さなかたまりとなり、握ると硬くて温かかった。ずっと昔、あの図書室で二一歳の誕生日に今は亡き父にもらったことが思い出される。ずっと昔、あの図書室で『ナショナル・ジオグラフィック』に載っていた広告を見たときから欲しかった時計。今までに受け取った中で最高のプレゼントだった。

クインはダワの小柄な妻のほうを向き、腕時計を渡した。「売ってくれ」とだけ言って、ヘンナで染まった小さな手でそれを包ませた。

彼女はいぶかしげにソナムを見たが、ソナムがシェルパ語で何か言うと、クインを見上げてささやいた。「ありがとう、《ツチ・シエ》クインさん《クイン＝バーバ》」

クインはうなずき、振り返って今一度ダワを見た。さっきより少し落ち着いている。

動きは穏やかになり、呼吸は規則的になった。クインが話しかけたことで、本当に効果があったのかもしれない。

「よくなるんだぞ、友よ。よくなってくれ」ダワに顔を寄せて言った。

ダワの顔が少しクインのほうを向き、傷ついて腫れたまぶたがわずかに開いた。目やにだらけの隙間からのぞく真っ赤な目が一瞬クインを見つめる。プラスチックの酸素マスクの下から「ピッケル」という言葉が聞こえた。

目はいったん閉じたが、すぐまた開いた。「アング……ノル」

そしてダワはふたたび意識を失った。

クインはソナムのほうを向いた。「アング・ノルというのは？」

ソナムは肩をすくめ、シェルパ語でダワの妻に話しかけた。クインの質問を訳したのだろう。

彼女は即座に金切り声で答えた。息継ぎもせずわめき声でまくしたてる。苦痛の声がすべてを説明するかのように。そのあと手がつけられないほど激しく泣きだした。涙は滝のように顔から手へと流れ落ち、口に持ってきた手がつかんでいるロレックスを濡らす。

ソナムは彼女の絶望的な反応を解説した。「奥さんが言うには、アング・ノルはダワの母方の大叔父だそうです。タイガーだったけれど、大昔に山の悪魔に連れ去られたということです。今ダワがその人の名を口にしたのは悪い予兆です。ダワをその悪魔に捧げるためにタイガーが来たという意味です」

クインは震える小柄な女を見つめることしかできなかった。彼女が突然迷信にとらわれて興奮したことに、驚き戸惑っていた。落ち着かせるために何か言おうとしたが、どんな言葉をかけていいかわからず、彼女の手を握って「きっとダワはよくなるよ」としか言えなかった。だがソナムとともに病室を出るとき、クインは自らの言葉に自信が持てなかった。

36

一九三九年三月二日
午後三時四五分（イタリア標準時）
イタリア　ベネツィア港　蒸気船グナイゼナウ号

ヨーゼフは蒸気船グナイゼナウ号の上部甲板から、乗客が集まってくる様子を見ていた。眼下の埠頭《ふとう》と、遠くにある鉄道のベネツィア港駅のアーチ門のあいだを、黒い自動車や馬車がせわしなく往復している。乗り物が埠頭に着くたびに乗客の集団が現れ、いったん身を寄せ合って大きな蒸気船を興奮の目で眺めたあと、東からの予想外の冷たい風に吹かれて、急ぎ足で海運会社ノルトドイチャー・ロイトの事務所に向かうのだった。

ヨーゼフは朝からこの船に乗っている。昨日、ファイファーは彼をミュンヘンのシュミット教授のもとに送り届け、革手袋をはめた手でヨーゼフの頬をぴしゃぴしゃ叩いて最後の念を押した。「ルールはわかっているな、ヨーゼフ・ベッカー。登頂か、さもなくば試みて死ぬかだ。家族が生きていられるのはどちらかの場合だけだ。幸運を祈る。成功の知らせを待っているぞ」

そしてヨーゼフは教授とともに残された。でっぷり太った教授はすぐにシーシュポス計画における自らの関与を明言した。「兵士、山岳ガイド、密輸業者、囚人、おまえの正体が何かは知らんが、ひとつ最初からはっきりさせておこう。長旅のどこかの時点でおまえが失踪したなら、わたしはただちに親衛隊中尉ファイファーに電報で知らせるよう指示されている。おまえが戻らなかったら母親と妹たちの処遇に関してどんな指示がなされるかは知っているな。また、わたしが三年かけてこの遠征隊を組織したことも知っておけ。それまで一〇年かけて上司の信頼と敬意を勝ち得た。今ようやく努力が報われ、わたしは遠征隊のリーダーに任ぜられた。わたしは全力でシーシュポス計画を支援する。だからおまえは、わたしに与えられた機会をつぶすようなことをするな」

一九三九年のドイツ大学合同ヒマラヤ遠征隊の出発に備えたベネツィアまでの夜行列車で、シュミットは遠征隊に、親衛隊全国指導者ヒムラーにより任命された下士官の山岳ガイドとしてヨーゼフを紹介した。彼は偉ぶってヨーゼフに関する話を脚色して述べ、これはヒムラーがシュミットとこの遠征隊を信頼している明らかな証拠であると述べたうえで、民間の遠征隊に軍人が参加していることは機密事項であるためヨーゼフの役割については他言無用だと釘を刺した。列車が出発すると、ヨーゼフはすぐに遠征隊の騒々しい自慢大会にうんざりし、眠ると言って寝室に引っ込んだ。大口叩きのシュミットは、常にナチスのエリート家族出身の高慢で自己満足した研究者たちの中心にいた。彼らの中にまともな登山家がいるとは思えなかった。

寝台列車の寝床は窮屈だったが、ヨーゼフはよく眠った。だが霧に覆われたイタリアの夜明けに目覚めたときは、家族について不安を覚えていた。といっても、その懸念を生じさせた夢の内容は思い出せなかった。不安を振り払おうとベネト州の平地が朝日に照らされて現れるのを見つめ、広い大地で早くも働きはじめている農夫たちの自由をうらやんだ。重く沈んだ心で、高地の牧草地で働いて、慈悲を求めるためでなく楽しみを得るために山に登っていた、人生がもっと単純だった日々をなつかしんだ。

列車は午前九時ちょうどにベネツィアに到着した。昼食時までにはすべての装備を船に積み込み、船が出るまでの残り時間は自由に過ごした。シュミットは大声で遠征隊の人々を水の都の見物に誘ったものの、ヨーゼフには声をひそめて「おまえは出航まで船から離れるな」と命じた。ヨーゼフは平気だった。彼らから離れられて、むしろほっとした。荷ほどきをしたあと、生まれて初めて乗った船の探索に出た。最後に最上部の甲板の手すりにもたれ、タバコをふかして出航準備を眺めた。

タバコを吸い終えたヨーゼフは、中に戻ろうとドアのつややかな真鍮の取っ手をつかんだ。

ドアを開くと、真ん前に女性が立っていた。おそらくヨーゼフより二、三歳下。ダークブルーの長いコートを着、つやのあるダークブラウンの髪に明るいスカーフを巻いている。細い革紐で、首から銀色のライカのカメラをぶらさげていた。

彼女の美しさと、任務のために与えられたのとそっくりなカメラを見たことにびっくりして、ヨーゼフは立ち止まった。そのまま通り過ぎることはできず、ヴェヴェルスブルクで厳しく叩き込まれた撮影術を思い出しながら、目の前にある顔のなだらかな輪郭を眺めた。赤と金色の絹のスカーフからのぞく柔らかな巻き毛、彼を見返すヒスイのような緑色の瞳。

娘はヨーゼフを通すため横に動きながらイタリア語で質問した。「外は寒いですか《エ・フレッド・ラ・フォーリ》?」

ヨーゼフは中に入った。質問の意味がわからないのでドイツ語で謝った。

「外は寒いかとお尋ねしたんです」彼女はにっこり笑って流暢なドイツ語に切り替えた。この人はやさしそうでハンサムだけれど、疲れていて不安そうに見える、と考えていた。

互いの目が合い、ヨーゼフは束の間彼女に見入った。「ええ……寒いです」じっと見られて居心地が悪かった。

彼女の顔の細かなところがよく見えて――長いまつ毛、下に向かって穏やかにカーブする明るい目、上向きのふっくらした口――ヨーゼフの脳裏に刻み込まれる。彼女は答えた。「よかった。だったら、今のうちに思う存分味わっておかなくちゃ。これから行く場所では、寒さが恋しくなるでしょうから」

「どこに行くんですか？」

「インドのハイデラバードです」

「ドイツからはすごく遠いですね」

「ええ」彼女は最初少し悲しげに答えたが、そのあともっと楽しいことを思い出したようだった。「でも、そうするのがいちばんいいの。父はイギリス人の共同経営者と一緒にそこに工場を建てるのよ。父が工場を監督できるよう、家族で移住するところ。寒いヨーロッパを覚えておくために最後の写真を撮っておきたいけれど、外は充分明るいかしら？」

「そうだね」ヨーゼフは完璧な写真を撮るのに必要な条件をよく知っている。

彼女はふたたびヨーゼフを正面から見つめて尋ねた。「では、あなたも寒さとの別れを惜しんでいたの？」

「そういうわけじゃない」ヨーゼフはいったん言葉を切ったあと、言い添えた。「ぼくはそう簡単に寒さから逃れられそうにないんだ」

37

最初の二日間、ヨーゼフは船上でほぼひとりで過ごした。下部甲板や船室の舷窓からどんよりした冬の海を眺めているしかなかった。出発前に午後を過ごした上部甲板へまた行こうとしたけれど、そこは一等の客以外は立ち入りが禁止されている。ヨーゼフはがっかりした。またあの娘に会いたかったのだ。彼女はマクタ・フォン・トリアーと名乗っていた。ヨーゼフは絶えず脳裏に彼女の顔を思い浮かべ、航海中また会えればいいわねという言葉を思い起こしていた。

だが、それは不可能のようだ。遠征隊で一等船室にいるのはシュミットだけだった。ベネツィアへの列車の中で彼は一等の切符を旗のように振りまわして見せびらかし、遠征隊の後援者がシュミットはドイツの遠征隊長にふさわしい処遇で旅をするよう言ってきたと吹聴していた。近くにいた遠征隊メンバーのひとりがもうひとりに、自分も家族に頼めば一等の切符は手に入ったはずだがシュミットの機嫌をそこねて遠征隊から追放されては困るのでやめておいた、と愚痴《ぐち》を言うのがヨーゼフの耳に入った。相手は同意してうなずいていた。

理由はどうあれ遠征隊の残りのメンバーは二等船室に入れられていたが、ヨーゼフにはなんの不満もなかった。彼にとっては、二等でもこれまでの人生で最高に贅沢な部屋だった。しかもひとり部屋だ。快適で、静かで、ヴェヴェルスブルク城を発つ前に支給された新しい服や装備であふれている。現地まで行けばさらに必要な物資がシェーファーから供給されるが、ファイファーは手に入る最高の登山服を持たせてくれた。新しいリバーシブルの灰白色をした冬用迷彩ジャケットとズボンは、親衛隊支給の最新の服装だ。断熱と防風性能を備えた服は、ヨーゼフが今までに着たことのあるどんなものより高級だった。スノーゴーグル、アイゼン、ゲートル、手袋、セーター、ウールの下着、ブーツもまっさらな新品。今持っている古いものといえば、帽子とピッケルだけだ。退屈になると、ヨーゼフは船室にこもり、すべての服を試着してサイズを確認した。これからの登山のことを考えると目の前に山が浮かび上がる。だが新しい装備を得るのに払った犠牲を思ったとたん良心が咎《とが》め、後ろめたくなってすべてを片づけるのだった。

航海中準備を進められるようにとワイベルがくれたエベレストに関する本、地図、資料は寝床のそばに積んだ。いちばん上、名誉ある場所には、ジョージ・フィンチの『エベレストへの戦い《デア・カンプ・ウム・デア・エヴエレスト》』を置いた。なぜか最初はドイツ語で出版された、一九二二年のイギリスのエベレスト遠征隊について当事者のフィンチが書いた本を読むたび、稀有《けう》な体験を思ってヨーゼフの動悸は速くなる。回顧録を何度も読み返し、彼らの登山を想像し、その困難さを追体験し、フィンチがエベレストの高所では追加の酸素を使う必要があると信じていたことについて考えた。エベレストのためにシェーファーが用意させる装備に酸素ボンベが含まれていないことは知っている。「わたしの数えたところでは、これまでに四人のイギリス人が山頂から三〇〇メートル以内のところまで酸素なしで行けた。だとすれば、ひとりの優秀なドイツ人ならもっと高くまで行けるはずだ」ヨーゼフがこの問題を持ち出したとき、ファイファーはそう答えた。その意見が正しいことを願うばかりだ。

フィンチによって喚起された登山への思いに駆り立てられ、ヨーゼフはほかの誰も使わない船内のジムで訓練を続けた。ダンベルやメディシンボールを用いて、ヴェヴェルスブルク城で過ごした冬と同じ状態を保つために体をできるかぎり長時間激しく動かした。運動をしながら、〝いつもと同じ山登りをするだけだ〟と自分に言い聞かせた。何度も言っているうちに信じ込むようになり、目の前の課題だけに集中できるようになった。しばらくはそれ以外のことをすべて忘れた。あのカメラを持った娘のことすら。

航海三日目、船室のドアがノックされ、ヨーゼフの午後の読書が中断された。ドアの前にいた白いジャケットの旅客係は一枚のメモを手渡した。

〝太陽は明るく照っているから、あなたも寒さを感じずにいられるわ。上部甲板まで来てください。その旅客係があなたをお連れします。M・v・T〟

招待に大喜びしたヨーゼフは、あとさきを考えることなく、登山ブーツを放ってすぐさま帽子とジャケットを取りに走った。

上部甲板でマクタと落ち合い、一緒に紅茶を飲んだ。会話は軽く楽しいものだったが、用心深くもあった。マクタは個人的な話にあまり深入りせず、航海ならではのとっておきの瞬間を堪能することに専念し、いつも持っているカメラを景色に向けた。雲を貫き、遠くで波立つ海を照らす細い光線、突然翼のようにヒレを広げて波のてっぺんから現れる銀色の魚、一瞬陸地を思い出させるかなたの謎の白い島々。

ヨーゼフはマクタが指差したものに目をやり、そのひとつひとつに、自分とは縁のなかった新たな世界を見いだした。お返しとしてヨーゼフは、昔山々で見た驚異的なものの話をした。やがて、紅茶を飲み終えてかなり経った頃、ヨーゼフはここにいたいけれどそろそろ行かないといけないと言った。

マクタは無言で二等階まで一緒に行ったあと、そっと言った。「また明日会いましょう」

次に会ったときの会話は、会わなかった時間を埋め合わせるようにもっと早口でもっと熱心なものになった。マクタは昨日より個人的な話をした。写真とバレエに興味があると言ったが、主に話したのはライプツィヒ大学で専攻した医学への情熱だった。

研修医になるというマクタの話にヨーゼフが聞き入っていると、彼女は突然甲板の端に注意を向けた。そこでは体に合わない小さな白い運動着姿の太った男が、海のほうを向いて大げさな動きで柔軟体操をしていた。

「ヘルマン・ゲーリングが乗っているなんて知らなかったわ」マクタは太りぎみの政治家の名前を出して冗談を言い、ふたりはうんうん言いながら上下運動を繰り返す男を見つめた。滑稽な眺めだった。大男が体を曲げたりしゃがんだりするたびに、白い半ズボンの縫い目が太った尻に押されて裂けそうになる。マクタは何も言わずライカをぶざまな男に向け、ヨーゼフに眉を上げてみせ、ぞっとした表情を装いながら写真を撮るふりをした。ヨーゼフは涙を流して大笑いしそうになるのをこらえつつ、五カ月前につかまってから笑ったのはこれが初めてだと考えていた。昔はよく笑っていたのに。

しかし、男が苦しそうな体操を終えて帰ろうと振り返った瞬間、ヨーゼフの笑いは止まった。シュミットだと気づいて純粋な恐怖にとらわれる。一等の甲板にいるだけでも危険な火遊びなのに、美しい娘と並んで座っているところを見られたらどんな日に遭うかわからない。彼はすぐさま下を向き、帽子の縁で顔を隠した。ヨーゼフが身を縮めているのを見たマクタは、シュミットが気取って前を歩いていくときヨーゼフの胸をそっと肘でつついた。触れられて電気ショックのような衝撃を感じながらも、ヨーゼフはうつむきつづけていた。

甲板のドアが閉まる音を聞いて初めて、ヨーゼフは顔を上げた。マクタがまたつついてきて、子豚のように鼻を鳴らす。今回ヨーゼフは涙が顎に垂れるまで笑い、マクタはそれを写真に撮った。

ようやく落ち着くと、ヨーゼフは心から言った。「きみは悪い子だな」

「両親みたいな言い方」マクタは真顔で言い、また笑みをたたえた。「教えて。あなたの態度からすると、あの完璧なドイツ人の見本のような体の人を知っていると思っていいの？」

ヨーゼフはマクタを見返した。そしてできるかぎりもっともらしく、シュミットの遠征隊に参加している偽りの理由を練習してきたとおりに述べた。

真実とはほど遠い理由を。嘘を重ねれば重ねるほど、ヨーゼフは彼女に真実を打ち明けたくなった。

38

二〇〇九年六月八日
午後一時二五分
ネパール　カトマンズ　ダクシナ・マーティ通り

ランドローバーががたがた揺れながらパシュパティナート寺院に近づくと、交通量が急増した。やがてトラック、バス、古い四輪駆動車、エンジンつきリクショー、小型バイク、自転車——そのすべてがネパールで最も神聖なヒンドゥー教寺院を目指している——はゆっくり停止した。

一瞬の沈黙のあと、自動車やバイクのクラクションが不協和音を奏でてやかましく鳴りはじめ、何百台もの陽気な自転車のベルの音をかき消した。ソナムは苦労して古いランドローバーを道路脇に寄せた。そこでクインに、出ようと合図した。

「たくさんの人が火葬を見に来ます。ペンバとダワがあんな目に遭ったことに、みんな腹を立てて、悲しんでいます。歩きましょう。そんなに遠くありません。葬儀が終わるまで渋滞は解消しません」

自動車を降りると、ふたりは歩きはじめた。クインは、なぜ行き先がパシュパティナート寺院なのかわからず戸惑っていた。歩道に集まった人ごみをかき分けながらソナムに尋ねる。「シェルパは仏教徒だと思っていた。パシュパティナートはヒンドゥー教の寺院じゃないのか？　どうしてここで火葬するんだ？」

「ここでは宗教間に線を引くのが難しいことが多いんです。ネパール人の多くはヒンドゥー教徒であり仏教徒でもあります。少々キリスト教が入っていることもあります。多くの神をまぜ合わせて、ひとつの信仰の対象とします。カトマンズには昔からたくさんの神がいました。実のところ、カトマンズには人よりも多くの神がいる、家よりも多くの寺院がある、と昔は言われたものです。残念ながら、最近はそうでもなくなってきましたが。それでもパシュパティナートはいまだにいちばん神聖な場所ですし、ペンバ・シェルパに最大級の敬意を示したい人にとってはふさわしいところです」

歩道に集まってぞろぞろ進む人々のあとについて歩いているとき、クインはほかの車の陰に隠れた小型車ミニクラブマンに気づいた。約三〇年前の車で、その歳月にふさわしく傷んだイギリス製小型車は、汚れたバスと、ペンキで書かれたスローガンやミラーだらけのタタの大型トラックにはさまれて、ひどく場違いに見える。小型車の運転席にいるのはヘンリエッタ・リチャーズ、助手席にはサンジェーヴ・グプタ。ちょっと笑いを誘う光景だった。クインは動かない車のあいだに分け入って運転席側の窓を叩き、ヘンリエッタとサンジェーヴに車を出て一緒に歩こうと合図した。クインがドアを開けると、ヘンリエッタは小型車の低いシートから、長い柄のゴルフ傘を引きずって出てきた。「ありがとう、ニール。あなたに会えるんじゃないかと思っていたわ」渋滞する車の騒音に負けじと声をあげる。そして吐息とともに振り返って車を見た。「今はこの子を置いていかなくちゃいけないのね。戻ったときもここにあればいいんだけど」

一行は歩きだした。「ニール、また歩けるようになってよかったわね。ずいぶんひどくやられたんでしょう。前から、サロンは精神が不安定だからいずれ大変な爆発を起こすと思っていたの。あなたとシェルパふたりがそれに巻き込まれたのは残念だわ。山で少年を亡くす事故があって、それでなくとも大変なのにね。サロンは、あなたたち三人を殺すのではなく懲《こ》らしめろと指示したんだと思うの。でも、あいにく彼が雇ったチンピラは軍隊あがりのサディストふたりで、暴行や傷害のフリーランスの仕事に対してあまりプロ意識がなかったみたい。まだヴィシュネフスキー兄弟を雇っていたら、こうはならなかったんでしょうけど。ところであなたの場合、あなたが見つけた古いピッケルであなたを殴ったあと持って帰れという指示が出ていたらしいのは、すごく興味深いわね」

「たぶん、メステントで取っ組み合ったときサロンを止めるのにあのピッケルが使われたから、意趣返しってとこだろう」クインは説明した。

「そうかもしれないわね。でも彼らはピッケルを持っていけなかった。代わりにあなたのアイススクリューを一本持ち帰ったそうね」

クインは首を振った。この女、なんでこういうことを全部知っているんだ？

考えが口から出ていたらしい。

「わたしは何も知らないわ」彼女は冗談めかして答えた。「あなたを襲ったふたりが、ダワが発見されたのとまったく同じ場所でチベットの鳥葬の模倣みたいなことをされたのを、この町の人が誰も知らないのと同じで」

「なんだって？」

「鳥葬がどういうものかは知っているでしょう？」ヘンリエッタは返事を待たなかった。自分で答えたかったのだろう。「チベット僧に従う下層民のトムデン、あるいはヨーギン屠殺者《とさつしゃ》と呼ばれる人たちが、死んだばかりの人の体に大きな肉切り鉈《なた》を振るう。頭から足の先まで、肉や骨を露出させて小さく切り刻み、並べて鷲や鷹《たか》に食べさせる。火葬するための薪が少なく、岩の地面は硬くてお墓を掘るのに向いてない国では、死体を始末するのにとても効率的な方法よ。

まあ今回の場合、あなたを襲撃したふたりはこの処置を受けはじめたとき完全には死んでいなかったみたいだし、切り刻まれるのにはかなり時間がかかったようだけど。それに、鷲や鷹よりバグマティ川の岸を走りまわる野良犬のほうがたくさん肉を食べたらしいわね。ここまで細かく話す必要はないんでしょうけど、わたしはこういう人間でしょう。詳しいことを知らずにはいられないのよ」

たしかにそうだろうな。クインはそう言う代わりに尋ねた。「サロンは今どこだ？」

「まあ、カトマンズじゃないわね。もうチベットのラサにもいないんじゃないかしら。彼に会いたがっている人はたくさんいるのよ。会って、彼を痛めつけたい人たちは。今のところはフランスにも戻っていないみたい。インドのゴア州あたりかも。もしかすると、昔フランスの軍隊にいたときよく行った、アフリカのどこかかもしれないわ。ジブチのようなところに隠れられたら見つからないでしょうし。

だけどニール、あなたは充分気をつけてね。サロンがあんな行動に出たのは、単にあの登山に関して隠していることがあるからだけじゃなく、復讐のためにも思えるの。彼はいろんな理由で登山の前からピンチに陥っていて、テイト家からの登頂成功ボーナスを当てにしていたのよ。まあ、彼の話はもういいわ。あなたの調子はどう？」

「最悪の事態にしては、なんとか元気にやっているよ。山で遭難しかかったあとよりも体じゅうが痛いけど、深刻な損傷はない。いずれ治る」いまだに絶望的なダワの状況を考えたとき、クインの声は小さくなっていった。「今朝ダワを見舞ってきた。あいつの怪我はおれよりひどい。かなりひどく痛めつけられた。ある程度までは回復するそうだ。しかし、二度と山には登れない」

「暴漢ふたりはひどいことをしたわね。本人たちもあとで悔やんだでしょうけど。ダワが自分とペンバの家族を養っていくのは難しいわ」ヘンリエッタの話し方はゆっくりになった。「あなたは、ダワがセカンドステップで命を救ってくれたと言ったでしょう。あなたがあそこでピッケルを見つけたという話にまだ先があるなら、たとえば、仮にあなたがサンディ・アーヴィンの遺体を見つけたとしたら、それは大きな話題になるし、経済的にも潤うことになるわ。今後長期間ダワの暮らしを支えられるくらいに」

ヘンリエッタが話をどこに持っていこうとしているか、クインには見当がついている。

「もしも、ヒラリーとテンジンよりずっと前にアーヴィンとマロリーが山頂に立ったことを示すフィルムの入ったカメラが見つかったとしたら、あなたも引退してのんびり暮らせるわ。一九九九年に発見されたマロリーの遺体が身につけていた小さなものが写っているだけでも、五〇万ドルにはなる。ねえニール、今話題にしているのはツタンカーメンの墓の埋葬品じゃなく、古い登山用具にすぎないわ。だけど、それを探している人にとっては価値があるの。実を言えばわたしだって、マロリーの手紙が包まれていた青と赤のペイズリー模様のハンカチが欲しい。まだ完全な状態だったのよ。GLMというイニシャルも刺繡されていた。もしもカメラを見つけたら、利益の一部でそのハンカチをわたしの登山記録庫のために買ってくれない？」ヘンリエッタは自分の想像のたくましさに微笑んだ。

「そうするよ、ヘンリエッタ。きみ以上にそれを持つ資格のある人間はいないからね。だが、マロリーとアーヴィンのカメラの話は単なるおとぎ話じゃないのか？　たとえカメラが存在するとしても、一〇〇年近く山の上にあったわけだろう。高山はタイムカプセルとして理想的な場所じゃない。凍ったものは割れる。エベレストでも金属は錆びる。おれはこの目で見た。カメラのフィルムなんて、とっくの昔にだめになっているんじゃないか？」

ヘンリエッタは舌を鳴らして小さく首を振った。「あなたはそう思うでしょうけど、残っている可能性がなくはないのよ。マロリーの腕時計は、表面のガラスは割れて針は取れていたのに、七五年後に巻かれたとき、まだ歯車は動いたそうよ。それが本当かどうかは知らないけど、長期間経っても壊れないものはある。あまりに高いところだから、大気の状態はほかとまったく違う。特に、ポケットやジャケットの中に隠されていたものなら、どうなっているかわからない。ふたりのうちひとりはカメラを持っていた。発見されたときマロリーの遺体はカメラを身につけていなかった。だからアーヴィンが持っていたはず。それに、死ぬ前に登頂を果たしたなら、その瞬間を記録するために写真を撮ったのは間違いないわ」

「つまりあんたは、カメラが存在してフィルムが現像できる可能性はあると思っているのか？」

「遭難した探検家と凍った遺物が見つかっているのは、エベレストだけじゃないのよ。一八九七年、S・A・アンドレというスウェーデン人が仲間ふたりとともに水素ガス気球で北極を目指したの。彼らは行方不明になった。三三年後、アザラシ猟師がふたりの遺体を発見した。その後の捜索で、未現像の感光板の入った金属缶を身につけた三人目が発見された。それを現像したところ、気球が不時着したあと三人が三カ月かけて氷の上を歩いて帰ろうとしていたことが明らかになったわ。

この場合、フィルムはもっと低い、湿度がもっと大きな影響を与える可能性のあるところで発見された。だから、エベレストに残されたフィルムがさらに長い期間残っている可能性はゼロじゃないわ。誰にも本当のことはわからない。でも、エベレストの物語を愛する人なら誰しも、マロリーとアーヴィンによる最後の登頂の試みの詳細と、実際に登頂を果たしたかどうかを知りたいと願うのは当然よ。具体的な情報なら、どんなものでも大歓迎される。『タイム』、『ニューズウィーク』、『ナショナル・ジオグラフィック』、どんな雑誌も、彼らが誰よりも早く山頂に到達したどいうニュースを全世界に知らしめるためなら、どんな高額でも払うはずよ。それを証明する写真は、あらゆる時代のニュースの中でも特別有名で価値のあるものになるわ」

クインが山上でアーヴィンに関係あるものを発見してエベレストに関する最大の謎が彼女の生きているうちに解明される、という希望にヘンリエッタがすがりつきたい気持ちは、クインにも理解できる。だが、そんなものは発見していない。彼がそう言おうとして、あのピッケルが実はロシアの遠征隊にまつわる謎に関係しているという推測を話そうかどうか迷っているとき、バブ・ソナムが話に割り込んだ。「ミス・リチャーズ、アング・ノルというシェルパの話を聞いたことはありますか？」

「いいえ、ないと思うわ。だけど最近の統計だと、ネパールの登山やトレッキング業界では一万五〇〇〇人のシェルパが働いていることになっていたわ。いくらわたしでも全員は知らない。というか、エベレスト界隈《かいわい》の人間なら、逆にあなたが知らないのは驚きね」

「違うんです。そのシェルパはずっと前に死んだ人らしいんです。タイガーだったかもしれません」

ヘンリエッタの顔に好奇心が浮かぶ。この話をそれ以上進めるのはまずい気がして、クインは彼女とソナムのあいだに大きな体を入れた。

「入り口だ。これ以上混雑する前に、さっさと入ろう」

ヘンリエッタとソナムは話をやめて入っていった。クインがサンジェーヴ・グプタを待っていると、サンジェーヴは既に短い鉛筆を出してノートに何か書きつけていた。それがアング・ノルという名前と〝タイガー〟という肩書なのは、クインにもわかっている。

ソナムがその話を持ち出すまで、クインは特に何も考えていなかった。しかしサンジェーヴ・グプタを見ているとき、それが意味することに突然思いいたった。

39

寺院や火葬場が入り組んだ歴史ある広大なパシュパティナート寺院に入ったとき、もう話し合いはできなくなった。四方から露天商が客を呼んで手を伸ばし、マリーゴールドの明るい花輪、虹色の粉、英語やスペイン語や中国語の薄いガイドブック、〝防モンスーン〟というラベルが貼られた透明なレインコートなどを必死に売りつけようとする。クインは彼らを押しのけ、一行は川までの混雑した滑りやすい道をゆっくり歩いていった。香、踏みつぶされた花、下水、薪の煙、そして燃える遺体のにおいがまざった悪臭に、鼻が曲がりそうになった。

石段をおりて下に向かいながら、クインは自らを罵っていた。第一に、自分がよく知る歴史との関連を見逃していた。第二に、ソナムはそれを即座にヘンリエッタ・リチャーズに知らせてしまった。彼女なら間違いなくその意味を悟るだろう。肝心なのは、ダワが口走った名前だけでなく、ダワの妻がそれをタイガーと呼んだことだった。クインは愚かにも、ダワの妻が泣きわめいたとき、ダワを怖がらせるタイガーとは悪夢に登場した怪物みたいなものだと思い込んでしまった。ソナムがヘンリエッタ・リチャーズにその話をしたとき初めて、〝タイガー〟という言葉、というより称号が、シェルパにとってもっと特別な意味があることを思い出したのだ。

最初、それは感謝の意味でつけられた愛称にすぎなかった。運命的な一九二四年のイギリス人によるエベレスト遠征隊の高地キャンプの準備要員として五五人のチベット人とシェルパ族の中から選ばれた、頑健な一五人のポーターに与えられた呼び名だった。その後の遠征において、シェルパ族がエベレスト登山で卓越した能力を示すようになるに従い、〝タイガー〟はもっと大きな意味を持つようになった。疑う余地なく優れた能力を持つことを示す称号だ。一九三〇年代半ばには、エリック・シプトンとフランク・スマイスとともにエベレスト初登頂を果たすべくイギリス遠征隊を組織したビル・ティルマンは、標高八三〇〇メートル地点――世界第六位の山より高い場所――に設置した第六キャンプまで荷を運ぶことのできた数人のシェルパに〝タイガー・バッジ〟を授与した。初期の遠征隊が出発点としていたダージリンに本部を置くイギリスヒマラヤクラブはほどなくこの例にならい、七六〇〇メートル以上まで登れたポーターに、正式に鋳造した〝タイガー・メダル〟を与えるようになった。それを授与された者は数少なく、〝タイガー・シェルパ〟は戦前の登山界で広く知られることとなった。

川岸に着いたときには、ピッケルに関してさらに多くの疑問が生じていた。ダワはアング・ノルの名を口にする前からピッケルのことを気にしていた。アング・ノルがタイガーだったとすれば、ロシア遠征隊より前の時代にさかのぼる。実際にロシア遠征隊が存在したとしてだが。いや、クインはもうひとりの有名なタイガー・シェルパのことを思い出した。伝説的な一九五二年のロシア遠征隊の一年後にエベレストの頂上をきわめた、あのテンジン・ノルゲイだ。

いろいろ考えたあげく、こうした発見などはヘンリエッタに打ち明けるべきではないのか、とクインは自問した。何しろ彼女は少年の死亡事故の報告に関して協力してくれているのだ。しかし、何かが彼を押しとどめた。ダワはクインにピッケルを持たせたがっていた。さっきは昏睡状態にありながらも、ヒントを与えようとしていた。クインはダワの怪我を治せないし、経済的問題も解決できない。だがダワの望みは尊重すべきだ――クインにピッケルを持っていてほしいという望みは。

一行は狭い橋を渡り、すり減った石段をのぼって右に曲がり、テラスに出た。そこからはごちゃごちゃと立つ寺院の建物群が見わたせる。何重もの仏塔の屋根は、いかにも極東様式の典型だ。眼下の対岸には火葬場がある。ゆっくり流れるカーキ色の川の岸では、つるつるした平板が階段状に重なり、御影石製のどっしりした台が七つ、川の上にせり出している。

ひとつの台では、既に大きな炎が上がっていた。雑に切られた丸太の上で明るいオレンジ色の炎が躍り、その中で黒焦げになりかけている遺体のかすかな影が見える。

火葬用の薪から上がる白っぽい煙が、どんよりした雲に覆われた空に立ちのぼる。暗い灰色の雲は重く垂れ込め、モンスーンの激しい夕立を予感させる。クインが見ていると、一匹の猿が火葬台の横を器用にするすると登り、炎に包まれて燃える遺体を眺めていたが、長い竹の棒を持った痩せた男に追い払われた。男は死者を自然に還《かえ》す儀式で盗みを働こうとする無礼に激怒して、逃げる猿を怒鳴りつけた。

クインたちがその場に立って待っているあいだ、何人ものシェルパがヘンリエッタ・リチャーズに敬意を表しに来た。あたかも彼女がパシュパティナート寺院と同じくらい神聖な存在であるかのように。エベレストの春のシーズンは終わり、シェルパたちはみなカトマンズに戻っている。その中には、ダワと同じく一〇回、一五回、あるいは二〇回もエベレスト登頂を果たした優秀な者もいる。彼らはひとりずつヘンリエッタにお辞儀をし、「ナマステ」と挨拶した。多くは首に、カタと呼ばれるクリーム色の長いスカーフを巻いている。ヘンリエッタへの挨拶を終えた彼らは、クインとすれ違うときまっすぐ目を見つめ、無言で理解し合っているかのようにうなずきかけた。「せめてもの慰めは、サロンがこの街から消えてくれたことね」ヘンリエッタはクインにささやきかけた。「シェルパは絶対にサロンが戻ってくるのを許さない。彼らはずっと前からサロンがどういう人間か知っていたけど、雇ってもらっているから我慢していたのよ」振り返ってクインをじっと見る。「彼らは見かけ以上に多くのことを知っているわ。そう思わない？」

「だろうな」クインはヘンリエッタがなんのことを言っているのかよくわからず、居心地悪く思いながら答えた。急いで話題を変える。「そういえば——ペンバとダワの証言なしで、あの登山についての報告書をまとめられたのか？」

「まとめたわ。そのあといろいろあって大変だったけど。少年が死んだことについての説明はできない——確たる証拠はない——とはいえ、登頂とその後のことについて妥当と思われる事実を並べて、あなたは証拠不充分で無罪と考えるべきだと示唆したわ。でも、テイト・シニアは納得しないでしょうね。彼は物事に白黒つけたがるタイプみたいだから。ダワがいつか、山頂での出来事についてあなたの話を裏づける証言ができるくらい回復してくれることを願うわ。で、あなたはこれからどうするの？」

クインは肩をすくめた。「どうかな。体はぼろぼろだし、金はない。財布に入っているのはロンドンへの帰りの切符だけだ。国に戻って、バイクにガソリンを入れられるだけの金を捻出したらシャモニーまで行って、夏のあいだアルプスで働こうかな」

「シャモニーってフランスでしょう。それがどういう意味かわかっている？」

「まあな、もしサロンがおれを捜したがっているなら」

「あら、もちろんよ。あいつはいずれ仕返しに来るわ。間違いない」

「ああ、その危険は覚悟している。だがあっちに何人か知り合いがいるし、うまくいけば仕事を紹介してくれるだろう。もうエベレストで仕事ができないことは認めなくちゃならない」

「ねえ、ニール、取引をしましょう。報告書のコピーをメールで送るから、あなたのガイドとしての適性を疑う人にはそれを見せればいいわ。その見返りにお願いしたいのは、あの古いピッケルについて何かわかったら知らせてほしいのよ」ヘンリエッタはちょっとためらったあと続けた。「落ち着いてからでいいけど。とりあえず当面は、背後に気をつけるよう忠告しておくわ」

クインが礼を言おうとしたとき、後ろに集まった群衆の中で騒ぎが起きた。中央から小型DVDカメラが弧を描いて飛び、蠅のように一瞬空中に止まったあと、パシャンという鈍い音をさせて汚れた川に落ちた。コンドームを連想させる透明なピンクの防水ジャケットに身を包んだでっぷり太った赤ら顔の男が、シェルパのひとりに後ろから蹴られて観覧テラスから飛び出した。

同じソーセージの皮のようなジャケット姿の韓国人か中国人らしい観光客グループの残りの人々は、あわてふためいてわめき散らし、手をばたばたさせながら走り出た。彼らが去るのを見て会葬者たちは悲しい顔に無理やり笑みを浮かべて歓声をあげ、手を叩き、口笛を吹いた。

この事件で場の雰囲気が少しやわらいだ。クインがヘンリエッタにそう言うと、彼女は小声で答えた。「葬儀で悲しそうにしないというのがシェルパの風習なの。悲しんだら悪運がもたらされて血の雨が降ると信じられているわ」

血の雨なら既に降った。また群衆が静かになるのを見ながら、クインは残念に思った。

鐘が鳴りはじめた。

向かい側の川岸に、四人の男が太い青竹の棒で支えた担架を運んできた。担架の上には布でふわりとくるんだ遺体が載っている。彼らはひとつの火葬台の前で立ち止まった。そこには既に大きな薪が積まれ、隙間には焚き付けが詰められている。

泣きながら必死で担架にしがみつこうとしている女を、その場にいた人々が押しとどめ、四人は担架をそっと火葬用の薪の上に置いた。ひとりが遺体にかぶせたオレンジ色の布をめくり、若い死者の顔をあらわにする。ペンバだ。その顔を見てさっきの女が大きくわめく。彼女は遺体や火葬台に近づけないよう押さえられていた。

別の男が真鍮の壺《つぼ》から火の灯った長い先細蠟燭を出してきた。ペンバの顔と、遺体を覆うオレンジ色の布全体を、炎で撫でるように触れていく。最初、火がついたことを示すのは細く立ちのぼる煙だけだった。そのあと突然大きな炎がうなりをあげ、布に包まれた遺体は見えなくなった。

薪は永遠とも思えるあいだ燃えつづけた。

群衆は全員、それぞれの思いにふけって無言でたたずんだ。

クインはペンバのこと、ダワのこと、瞬時に焼き尽くされる機会を奪われたままエベレストに残されて永遠に凍結されるネルソン・テイト・ジュニアのことを考えた。古いピッケルのことも考えた。それはなぜか、発見された瞬間からすべての出来事を結びつけているようだ。それは人を救いもするが、罰しもする。何があろうとクインはピッケルから逃れられそうにない。

ようやく炎が静まりはじめると、火葬係は進み出て、まだ煙を上げている薪と赤熱している灰を台の横から押し出して川に落とした。汚れた水と触れたとたん、燃えさしはパチパチとはぜ、大きな薪は川の流れに乗って小さな蒸気船のように薄い煙を吐きながらくねくね曲がって消えていった。

それを見ながら、クインはピッケルにまつわる真実の物語を見いだそうと心に決めた。自分でもなぜかわからないが、その答えは重要だとわかっていた。クインにとって、ダワにとって、ヘンリエッタにとって、そして亡きペンバとネルソン・テイト・ジュニアにとっても。この瞬間、クインがほかの人に差し出せるものはそれしか残っていないという気がした。

40

一九三九年三月九日
午後五時四五分（ドイツ帝国時間）
インド　ボンベイ湾　蒸気船グナイゼナウ号

グナイゼナウ号が東に向かい、日中の気温が高くなっていくあいだも、ヨーゼフとマクタは毎日会いつづけた。ヨーゼフはシュミットを避けたかったし、ふたりとも強い日差しを浴びたくなかったので、マクタは静かに過ごせる時間と場所を探し出した。傘やぶらさがった救命ボートの陰で、ふたりは流れゆく大洋を眺め、自分の人生について正直に話した。ただしどちらも、この大きな船に乗っている真の理由だけは慎重に避けていた。

ふたりはまったく異なる環境に育っていた。だがマクタは鋭い機知で、ヨーゼフはやさしさで、それぞれ相手を楽しませ、快い交流ができた。ヨーゼフは故郷の村、家族、友人のことを楽しんで話し、自分から奪われたすべてのものを言葉と記憶を通じて再構築した。話せば話すほど、やさしさと友情と信頼に基づいた単純で正直な人生を送ってきたことが実感された。だがナチスに支配された社会では、もうそんな人生を送れそうにない。

それに気づいたとき、いっそうマクタにすべてを話したくなった。しかし、ファイファーの見えない短剣は鋭い。毎回その先端でつつかれるのを感じて思いとどまり、代わりにマクタの美しさとふたりで分かち合う瞬間に集中するのだった。

船がスエズ運河を抜けて紅海に入った日、ふたりは夕食後に後部の中央甲板で会い、真っ黒な海の向こうにかすかに見える海岸を眺めた。暗い中ではほとんど見えなかったけれど、暖かな砂漠の風を顔に感じ、その風がここまで来るのに通ってきた謎めく神秘の王国について想像をめぐらせた。一等のホールでの晩餐《ばんさん》を終えてやってきた完璧な装いのマクタは、裕福な乗客が順番に船長や高級船員とともに座れるよう念入りに座席の配置を決める駆け引きにうんざりして、まだ神経をぴりぴりさせていた。それでもヨーゼフと話しているうちに、見るからに落ち着いてきた。

シュミットは毎晩遠征隊の誰かを晩餐に伴っているが、ヨーゼフは自分が決して招待されないとわかっていた。かまわない。シュミットとは、というより遠征隊全体とは、距離を置いているほうがいい。今はマクタと一緒に過ごすことと山の準備をすることにすべての時間を費やそう。エベレスト登頂に成功したなら、それに伴う名声と栄誉によってマクタとふたたび会えるようになるかもしれない。彼はそんな楽しい空想を紡ぎはじめていた。

ボンベイ港到着の前日、シュミットからの晩餐会への手書きの招待状が、ひとりの船員によってヨーゼフのもとに届けられた。ヨーゼフは驚きながらも、マクタに会えるかもしれないと喜んだ。シュミットとともに正式な場に出るときのためだとファイファーに言われていたスーツで慎重に装った。スーツは体にぴったり合うようあつらえてある。高級な服を着た姿をマクタに見てもらえるという期待で身が震えた。晩餐前のカクテルを飲むために一等のラウンジまで歩いていくとき、興奮が電気のように全身を走った。

シュミットは既に来ていて、マティーニのグラスを持っていた。立てた小指がぴくぴく動いている。ヨーゼフを見上げると、面白がるような、驚いたような表情になった。

「ファイファー中尉は、きみのささやかな冒険のためにえらく上等な服を用意してくれたのだな。きみがその身なりにふさわしい人間であればいいが」彼はにやにやして、ひと息でマティーニを飲み干した。「しかし、ひとつ足りないものがある」

シュミットはポケットから小さなエナメル製のバッジを取り出した。ためらうことなくヨーゼフのサテンの下襟に留める。赤と白がスーツの黒に鮮やかに映えた。鉤十字のまわりには、くっきりと〝国家——社会主義——ドイツ労働者党〟と書かれている。

「よし。これできみは一等で初めての晩餐に出る準備ができた。同じテーブルの人々との交流を楽しめるはずだ。少なくとも何人かとは」シュミットはヨーゼフを意味ありげに見て椅子を後ろに引き、集まってきた晩餐客を尊大な笑顔で眺め、カクテルのおかわりを頼んだ。

三杯目を飲み、晩餐の準備ができたと告げられたときには、シュミットは赤い顔になっていた。晩餐客がカウンターからテーブルに向かいはじめると、シュミットはヨーゼフに顔を寄せた。アルコールくさい息からすると、マティーニ三杯の前にも相当飲んでいたらしい。「ごちそうだぞ《ボナペティ》！」

ヨーゼフは答えなかった。晩餐室に入ったとき目の前に広がった光景に言葉を失っていた。優雅なクリスタルのシャンデリア、その下に敷かれた豪華な赤いカーペット、何台ものぴかぴかの円テーブル、テーブルの上できらめくガラスの器、銀器、花瓶、輝く銀の燭台。一等の客、その招待客、高級船員など一五〇人以上が晩餐に集まっていた。生まれて初めて見る光景だった。

エベレスト初登頂を果たしたら、ぼくもしょっちゅうこういう場に出るようになるんだろうか。

パーサーがシュミットのテーブルに来た。ほかの客はインドやさらに東へ向かう、外交官や実業家だった――上等な服を着た垢抜けた男たち。口数が少なくよそよそしい妻たちは、紹介されるとき夫から少し後ろに立っていた。最後に現れた三人はマクタ・フォン・トリアーとその両親だった。シュミットはヨーゼフのほうを向いたが、ヨーゼフの目はマクタに釘づけになっていたので、横目で見るシュミットの勝ち誇った表情には気づきもしなかった。

最初ヨーゼフに目を留めたとき、マクタは笑みを向けた。しかしふたりを初対面と思って父親が紹介を行っている途中、彼女の視線はシュミットが下襟につけた党のバッジで止まった。

軽く握手する彼女の手から力が抜け、なだらかな曲線を描く顔が失望で険しくなるのを、ヨーゼフはすぐさま感じ取った。彼女はさっと体を引いて席についた。

食事は静かに始まり、ヨーゼフは会話から完全に疎外された。マクタすら何も話しかけてくれなかった。

シュミットはマクタと母親をじろじろ見ている。この男は何が気になっているのかとヨーゼフは何度も自分に問いかけたが、やがてその答えが別の疑問の形で脳裏に浮かび、ヨーゼフの血が凍った。

マクタの母親はユダヤ人なのか？

そんなことはまったく考えていなかった。もしそうだとしたら、彼ら一家は事業を口実にインドへ逃げようとしているに違いない。黙ったまま食べつづけているうちに、エベレスト登頂を果たしてマクタに結婚を申し込むという現実離れしたばかげた空想は、鉤十字のピンを刺されたようにしぼんでいった。

最初の料理がさげられたあと、船長は立ち上がってグラスの横を叩いて静寂を要求し、集まった晩餐客への歓迎の辞を述べた。そして、一部の客にとっては残念ながら今回が最後の夜になる、なぜなら明日はボンベイ港に着くのだからと告げた。

そのニュースは拍手喝采で受け止められた。歓声がやむと、二杯目のワインを飲んでいたシュミットが立ち上がって晩餐室じゅうに響く大声で言った。「インド万歳《ハイル・インディア》！ヒトラー万歳《ハイル・ヒトラー》！」その乾杯の辞はほとんどの晩餐客からさらなる喝采を浴びた。それも静まったとき、ヨーゼフはマクタの父親が妻に何かささやきかけたのに気づいた。彼女は警戒の表情でヨーゼフを一瞥し、小さく首を振り、食事に戻った。

マクタは食べるのをやめていた。銀器を置いて、まだ立っているシュミットをありったけの嫌悪を込めてにらみつけている。シュミットは彼女の視線に気づくことなく、自分の乾杯の成功に酔っていた。彼はワインのおかわりを頼んで席につき、若いドイツ人を偉大なヒマラヤ山脈まで率いていけるのがどれほど名誉で光栄なことか、そのような冒険を支援する国家がどれほど賢明で寛大であるかについて、大声でくどくど話しだした。

テーブルの何人かがシュミットへの賛成意見をつぶやく。するとマクタが、遠征隊の目的をヨーゼフから聞いて知っていながら、明らかな作り笑いを浮かべて言った。「シュミット教授、どうかもっと遠征隊について教えてください。またナンガ・パルバットに登る試みなのでしょうか？　愛する総統の誇り高き旗を雪と岩だらけの恐ろしい山の頂上に立てるという名誉と光栄のために、優秀な若いドイツ人をもっと多く死に追いやろうということなのでしょうね」

意図的に選んだ言葉は、あからさまな嫌味だった。娘の発言に、母親は見るからに身を硬くした。父親はいったんうつむいたあと顔を上げ、白くなりつつある眉毛を寄せて唇をすぼめ、黙るよう目で合図した。

シュミットは質問に一瞬面食らったあと、あわてて答えた。「いや、娘さん、それは違う！　なんと……」そこでいったん口をつぐみ、ほかの人々のほうを向いて鷹揚《おうよう》に言った。「実のところ、遠征隊の目的は登山というより科学研究なのです。とはいえ、カンチェンジュンガの未登攀のいくつかの峰に登りたいとは思っています」まっすぐにマクタと母親を見据えて言う。「そのときは、われらが誇らしき鉤十字をそれぞれの峰に立てられれば光栄です。旗はハイデラバードからも見えるかもしれませんぞ」

シュミットがフォン・トリアー家の目的地を既に知っているらしいことが、ヨーゼフには気になった。食事中その話はしていなかったのに。彼は不安を覚えた。シュミットは今夜フォン・トリアー家と同じテーブルであることを知ったうえで、あえてヨーゼフを招待したのではないだろうか。

マクタは軽蔑を隠しもせず、またシュミットに話しかけた。「ドイツで実際に起こっていることを顧みることもなく若者を危険な山に送り込むのは、少々浅はかだとお思いになりません？　毎日毎日、戦争や明らかな証拠のある殺人や迫害や盗みのことが話題になっています。なのにあなた方は」ちらりとヨーゼフを見る。「のんきに山を練り歩き、小さな旗を振りまわそうとしておられます。あなた方の傲慢さは、登ろうとしておられるどんな山より大きいと思いますわ。最高峰のエベレストよりも。わたしがただひとつ心から驚いているのは、征服予定の山々にエベレストが含まれていないことです」

マクタの言葉をほかの客は不安そうに黙り込んで聞き入っていたが、シュミットは立ち上がってテーブル越しに身を乗り出し、マクタに指を突きつけ、一語ずつはっきり発音して答えた。「ナチスドイツが優れていること、わが国の若者が優秀であることを世界に示すのは、まったく浅はかではない！」指を引っ込め、応援を求めるようにほかの客を見て、もう少し穏やかな口調で彼らに語りかけた。「イギリス人の登山家ジョージ・リー・マロリーがなぜエベレストに登りたいかと問われたとき、〝そこにエベレストがあるからだ〟と答えた、という話を読んだことがあります。みなさんにお伝えしましょう。わが第三帝国が山に登るのは、ここにわれわれがいるから、それを世界じゅうが知らねばならないからです！」

パーサーが間髪を入れずに言う。「ブラボー！」そしてグラスを掲げた。「みなさん、乾杯しましょう！　ここにわれわれがいるから！」ワインをぐいっと飲む。ほかの客もグラスを合わせて飲み、今のやり取りの気まずさを忘れるためぎこちなく笑った。

シュミットはワイングラスを空にしたあと、さらにスピーチを続けた。「その気になりさえすれば、優秀なドイツ人ならひとりでエベレストにも登れると確信しています。それこそがナチスの意志の強さの表れです。違うかね、ヨーゼフ・ベッカー？」

ヨーゼフはびくりとした。

シュミットが怒りに駆られて極秘任務をほのめかしたことへの警戒と、議論に引き込まれたことへの戸惑いで、どう答えるべきか思いつかない。

マクタがすぐに立ち上がったので、ヨーゼフは答えずにすんだ。「ミスター・ベッカー、ご自身とナチスの仲間のために山頂にお立ちになったとき、その恥の象徴たる旗を立てるために踏みつけにされた者のことを心に留めてくださるよう、お願いいたしますわ」

大股で歩き去るマクタを見ながら、ヨーゼフはあっけに取られて何も言えずにいた。シュミットは怒りで顔を真っ赤にしている。マクタの父親をにらみつけ、唾を飛ばして早口で言った。「無礼な態度ですな、フォン・トリアー。とんでもない無礼です。聞き分けのない娘は財産になりませんぞ、とりわけどんな民族の血を引いているかを考えると。謝罪を要求します。さもなくば決闘を」

フォン・トリアーは、ヨーゼフにガルミッシュ＝パルテンキルヒェンのガンツラー少将を連想させる、自尊心が強く教養のありそうな男で、怒鳴るシュミットを無言で見つめ返した。返事がないので、シュミットは繰り返した。「謝罪か決闘か。聞こえましたか？」

マクタの父親は目を細めた。そしてシュミットの視線をとらえたまま、テーブルの客全員に見えるよう人差し指で左頰の薄いけれども長い傷痕をゆっくりなぞった。

「シュミット教授、プロイセン人に決闘を申し込むのはあまり得策ではありません。誰と結婚していようが。わたしは世界大戦の前夜まで学生でしたが、その後戦争で四年という長きにわたって戦いました。この顔をごらんになってわかるとおり、大学生活での愚かさを示す決闘の傷痕があります。ほかにもあなたから見えない傷痕がありますが、それは戦争の愚かさを示しています。目に見えるものだけを考慮したとしても、わたしにそのような話し方をするのが賢明かどうか、もう一度考えていただいたほうがいいでしょう」

なだめるような笑顔でほかの客に言う。「娘が怒りを爆発させたことをどうぞお許しください。あの子は将来の心配をしているだけなのです。あなた方も多かれ少なかれそうでしょう。あれはまだ若く、残念ながらときどき激情でわれを忘れてしまいます。おひとりずつに謝罪の手紙を書かせます。ですから、どうかみなさん、娘の態度でせっかくのお食事を台なしにしないようにしてください」

シュミットがさらに言い返そうと胸をふくらませたとき、パーサーが大声で割り込んだ。「賛成！　おいしい食事を台なしにしてはいけません」彼は場を和ませるために大げさな手ぶりでもっとワインを持ってくるよう合図し、客たちはお互い目を合わせたり会話をしたりすることなく食事に集中した。マクタの母親が食べながら手を震わせているのを、ヨーゼフは見て取った。父親はシュミットのだぶついた頰を切り取ろうとするかのように彼をじっと見ながら食べ物を切り分け、シュミットは食事の残りの時間、ひとことも口を利かなかった。

41

ヨーゼフの船室のドアがノックされたのは午前一時だった。錠を外したとたん、マクタが狭い部屋に飛び込んできた。

食事のあとずっと泣いていたことをうかがわせる赤い目でヨーゼフの前に立ち、力いっぱい彼の頬をぶつ。「わたしをだましたお返しよ」

ヨーゼフの横をすり抜けて舷窓まで歩いていき、穏やかな海と満天の星空を見たあと、うつむいて、机に置かれた本やノートの上に手を置いた。「あなたを嫌いになりたい。でもなれない。だから余計に腹が立つの」

「ぼくを嫌いになる理由はないだろう」

「あるわ。あなたは親切でいい人だと思っていた。自分の好きなことをする機会をつかんだ若い冒険家にすぎないと。でもどうして、ドイツの公的な遠征隊でシュミットみたいなやつについていくの？」

「言えない。きみもわかっているはずだ、ぼくたちは現実から目をそむけて時間を過ごしていたんだよ」

「しかたなかったわ。真実が明らかになったら投獄されて死ぬ危険があったもの」

「それはきみひとりのことかい？」

「いいえ、母の血を受け継ぐ人間はみんな同じよ。あなたも、わたしが混血で半分ユダヤ人だから殺したい？」

「まさか。そんなこと、ぼくにはなんの意味もない。考えもしなかった」

「でも、今は考えているはずだわ」

「マクタ、きみが半分ユダヤ人だってことは、ぼくにはどうでもいい話だ。ぼくにはやるべきことがある」

「登頂を成功させることなんて、たいして難しくないでしょ」

「そうだな。もう帰ったほうがいい」

マクタは机の本を取り上げて表紙を見た。ヨーゼフのほうを振り返って、質問のように題名を読み上げる。「『デア・カンプ・ウム・デア・エヴェレスト』？」

ヨーゼフはあわてて本に手を伸ばしたが、マクタは彼の手が届かないよう後ろにやった。

「じゃあ、わたしは正しかったわけ？　本当にこの山に登ろうとしているの？」

疲れ果て、混乱し、目の前のやさしく誇り高い顔にすっかり警戒心を失い、ヨーゼフは寝床の端に座り込んだ。昔の恋人に新しい恋人のことを打ち明けるような調子で言う。「そうさ、ぼくはエベレストに登ろうとしているんだ」

「でも、どうしてそんなことができるの？」

「きみに言っちゃいけなかった。人の命がかかっている。ぼくにとって大切な人の命が」

「わたしもあなたにとって大切？」

「うん」

マクタは本を寝床に落としてヨーゼフの手を取り、指の傷痕を自分の指でなぞった。

「ヨーゼフ、わたしは絶対に人を見誤らないの。話してちょうだい。わたしは強い人間だから」

ヨーゼフは話しはじめた。

ゆっくりと、正確に、パッツナウン渓谷から山に登ったこと、彼が死に追いやってしまったイルザ・ローゼンブルクという少女を含めたユダヤ人九人が無情に殺されたことを話した。苦悩と罪悪感に包まれながら、雪に覆われた人里離れた尾根でつかまったこと、拷問を受けたこと、友人に死なれたこと、脅迫されたことを話した。ファイファーのファイルを読むかのように、その後のシーシュポス計画の準備を詳細まで話した。話し終えると、マクタにつかまれた手を引き抜いた。「そういうことだ。これできみはすべてを知った」

新たな涙をためた目でヨーゼフを見つめたマクタには、「かわいそうに」と言うことしかできなかった。

ヨーゼフはマクタから離れて小さな鏡台まで行き、いちばん上の引き出しから何かを取り出した。

マクタのほうを向く。「手を出して。お椀《わん》を作って」

彼はマクタの震える手にエーデルワイスの指輪を置いた。

「これがぼくだ。ぼくはエーデルワイスだ。鉤十字じゃない」

マクタの手を閉じて銀の指輪を握らせ、そっと手首をつかむ。「きみはその手に指輪を握っているように、ぼく、ぼくの母、ぼくの姉妹の命も握っているんだ。きみがそれを落としたら、ぼくたちは死ぬ。ぼくの友人たちと同じように。あの山の上のユダヤ人と同じように。きみはぼくたちを安全に守ってくれるほど強いか？」

マクタは黙ってそっとヨーゼフにキスをした。

顔を引いて言う。「いつまでもあなたを握っているわ」

情熱を込めてふたたびヨーゼフにキスをしたあと、彼をベッドに押し倒した。

フィンチのエベレストについての重い本はドサリと床に落ちた。

42

二〇〇九年九月一二日
午後六時四五分（中央ヨーロッパ夏時間）
フランス　シャモニー　ミッシェル・クロ通り

徒歩でシャモニー山岳博物館の前を通ったとき、クインは家々の庭のカラマツが黄色くなりはじめ、夜の訪れが早くなっていることに気がついた。夏は既に終わりかけている。

カトマンズから帰国したあとはしばらくロンドンに滞在して、当座貸越が続けられるよう銀行と交渉し、サウスロンドンの貸しガレージに入れっぱなしだったバイクを取り戻した。

古いバイクに無理をさせないため、カレーからフランス国内をゆっくり南東へ斜めに進んでアルプスを目指した。渋滞や高価な有料高速道路《オートルート》を避け、穏やかですいている国道を選んで通る。エベレストでの登山とそれに続くごたごたを経験したあとでは、フランスの田園地帯の香りをかぎ、朝の湿った新鮮な空気が午後の太陽の下で暖まるのを感じながら、古いGSシリーズのバイクで直線の並木道を走るのは爽快だ。クインにとって、バイク旅行は頭の中を整理するのに非常に効果的な方法だった。長時間ひとりでバイクにまたがっているあいだに、思考や記憶の森をたどって前向きな結論に達し、怒りに任せて過去を振り返るのではなく、希望を持って将来を楽しみにできるようになった。

雪をかぶったモンブランの偉大な頂が映える夜空の下、背の高い松の木の黒いシルエットのあいだにシャモニーの街の明かりが見えてきたときには、クインはいくつかのことを確信していた。その一、いずれこのバイクでケープタウンまで行く。その二、あの古いピッケルにまつわる真相は必ず突き止める。その三、山頂へ行った運命の日、自分はネルソン・テイト・ジュニアのためにできることをすべてした。

彼はかつて、シャモニーが〝アドベンチャー・スポーツの死の都〟と呼ばれるのを聞いたことがある。それが真実かどうかはともかく、かの地のアウトドア産業――登山、エクストリームスキー（非常に高い山から急斜面を滑降するスキー）、ベースジャンピング（建物や断崖からパラシュートで降下するスポーツ）、ウィングスーツフライング（いわゆる〝ムササビスーツ〟で高所から降下するスポーツ）など一歩間違えば死に直結する娯楽を推進する産業――は、その競技者が死んでもあまり気にしない。先日のクインのエベレストにおける悲劇もそのカテゴリーに入るようだ。ありがたいことに、ネルソン・テイト・ジュニアの事故に関するヘンリエッタの報告書を見せるまでもなく、クインの働ける場所はたくさんあり、彼はその機会に飛びついた。好奇心満々の初心者を率いてアルプスに入り、ロープの結び方、斜面の登り方、懸垂下降の方法、新しくて鋭いピッケルやアイゼンの安全な使い方を教えた。能力レベルの異なるさまざまな客とともに無数のルートをたどって山に登った。客たちに唯一共通するのは、アルプスの美と危険の魅惑的な組み合わせに顔を真っ赤にして興奮していることだ。

クインはモンブランに登り、東を見て、ふわふわした雲からところどころに突き出すほかの山頂の隙間からマッターホルンやモンテローザを眺めた。数週間後、今度はマッターホルンに登って、まるでフィルムのネガを見るように反対側から景色を眺めた。休日にはほかのガイドとチームを組み、ドリュやグランドジョラスに登って、まだ難しい山に登る力が自分にあるかを確かめようとした。力はあった。

反動で気分が落ち込むのは一日の終わりになってからだ。夕方に郵便受けを開くと、テイト・シニアの弁護士からの手紙が入っていることがよくあった。手紙は攻撃的に執拗にクインを人殺しと呼び、破滅させてやると脅していた。夜、クインは眠るのに苦労した。ようやく眠れても睡眠は断続的で、セカンドステップでの死と失敗についての悪夢が繰り広げられる。少年を助けるためにできることはすべてしたという確信と矛盾する内容だ。暗闇の中で目覚めると、ベッドの下に手を伸ばして床に敷かれたカーペットに触れ、ここがセカンドステップではないことを確認する。ほんのときたま、もっと楽しく色彩豊かな夢を見る。その夢では、クインとネルソン・テイト・ジュニアは登頂を果たし、笑って冗談を飛ばしながら下山して、ヒーローとして歓迎される。その夢から覚めたときには、床に触れて、これがごつごつして冷たいロンブク氷河であることを願うのだった。

悪夢を見ないようにするため、眠れぬ夜はインターネットであの古いピッケルのことを調べて過ごした。チベット側からエベレストに近づいた各国の正式な遠征隊に関する詳しい情報はすぐに得られた。また、ヒラリーとテンジンのずっと前にマロリーとアーヴィンがエベレスト登頂を果たしたか否かに関する推理も多く見つかった。彼はさらに調べを進め、北側からの登攀にまつわるほかの謎も探っていった。ダッチュノリアンと〝消えた〟一九五二年のロシア遠征隊の伝説、一九六〇年に中国隊が北側から初登頂したという証拠写真のない主張の正しさをめぐる議論、アール・デンマンやモーリス・ウィルソンなど一匹狼によるエベレスト挑戦にまつわる言い伝え。

クインは深夜の熱心な研究者となって、そうした特異な話の詳細をモレスキンノートに書き留め、設営者不明の高地キャンプ、エベレストじゅうで発見される捨てられた古い登山用具、誰がそれらを置いていったかについての多くの仮説とそれらへの反論などについての言及に下線を引いた。そのあいだもずっと、ジョージ・リー・マロリーとサンディ・アーヴィンの身に起こったことについてのさまざまな仮説が頭から離れなかった。学者が恥じ入るほど熱心に、それらを細かく分析した。万が一カメラが凍った状態で見つかった場合の扱い方を述べた論文まで見つかった。クインは皮肉っぽくノートに書いた。〝なんとしても冷凍状態を保つこと――空港のX線検査も不可!〟

だが、どれだけ調べても、昔ドイツやロシアの遠征隊がエベレストに登ったという事実は発見できなかった。だから、クインが見逃した情報が浮かび上がらないかと、登山をテーマにしたネット上のフォーラムのいくつかに餌をまいてみた。スコットランド人ガイドのダグ・マーティンが一緒に住まわせてくれた狭いアパートメントのテーブルに置かれたビール用コースター――メフィスト・エールというビールを物欲しげににやにや見ている悪魔のデザイン――から、〝メフィストフェレス〟というハンドルネームを思いついた。ハンドルネームに数字を付加せよとの要求に応じて、エベレストの高さを示す〝8848〟をつけた。

昔ドイツ人やロシア人がエベレストに登ろうとした意図に関して故意にあおるような質問を投げかけたあと、古いピッケルの調査に取りかかった。ネット上には同じようなピッケルの画像が多く見つかった。一九二〇年代前半から六〇年代後半にかけてよく使われた典型的なタイプだ。ただし鉤十字の烙印《らくいん》が押されたものはドイツの山岳猟兵部隊に支給されており、期間は第二次世界大戦終結までの一〇年間にしぼられる。クインは山岳猟兵部隊について書かれたものを読んだ。彼らはかつてバイエルン州のミュンヘンの南に拠点を置き、第二次世界大戦中ポーランド、ノルウェー、バルカン半島、東部戦線などで戦った。ロシア人はドイツまで行かなくても、どこでもこのピッケルを見つけられたんじゃないか？

ミュンヘンと聞いてふと思い出すことがあった。以前ベルンハルト・グラフというミュンヘン在住の収集家に、イーベイで古い酸素ボンベを売ったのだ。グラフはどうしても落札したかったらしく、積極的に価格を吊り上げた。落札後、ボンベの重量に応じたミュンヘンまでの送料が当初の見積もりより高くなることにクインが気づいたあとも、グラフは追加の費用を払うことに対してなんの躊躇も示さなかった。

クインはその取引のときのメールを探し出し、古いドイツのピッケルを売ってもいいとほのめかすメールを送ってみた。そのあとはアング・ノルに触れた資料がないかと調べてみたが、そんな男が実在したと証明するものは何ひとつ見つからなかった。タイガー・シェルパは有名で、最近でも彼らについて書かれたものは多いのに、アング・ノルの名前はまったく出てこない。あたかも歴史から抹消されたかのようだ。

どちらを向いても行き止まりであることにいらだち、クインは長い夜を過ごすのに別の方法を見いだした。ソラヤはオラフ・ホテルのバーのホステスだった。日本人とオーストリア人のハーフで、オリンピック級のスノーボーダーだと言われている。小柄だがスポーツ選手らしい体型をしていて、片腕にきれいなパステル色の蓮《はす》の花のタトゥーを入れている。バーで目が合ったとき、彼女はあなたの傷に興味がある、エベレスト登頂に感銘を受けた、と言った。クインは傷をたっぷり見せ、エベレストのことをたっぷり話した。相手を縛るような深い関係は望まないと言うソラヤにクインは喜んで応じ、そのときだけは登山の歴史に関する強い関心を少しゆるめた。やがて投げかけた質問がどうなったかとフォーラムを見てみると、たくさんの発言が書き込まれていた。揶揄《やゆ》するような発言も少なからずあったが、あの古いピッケルが使われていた時代にドイツ人やロシア人が北側からエベレストに登ったという具体的な内容のものはなかった。ところがその後、〝シックルグルーバー666〟と名乗る人物からメッセージが届きはじめた。

最初、クインは冗談だと思った。添付されているのはインディ・ジョーンズの映画『レイダース　失われたアーク《聖櫃》』から抜粋したビデオクリップで、ナチスがジョーンズ博士の昔の恋人をチベットの彼女のバーで拷問している場面だった。数日後に届いた二番目のメッセージはもっと真面目なものだった。ドイツの探検家エルンスト・シェーファーがチベットを旅し、壁に親衛隊のペナントを飾ったラサ市内の部屋でチベットの有力者と同席しているところを映した、粗い白黒映像だった。

七月後半から八月にかけて、メッセージは次から次へと届いた。どれも、ナチスとヒマラヤ山脈やチベットをなんらかの形で結びつけるものだった。シックルグルーバー666はナチスの高山登山に関する書かれざる歴史をくまなく、そつなくクインに見せているようだ。背後にはヘンリエッタ・リチャーズがいるのではないか、とクインは疑いもした。ともかく彼女と同じくらいの知識を有し、同じくらい詳細にこだわる人間であるのは間違いない。

最後のメッセージが届いたのは八月末、ちょうどクインがヘンリエッタからのメールを読んでいるときだった。ダワは退院し、婉曲《えんきょく》な言い方をすると〝ヘンリエッタの調査に協力している〟という。それによって彼女がついにテイト・シニアの弁護士を厄介払いできることを願い、クインはシックルグルーバー666からの最後の連絡に注意を向けた。

クリックした瞬間、それはウィルスのようにパソコンを乗っ取った。ワグナー作曲『ワルキューレの騎行』に合わせて画面が真っ暗になっていく。音楽は映画『地獄の黙示録』のようにどんどん大きくなり、そこへアニメのヘリコプター一機が現れる。ヘリコプターは糸をつけられた蠅のように黒い画面上をぐるぐるまわり、やがて雪をかぶった山が下からせり上がってくる。

山が画面全体に広がると、それが北から見たエベレストであることはすぐにわかった。ヘリコプターは山頂の上空で停止し、そこから茶色い上着を来た小さな人間がパラシュートで降下する。アドルフ・ヒトラーだ。ヒトラーは山頂に鉤十字の旗を立て、テクノとトランスをミックスした音調で演奏されるナチス党歌『旗を高く掲げよ』に合わせて片腕を上げたナチス式敬礼をしながら、膝を伸ばしたガチョウ足行進をする。
その後小さなヒトラーを回収したヘリコプターは飛び去り、画面は再度黒く静かになる。クインは画面をもとに戻そうとしたが、固まったままだった。
ゴシック体の白い字が一字ずつゆっくりと現れ、画面にタイプされるように質問を表示した。

〝メフィストフェレス、おまえはまだ一＋一の答えがわからず、八八四八メートルに到達していないのか？〟

答えがわかったことをクインはしぶしぶ認めたが、それを最後にシックルグルーバー666からの連絡は途絶えた。

九月半ばの夜、クインは秋の訪れを感じ、背中を丸めて歩きつづけていた。フリーランサーであるため、いっそう寒さが身にしみる。仕事の予約はあと一件しか入っていない。スイス南部のザースフェーでヴァイスミース岩壁とナーデルホルンに登りたい若いイギリス人登山家を案内して四日間過ごしたら、今シーズンは終わりだ。

そのあとどうするか考えていたとき、携帯電話が鳴った。友人でルームメイトのガイド、ダグ・マーティンからだ。「今ジャン・ペイナールじいさんとル・ショーカ・ホテルにいる。ジャンによると、サロンが目撃されたって噂があるらしい」

「なんだと？　ここでか？」

「よくわからん。単なるホラ話かも。ちょっとほかにも訊いてまわってみるけど、念のため気をつけておけよ。いいな？」

通話が終わるなり、また電話が鳴った。国際電話の番号が表示されているのを見て、クインの心臓はどきりとした。

サロンだろうか？

「もしもし、メフィストフェレス君」クインが電話を耳に当てると、相手は言った。「メフィストフェレス、8-8-4-8」声は一字一字強調してゆっくり繰り返したあと、付け加えた。「架空の人間に電話している気になるが、そうではないだろう？　どうだね、ミスター・クイン？」

ハンドルネームに続いて本名を口にされたので、クインはまたもやどきりとした。

「メフィストフェレスが悪魔だというのは知っておるな。ファウストが無限の知識と引き換えに魂を差し出した相手だ。最初は興味深い取引だったかもしれんが、もちろん長い目で見ればあまり幸福を与えてくれそうにない」

フランス人ではない。英語自体は完璧だが、ドイツ訛りが聞き取れる。

「実を言うと、きみは焦ったせいで、いささかふさわしくないハンドルネームをつけてしまったんじゃないかと思っている。本当のきみの皮肉のセンスには感心するが、どう考えても悪魔という柄じゃないだろう。知識を求める〝ファウスト848〟だ。もっと登山の時間を減らして読書の時間を増やしたほうがいい。心の中にある山々を比べてみなさい。それでもやはりエベレストは最も偉大だとわかるだろう」

クインはこの雄弁な声の話す内容をもっとよく聞き取れるようカフェの入り口まで移動し、声がやんだところで不愛想に答えた。「わかった、いいだろう。しかしあんたは誰だ？　なんの用だ？」

相手は一瞬黙り込んだ。「許してくれ、ニール・クイン、ちょっとふざけてしまった。きみのファウスト的悲劇においてわたし自身がメフィストを演じたい思いが強くてね。しかし今はもっと物事を単純にして、わたしのハンドルネームを教えたほうがよさそうだ」

「なんだ？」

「シックルグルーバー……6……6……6」

クインは言葉を失った。

「さらに驚かせてしまったか？　そうらしい。これは非常に楽しいな。シックルグルーバーはとても面白い名前じゃないか？　不思議だな、それが歴史上最もコミカルでない男の祖母の旧姓であるというのは。わたしのウィットあふれるアニメは少々コミカルだったがね。実を言うと、あのアニメはわたしが作ったわけじゃない。わたしの店のウェブサイトを作ってくれている、ちょっと右寄りだが才能ある若者に用意してもらったのだよ。いや、話が脱線したな。どこまで話したかな？　そうそう、シックルグルーバーだ。きみのお国のとぼけた政治家、ミスター・ウィンストン・チャーチルが、いつもアドルフ・ヒトラーをわざとらしくミスター《ヘール》・シックルグルーバーと呼んでいたのは知っているはずだ（ヒトラーの祖母は結婚前に私生児としてヒトラーの父親を産んでおり、そうした事実を思い出させることは侮辱になる）。まあ、相手を中傷するだけでは六〇〇万人のユダヤ人の死は防げなかったが。さて、名前について話しているところだから、わたしのもうひとつの名前を使うことにしようか？　そのほうがきみも少しは気が休まって、話ができるようになるだろう」

長い沈黙。

「ニール・クイン、こちらはベルンハルト・グラフだ」

ミュンヘンの収集家。「しかし、あんたにメールしたのはだいぶ前だった」

「そうだ。だが、明らかにきみを悩ませている疑問によりよい答えを与えるために、夏のあいだ待ってもらった。そのあときみを招待して、わたしを悩ませている問題に関して情報交換しようと考えた。わたしの住所は知っているな。できるだけ早く来てほしい。ミュンヘンは、きみが今いる場所からそう遠くないはずだ」

「だが、どうしてわざわざミュンヘンまで行かなくちゃいけないんだ？　メールでやり取りすればいいじゃないか？」

「それはだめだ。インターネットを介する時期は終わった。今、きみが現実に目で見て理解すべきことがある。現実といえば、メールで触れたピッケルの現物を持ってきてくれ。出どころについてきみは正直に話さなかったが、それを発見したのがエベレストだとの結論を出すのに、わたしは悪魔に魂を売る必要もなかったよ」

43

一九三九年三月一五日
午後三時三〇分（イギリス領インド標準時）
インド北東部　ダージリン　ゴーアム駅

　雨漏りのする暗い最後のトンネルを抜けると、列車は茶畑の広がるエメラルド色の世界に出た。まわりの段状の斜面から屋根のない車両に漂ってくる湿った霧が、山の岩の冷たさを運んでくる。ヨーゼフはまくり上げていたシャツの袖を急いでおろし、手首のボタンを留めた。上着を出しておけばよかったと思ったものの、インドを縦断する長く暑い旅を思い出して、この寒さを楽しもうと考え直した。

　グナイゼナウ号から混沌としたボンベイに降りたあと、シュミットの遠征隊はオーブンのように暑いインド亜大陸を列車で旅しつづけている。止まったのは、北へ向かうシリグリ郵便列車に乗り換えるため途中カルカッタに一日滞在したときだけだ。この旅のあいだじゅう、ヨーゼフは現在地がほとんどわからなかった。目印となる建物は少なく、見えるのは干上がった畑に広がる赤土や生育不良のイバラの藪《やぶ》が点在する果てしなく乾燥した低木林ばかり。藪には日陰がほとんどなく、小さくみすぼらしい鳥が獲物を新鮮な状態に保とうと生きたまま木のトゲに突き刺すのに利用する程度だった。たまに平らな土地に建物や険しい丘が現れることがあっても、それはすぐさま波打つ靄に覆われてしまう。

暑さと長旅にぼんやりしたヨーゼフは、列車から見る代わり映えのない風景をスクリーンにして自らの鮮やかな思いを投影した。

マクタの顔……。

脅迫するファイファー……。

エベレストの北壁……。

生きている母親と姉妹……。

死んだギュンターとクルト……。

幼いイルザ……。

別離、困惑、喪失の静かな苦しみを味わう心の中で、それらが現れては消えていく。

何より恋しいのはマクタだった。船で最後の夜をともに過ごしたあと、彼女はヨーゼフに逃げてと懇願した。彼が逃げられたらマクタを見つけられるよう、エベレストの本の内側にハイデラバードの新しい住所を書いてくれたが、それは実現不可能な夢だ。ヨーゼフはとらわれの身なのだ。トゲに突き刺された毛虫と同じく、シュミットの鉤十字のピンでファイファーの計画に留められている。

〝登頂か、さもなくば試みて死ぬかだ。ベッカー上等兵、登頂か、さもなくば試みて死ぬか……〟

列車がようやく終点のゴーアム駅に着いたとき、ヨーゼフが抱いたダージリンの第一印象は、なんとなく親しみがあるというものだった。高地の町で、空気は薄く冷たい。山を見ることはできなくとも、その存在は感じられる。少し気分が高揚した。期待に満ちた多数の顔が列車を出迎えた。麦藁帽をかぶった白人、日焼けした腕や脚をむき出しにした頑健なポーター、分厚いウールの民族衣装に身を包んだ部族民。駅にいた白人の中で最も長身の、クリーム色のリンネルのスーツを着て青白く細い顔をした男が、帽子を上げてシュミットに合図した。「ハンス・フィッシャーです」と大声で自己紹介し、並んだリクショーのところまで一行を案内すると同時に、集まったポーターたちに命じて荷馬車の荷物を列車の後部に積み込ませた。

長い坂道を登ったあと、リクショーはホテルの前で止まった。驚いたことに、それはバイエルン地方のホテルとそっくりだった。水漆喰《みずしっくい》を塗った大きな切妻屋根の正面に中世風の黒い字で大きく〝ホテル・ナンガ・パルバット〟と書かれている。フィッッシャーの太った妻が正面玄関から出てきて、夫によってシュミットに紹介された。

そろっていかめしい顔をした夫婦は、彼らを中に案内した。「イギリス人の官僚主義にも困ったものです。年々ひどくなります」ハンス・フィッシャーは声を張りあげてドイツ語で言い、用紙の山を出してきてフロントで受付作業にかかり、ひとり分ずつ書類の確認をした。そのあいだ、一行はロビーの壁に貼られた地図や写真や絵を眺めて待った。

ほとんどがカンチェンジュンガ、ナンガ・パルバット、それにエベレストのものだった。白黒写真がひとつひとつの山をありえないほど高く危険な征服不能の高山に見せていたのに対して、柔らかなパステルカラーによる手描きのイラストはその規模や困難さを感じさせず、正反対の印象を与えている。ヨーゼフが特別険しそうなエベレストの写真を見ているとき、遠征隊の別のメンバーが大声で言った。「よかったよ、こいつに登るんじゃなくて」ほかのメンバーが笑う中、ヨーゼフだけは沈黙を守り、シュミットはそんな彼をじっと見つめた。

隊員の注意をそらすため、シュミットは彼らの視線を過去のドイツ遠征隊の写真に向け、知っている名前を次々挙げていった。最後に彼は、雪をかぶった山の頂上にピッケルが立てられた写真を指で叩いた。ピッケルには二枚の旗がついている。イギリスのユニオン・ジャックの上にドイツの鉤十字の旗。彼は一歩さがって写真を眺め、声を大にして言った。「諸君、このシニオルチュー山頂の写真をよく見て士気を上げたまえ。これはわれわれの目的地にも近い頂で、わたしの友人パウル・バウワー率いる隊が二年前に登った山だ。これをきみたちの活力の源とするのだ。ただし、われわれの写真に登場するのはドイツの旗だけだぞ。当局が何を要求しようと」ヨーゼフの目をとらえてそう言ったあと、話を続けた。「夕食は午後七時だ。みなに鍵を渡すので、それぞれ部屋に入って休憩するように。ベッカー、ここから先へ進む前に、遠征隊の装備の手配に関してきみとヘール・フィッシャーに話しておきたいことがある。来てくれ」

ヨーゼフはハンス・フィッシャーのあとからシュミットと並んで一階の狭い事務室に入っていった。フィッシャーはしっかりドアを閉めると、ふたりに机の前の椅子を勧め、自分も腰をおろした。背後の壁には額入りの鉤十字の小旗が飾られている。

ヨーゼフは目を上げて旗をちらりと見た。

「ああ、シニオルチュー山頂で写真に撮られた、まさにその旗だ。遠征隊隊長のパウル・バウワーから、ドイツ人登山家への支援の礼として贈られた」フィッシャーはヨーゼフの思いを読んだように言った。ひと息ついて付け加える。「というより、この地域一帯におけるドイツ人への支援全般に対してだ。実を言うと、熟練した登山家であるバウワーがこの作戦を率いていないことには驚いたよ。しかし、これが親衛隊の秘密任務だというのは理解しているし、その決定は尊重する。甥《おい》は第二ドイッチュラント号で装甲擲弾兵《そうこうてきだんへい》を務め、現在はベルリンで訓練中だ。親衛隊全国指導者殿は、わたしがこの地域で全面的に信頼できうる人間であることをご存じだ」

フィッシャーはヨーゼフを上から下まで眺めた。

「さて、長旅を終えてどんな気分だね？　自分こそ例の任務を成し遂げられる人間だと思っているか？」

「元気です。そして思っています」ヨーゼフはフィッシャーの鋭い視線を受け止めて見つめ返した。やがてフィッシャーは目をそらし、シュミットのほうを向いた。

「全国指導者殿がこの任務に適した人間を選んだことを願っています。ただしわたしは、物事は思ったほど単純ではないという考えの持ち主なんですが。さてベッカー、当面の問題に移るが、いくつかきみに知っておいてほしいことがある。まず、一緒に行ってくれるポーターを見つけた。高山で優秀な働きをするタイガー・シェルパで、エベレストで八三〇〇メートルまで登ったことがある。その男は現在イギリス人に不満を持っている。イギリス人を恨み、イギリス人は仕返しにその男をのけ者にしている。これは明らかにわれわれにとって有利だ。彼はドイツの遠征隊に付き添ったことがあり、最近はこのホテルでわたしを手伝ってくれているから、ドイツ語もある程度は話せる。この遠征において自分ひとりでベッカー上等兵を補佐することになっているのは既に知っているが、目的地がエベレストであることはまだ知らない。それを知れば、イギリスへの強い憎悪ゆえにこの機会に飛びつくはずだ。名前はアング・ノル。明日紹介する」

フィッシャーはいったん口をつぐんだ。頭の中で段取りを確認しているようだ。

「アング・ノルが協力してくれることに疑問の余地はない。今説明した理由により、彼は考えうるかぎりで最高のシェルパだ。しかしながら、あらかじめ警告しておくが、ここの地元民の多くと同じく、ひとつ大きな弱点がある。酒だ。彼を酒から遠ざけておければ、非常に役に立ってくれるぞ。

それともうひとつ警告がある。ダージリンはイギリスの支配下にある村だ。シュミット遠征隊以外の目的でここにいることを少しでも疑わせるような言動をしてはならない。シェルパどもは非常にずる賢い。きみが何かを企んでいることをほのめかすようなことがあれば、間違いなくカルマ・ポールの耳に入る。ポールはあらゆるポーターをまとめる地元の斡旋屋《あっせんや》で、特にイギリスの遠征隊にポーターを斡旋している。自分がどちらの側に立つ人間かよく理解している。きみのもくろみを耳にしたなら、いずれイギリス人の知るところになる。そうしたらわれわれは困った立場に立たされる」

シュミットはヨーゼフのほうを向いた。「今の話はわかったな」

ヨーゼフは答えず、フィッシャーに言った。「ほかに知っておくべきことは？」

「ある。きみがエベレストへ向かうときに着られるよう、古いチベットの服を用意した。体に合うかどうか確かめておくといい。今夜遅く、ほかの隊員が部屋に引っ込んだあと、荷を選《よ》り分けて、きみが本隊から分かれたときに持っていく装備を用意する。きみはそれをカンチェンジュンガ山中のゼム氷河へ行く途中に隠しておき、ひとり別行動をするときに拾っていく。ほかに必要となる装備は、チベットにいるエルンスト・シェーファー遠征隊用の補給物資に紛れ込ませて既に送った。ファイファー中尉がここに送らせた〝ＯＳ〟というしるしのついた箱一〇個の内容はわたし自らが確認したが、足りないものはなかった。

シェーファーの部下のひとりがそれをエベレスト山麓のロンブク僧院まで持っていき、そこできみと落ち合う予定だそうだ。正直に言うと、この荷物の移動については少々心配がある。ラサ駐在のイギリス人将校ヒュー・リチャードソンがシェーファー遠征隊の動向を厳重に見張っているんだ。チベット政府の許可がある以上、遠征隊がチベットにいること自体にイギリスは文句を言えないが、それを彼らは快く思っていない。リチャードソンはシェーファー遠征隊を追放する口実にできるような、どんな些細なことにも目を光らせている。シェーファーが強い意志を持つ知謀に富んだ男であるのは間違いなく、親衛隊全国指導者殿のお気に入りであるのも当然だ。だから、彼は装備がきみの手に入るようにしてくれるだろう。しかし、それまでは、きみは乏しい物資でやっていかねばならない。山にいたる道は楽なものだから、少ない荷で進むことで、何百人ものポーターを連れて大量の荷物を持ったイギリスのエベレスト遠征隊に比べてはるかに速く移動できる。この計画を成功させる秘訣《ひけつ》は〝速く、軽く〟だ。甥の装甲部隊も同じ考え方で訓練しているそうだ。彼らはそれを〝速戦即決〟と呼ぶ。今のところ、言いたいのはそれだけだ。シュミット教授、何か付け加えることはありますか?」

「ある。ベッカー、われわれはカルカッタにいるとき、旅行中の写真を何枚か現像させた。おまえはそれを見て、目の前の任務に集中すべきであることを再確認しておけ」

シュミットは木綿のサファリジャケットからワックスペーパー製の封筒を取り出してヨーゼフに渡した。

封筒を開けたヨーゼフは驚きに息をのんだ。写真はすべて、ヨーゼフとマクタが並んでグナイゼナウ号の後部上甲板を歩いているところを写したものだった。どれも船内から窓越しに撮られている。マクタと過ごした時間の記憶は非常に鮮明で、ヨーゼフは写真の服を着ていた日のことも覚えている。それは航海の最後から三日目だった。

写真を凝視するヨーゼフを見ながら、シュミットは言った。「その雑種との船上のロマンスを気づかれずにすむと思ったのか？　東に航海する船の中でカメラのシャッターを切っていたのが、その女ひとりだけだと？　いいことを教えてやろう。わたしはカルカッタでこの件の一部始終をファイファー中尉に電報で報告した。中尉は、その写真を一枚きみに渡すようにおっしゃった。そうすればおまえはいつでも見たいときに写真を見て、シーシュポス計画のファイルの内側に貼ったほかの写真を思い起こすだろう、とね」

マクタが最も鮮明に写っている一枚をヨーゼフが抜くと、シュミットは即座に残りを取り返した。「あとの写真はわたしのものだ。さがりたまえ、ベッカー」

ヨーゼフはシュミットの笑い声を聞きながら、写真を握りしめて部屋を出た。

ロビーでは、フィッシャー夫人《フラウ・フィッシャー》が受付カウンターにいた。彼女はヨーゼフを見て声をかけた。「ベッカーさん？　ヨーゼフ・ベッカー？」

「そうです」

「ベルリンのご家族から電報が届いていますよ。わくわくしますわね！」

ヨーゼフは、彼女が差し出した折りたたまれた紙を受け取った。

たしかにベルリンからだった。

1530・150339・PRZRIB8－BERLIN

ヨーゼフ
マクタノコト　シユクフクスル
モウ　カゾクトオナジダナ
ワレワレハミナ　キタルベキトザンノコトデ
ムネヲオドラセテイル

オジ
ユルゲン

44

一九三九年三月一六日
午前六時〇〇分
インド北東部　ダージリン　ジャラパハー兵舎

チャールズ・マクファーレン中尉は安全剃刀の鋭い刃で顎を剃りながら、今日これからのことを考えていた。ようやくヒマラヤの高山に行けることになって興奮していた。本来属するイギリスのコールドストリーム連隊に戻る前に、登る機会を得られたのは幸運だった。ダージリンを去るまでに、外国登山者連絡将校として一度は登ってみたかった。第二グルカ・ライフル隊付きを務めた一年間の任期が終わる直前、ついにその機会が訪れたのだ。

現地での上司である短気なアトキンソン大佐が今朝、参加することになった遠征隊について話してくれたのを、マクファーレンはひげを剃りながら思い返した。「ドイツの道楽者の集まりだよ。登山に対する真剣な野心も、カンチェンジュンガそのものへの関心もない。しかしやつらがドイツ人である以上、われわれは監視せねばならん。きみに、英本国に帰る前にちょっと雪の中に入るチャンスをやろう。鉤十字をつけた紳士連中が山歩きをしているあいだに、少々狩りもできるかもしれんぞ。バーラル、タール、アルガリ（いずれもヒマラヤに住むウシ科の動物）、狼、それにユキヒョウも、きみが行くゼム氷河で見つかるかもしれん。あの偉ぶった親衛隊のチビのシェーファーは、そのあたりでかなりたくさん仕留めたそうだ。ともかく、この旅はささやかなご褒美だと思いたまえ。仲間の将校はきみについて非常に好意的な報告をしている。きみをもう少し長くここに置いておけるよう、きみの連隊を説得できなかったことだけが心残りだ」

　マクファーレンも、この変わり者の大佐やインドという国をなつかしく思うことだろう。ここでの駐在期間はあっという間に過ぎ去った。この地域には魅力を感じているし、陽気なグルカ部隊には非常に感心している。彼らは不撓不屈《ふぎょうふくつ》の集団だ。力持ちでユーモラス、勤勉で忠実。だがそういう性質とは裏腹に、平気で残忍な行為ができる。彼らが先の世界大戦で志願して危険地域を抜け、ドイツの前線を突破してうとうとしている番兵の喉を切り裂いたり、長くて刃が曲がったククリ刀で非番の機関銃隊を攻撃したりしたところは、容易に想像しうる。マクファーレンの剃刀がちょっと皮膚を切った。彼は顎に垂れた血を拭き取り、思いにふけるのはやめろと自分に命じた。さもないと自分自身の喉を切り裂いてしまう。

その後一時間はライフルを整備し、背嚢に荷物を詰めるのに費やした。遠征隊は午前一一時にダージリンを出発する予定だ。イギリスヒマラヤクラブ会長のアーネスト・スメスウィックが、午前九時ちょうどに遠征隊長のマルクス・シュミット教授に紹介してくれることになっている。マクファーレンは兵舎を出てウィンダミアでスメスウィックと朝食を取り、そのあとホテル・ナンガ・パルバットまで歩いた。

ホテルに着くと、人々は忙しく立ち働いていた。ポーターはあちこちから箱や鞄を運んできて、古いトラック三台に急いで積み込んでいる。〝ダージリン　聖マイケル男子校〟と側面にペンキで書かれたバスがトラックの向こうに止まって遠征隊を待っている。正面玄関のそばには別の小集団がいて、めかし込んだ地元の男の話を聞いている。男の中折れ帽のつばから出ているキジの長い尾羽根はぶらぶら揺れていた。男はスメスウィックとイギリス人将校を見るやいなや話すのをやめ、気をつけのような姿勢になり、熱っぽくスメスウィックと握手をした。スメスウィックはマクファーレンを見たあと男に向き直った。「マクファーレン中尉、ナムゲル・シェルパを紹介しよう。彼がこの遠征隊のシェルパ長で、まわりの者たちが山岳シェルパだ」

スメスウィックはひとりひとりにうなずきかけ、名前を呼んで挨拶をした。「ドルジ・テンバ、ニマ、セン・ボーティア、ロブサン……」最後のひとりを見て躊躇したあと、ようやく言う。「アング・ノル」マクファーレンはスメスウィックがこの男を険しい顔でにらんだ気がした——そして相手も同じようににらみ返した。

スメスウィックは「きみたちの幸運を祈る。われわれはシュミット教授に会いに行く」と言ったあと、声を落とした。「最後のやつ、アング・ノルからは目を離さないでください。やつは問題児です。絶対にイギリスの遠征隊に同行しようとしません」

ふたりはホテルに入り、ハンス・フィッシャーと一緒にいるシュミットに会った。スメスウィックはマクファーレンを紹介し、四人は座って遠征隊の目的について話し合った。大きな地図が広げられ、シュミットはゆっくりたどたどしい英語で、遠征隊は北への道をたどって小さな王国シッキムに入り、その首都ガントクに向かうと説明した。そこからティスタ渓谷を通ってさらに北へ向かい、昔の交易路を通って、チベット近くの修道院のある町ラチェンまで行く。その西側、ゼム氷河の入り口付近にキャンプを設営するとのことだった。

教授は、遠征隊の目的は登山であると同時に野生動物や地質の調査でもあると強調したものの、そのあと胸を張って高らかに言った。「しかし高山を登る志がないわけではありません。われわれドイツ人という民族を知らしめるため、再度シニオルチューに登るかネパールピークに挑むかするかもしれません」彼は唐突に立ち上がってマクファーレンを見おろした。「午前一一時に出発です。その前に正式な遠征隊の写真を撮りますが、あなたは来てくださらなくて結構です。遠征隊の者たちには今紹介します。そのあとあなたは、シッキムに入るための書類を確認してください。国境で当局に止められて計画が遅れることがあっては困ります。そういうことにならないようにするのが、トミー、あなたの仕事ですぞ」

それだけ言うと、シュミットは失礼とも言わず、にやにやしながら歩き去った。ドイツ人がイギリス兵を呼ぶときのあだ名〝トミー〟を用いて呼ばれたことにいらだちながら、マクファーレンはしぶしぶ立ち上がってあとを追った。ひとりを除く遠征隊のメンバーに紹介されたときには、自分がシュミットを大嫌いになることがわかっていた。

あの不愉快男はひとり足りないメンバーを捜そうとしていない様子なので、マクファーレンは遠征隊の書類を確認するためその場を辞した。書類を調べてひとりひとりの名前を見ていき、まだ会えていないのはヨーゼフ・ベッカーという者だとわかった。二七歳、ドイツ・バイエルン地方エルマウ出身。シュミット教授はベッカーの職業を〝lanwirtschaftlicher arb.〟と書いていた。

マクファーレンはフィッシャーの妻にその言葉を訳してもらい、国境の係官にわかるよう線で消して横に〝農夫〟と書いた。なんとなく妙な感じはしたものの、彼の心は既に、シュミットはどのくらい腹立たしく扱いにくい男だろうかという疑問で占められていた。

45

二〇〇九年九月一八日
午後五時一五分
ドイツ　ミュンヘン　テアティナーホーフ　不思議の館《ヴンダーカンマー》・グラフ骨董品店

　正面のウィンドウに浮き上がった金色の文字が、目的地に着いたことを教えてくれた。ヴンダーカンマー・グラフ骨董品店。店は、ドイツというよりイタリアを連想させるテアティナーホーフ広場の外れに位置している。優雅な石畳の広場を囲むのは、辛子色で漆喰塗りの壁に背の高いアーチ窓やドアがはめ込まれ、オレンジ色のタイルを重ねた傾斜した屋根のある建物。広場を見おろすように、凝った装飾をほどこしたカトリック教会のロココ様式の派手な塔が立っている。この広場はかつて教会の回廊だったに違いない。

　広場から店の暗いウィンドウまでクインを追ってきた音楽は、この場の雰囲気に似合わないものだった。身を寄せ合って広場の夕方の冷気に耐えながら五人のハンガリー人大道芸人たちが演奏するポルカは、聞く者が釣られて足を打ち鳴らすような陽気な音楽だ。中央の打弦楽器ツィンバロムのリズムに合わせてギターやバイオリンがテンポの速いメロディを奏でる。それを聞いて、クインは東欧に思いを馳せ、ナチスではなくロマ族のことを考えた。たった今、ここが一九二三年にアドルフ・ヒトラーが率いた最初のクーデターで多くの死傷者が出た場所であることを示す、小さな看板の前を通り過ぎていたにもかかわらず。

最初にグラフの店に目をやったとき、ワックスコットン製の黒いバイクジャケットをまとったクイン自身の長身が映って、ウィンドウの中はよく見えなかった。紙で包み、短く切った登山用ロープで軽く結んだ古いピッケルの頭部が、上部がT字形になったフランシスコ会の十字架のように、右肩から上に突き出している。店内をよく見ようと目の上に手をかざしてウィンドウをのぞき込んだクインはぎょっとした。

古びたキングコブラの剝製が、体を支える錆びた針金のフレームから離れて頭をもたげている。今にもガラスを破って襲いかかってきそうだ。その下にひそんでいるのは小さなワニの剝製。経年変化して、黒檀の彫刻のように黒く光っている。そのにやにや笑うワニの横には大きくふくれたフグがいて、二度と息を吐けないことを悟った最期《さいご》の瞬間の苦悩を、膨張した顔に浮かべている。つやのある剝製のあいだに展示されているのは、形や大きさの異なる種々の骨。組み立てられた爬虫類《はちゅうるい》、鳥、小型哺乳類、亀の骨格もある。それらの後ろにはクリーム色の石灰岩が置かれ、化石化した魚の骨格が埋まっていた。魚の胸骨の中に別のもっと小さい魚の骨も見える。共食いという恥ずべき秘密が永遠に石の中に閉じ込められ、人目にさらされているのだ。

視線を少し上げると、剝製のカラス二羽がコバルト色の瞳でクインを見つめていた。真っ黒な鋭い嘴を彼に向けたカラスの足は、有刺鉄線で人間の背骨の模型にくくりつけられている。それを見たとたん、クインはセカンドステップで彼を鉤爪で引っかこうとしていたヤマガラスを思い出した。あのしつこい鳥の記憶から逃れようとあわてて目をそらしたとき、人体パーツの模型が目に入った。細かく区切った木箱では、五〇個ほどのガラスの目玉がうつろにあちこちを向いている。虹彩は青や緑や灰色で、それぞれ微妙に色合いが異なっている。その左右には大きなガラス製のドーム。ひとつには切断した古い人形の頭部、もうひとつは磁器のように白くてふっくらした腕や脚が詰め込まれている。最も不快なのは、手書きのラベルがはがれかけている瓶の中でどろりとした黄色いホルマリン液に浸けられた、胎児の数々だ。それが実際にはサメの胎児だと気づいて、クインはほっと胸を撫でおろした。

安堵は長く続かなかった。

突然、ウィンドウの中から黒いカラスではなく幽霊が見つめてきたのだ。

クインはウィンドウから飛びのいた。

もう一度見たとき、人間の頭蓋骨だとわかった。人形の断片を入れたガラスドームのあいだから、くぼんだ眼窩《がんか》でクインを見ている。並んだ長い歯の列が上下に開いたり閉じたりして、おびえたクインをヒステリックに笑っている。

笑う骸骨は見えない手に押されるようにして消えていき、代わりに七〇歳くらいの男の頭部が現れた。その顔にもさっきの骸骨の面影がある。青白い肌の下に肉はほとんどなく、顔の輪郭はぼやけている。左右の耳の上のわずかな白髪を残して剃り上げた頭は、頭骨の曲線をくっきり見せている。短く白い顎ひげは、とがった顎の線をまったく隠していない。小さな丸眼鏡のレンズに光が反射して、その奥の目は見えない。薄い唇が驚かすように大げさに「ワッ！」という形に動いたと思うと、顔はウィンドウから消えた。

ウィンドウの横にあるアーチ形のガラスドアが開き、真鍮のベルが巻いた板バネを震わせて、死者をも起こす耳障りな音をたてる。ようやく音がやむと、開いたドアの脇でじっと立っていたベルンハルト・グラフが、電話のときと同じく流暢だがドイツ訛りのある英語で言った。「ミスター・ニール・クインだね。どうぞ入りたまえ。言うまでもないが、わたしがドクター・ベルンハルト・グラフだ」

クインはためらった。

「入りなさい」グラフは安心させるような笑顔でうながした。「あたりをうろつく若者や無知な観光客が入ってこないよう、わざと不気味な陳列物を並べ、それでも入ってきた者は不必要にいらだたしいベルで追い払っているが、きみには入ってきてもらいたい。夏じゅう、きみに会えるのを楽しみにしていた。頼んだとおり、ピッケルは持ってきたようだな。わくわくしているよ」

　グラフは店の奥に入っていった。店内のあらゆるところに、多種多様なものをおさめたガラス戸棚が置かれている。壁にはぎっしり人工物が並べられ、天井からもぶらさがっている。薄暗いバックライトに目が慣れてくると、クインは寄せ集めたものの種類の多さに圧倒された。枝角、短剣、化石、槍、長剣、骨、手術道具、ヘルメット、作り物の手足、人形、皮膚、羽根、部族民の仮面、戦旗、神像、悪魔像――数えあげたらきりがない。どれも不吉で薄気味悪い。

　クインは本能的に、見慣れたものに救いを求めようとした。ひと組の木製スキー板が目についた。古いテニスラケットのような灰色のフレームに弦が縦横にぴんと張られた、大きな西洋かんじき《スノーシュー》もある。フェンシングの剣、杖、部族民の使う棍棒《こんぼう》、ノコギリエイの長い歯、クジラの仲間イッカクの牙などがおさめられた傘立てに、木製ピッケル二本が立てられていた。クインが持っているのとよく似ていて、金属製頭部の鋭い先にはしわくちゃの茶色い革カバーがかけられている。ひとつの陳列棚には、それ以外の山岳用品が集められていた。グラフに売った酸素ボンベもこの中にあるのだろうか。よく見るためにしゃがみ込み、ガラスの棚板に並ぶ古い金属のハーケン、雪用短剣、動物用の罠《わな》のような長い歯のアイゼンなどを眺めて心を静めようとした。

「ミスター・クイン、古い山岳用品を一緒に観察する時間は、いずれたっぷり取れる。しかし今は座ってシュナップス（強い蒸留酒）でもどうだね？」グラフは自分の発言の語呂合わせに気づいて苦笑いし、眉を上げた。そのあとクインの心を読んだかのように言う。「あの酸素ボンベを売ったことを、きみはさぞかし後悔しただろうな。しかしここにはもうない。美しいボンベだったが、残念ながらわたしの興味にはそぐわなかった。だから、売ってほしいと頼まれたときは断れなかったのだよ。どうぞ座って一杯やってくれ。そのあいだにわたしはきみのピッケルを拝見しよう。ディルク、ウィリアムス・ビルネを持ってきなさい」

グラフはガラストップの小テーブルをあいだにはさんだ椅子二脚を指差した。黒いスーツと黒い絹のシャツを着て黒髪をきちんと分けた二〇代後半らしい男が、奥の部屋から現れた。この痩せた白人がディルクらしい。透明な液体の入ったクリスタルのデカンターと小さなグラス三個を載せた銀のトレイを持ってきて、テーブルに置く。自分も参加したそうにその場に立った。

「さがっていいぞ、ディルク」グラフはそっけなく言った。ディルクの目が細くなり、顔が険しくなる。まずグラフを、そして肩からピッケルをおろすクインを見つめた。

グラフはカバーを外そうとするクインを手で制し、ディルクに言った。「話はあとだ。いいな？」

ディルクは無言でくるりと後ろを向き、店の奥から革のレインコートとブリーフケースをつかんで出ていった。不快なドアベルの音がふたたびやむと、グラフはウィリアムス・ビルネをグラス二個に注いだ。「ディルクのやつ、すねておるな。何か買ってなだめてやる必要がありそうだ。腰抜けの若者だが、あいつにも使い道はある。さてと、シュナップスとピッケルを交換しようじゃないか」

ピッケルを渡してグラスを受け取ったクインは、座ろうと振り返ったが、そこでぎくりとして動きを止めた。

目の前にあるのは、かつてボルトアクション式ライフルや単純な機関銃だったと思われるものの腐食した銃身や発射装置を組み合わせて作られた、でこぼこの黒いメタルフレームの椅子だった。つなぎ目は小さなピストルやリボルバー、脚は小さく黒い弾頭のついた尾翼の長い爆弾だ。もうひとつの椅子もまったく同じで、ガラス製テーブルを支える骨組みも同様だった。このテーブルセットは、これまで自らが犯した殺人に興奮しながら鎮座しているかのように感じられる。

「おいおい、きみみたいにエベレストに登頂した勇敢な人間なら、椅子など怖くないだろう。しかし、非常に不気味ではある。そうじゃないか？」グラフは面白そうににやりとした。「イタリア人芸術家の作品だよ。感じのいい若者だ。一九一五年から一八年にかけて行われた戦争の錆びた遺物を探して、アルプス山脈のイタリア側を歩きまわっている。そこでの戦いも、西部戦線のほかの場所で行われたのと同じく、厳しく激しかった。〝白い地獄〟と呼ばれた。言いえて妙だな。ともかく、その魅力的な青年は見つけたものを材料に家具を作っている。彼のメッセージは明確に伝わっているると思わないかね？　われわれは地獄で座っているということだよ、その地獄が黒か白かは別として」

グラフは自分に近いほうの椅子に腰をおろし、乱暴に前後に揺らした。後ろの金属製の脚がきしみ、板石張りの床にどんと落ちる。突然の動きと音にクインはびくりとしたが、最初からそれを意図していたグラフはクインを見て楽しそうに笑った。

「知っているかね？　わたしはときおり、鉄屑作家のミケランジェロがこの小さな爆弾の不発化に失敗したかもしれないと想像して楽しむのだよ。だから、この椅子がわたしを店ごと吹き飛ばすのではと、どきどきしながら座る――イギリス人はなんと表現するのかな、木っ端みじんになると？　すごい皮肉だと思わんか？　わたしの葬儀に列席するごく少数の人間は、笑いをこらえて儀式に耐えなくちゃならんのだ。わたしの死が抑えた笑いをもたらすと思うだけで、とてつもなく楽しくなる」

クインはもうひとつの座り心地の悪い椅子にそっと腰かけ、大爆発を覚悟してシュナップスをごくごく飲んだ。だが実際には、加工した洋梨の味がする透明なアルコールが喉を焼いただけだった。彼はさらに飲みながら、グラフが大きな拡大鏡でピッケルをまわして観察し、ふむふむとうなずくのを見ていた。

「きみがピッケルに関する詳しい話を省いて簡潔な説明にとどめたのは当然だと思うし、そうしてくれてよかった。柄にある〝99〟と〝J・B〟、それにもちろん、きみを狼狽《ろうばい》させた小さな鷲と鉤十字は、実に興味深い。われわれの関係が期待どおりに発展したなら、明日一緒にガルミッシュ＝パルテンキルヒェンへ行ってみよう」

グラフはまっすぐにクインを見据えた。笑みは完全に消えている。

「きみに電話をしたとき、心の中でストップウォッチをスタートさせ、きみが店の前に現れたときに止めた。その期間の短さが、ピッケルがどれだけ高い場所で見つかったかを物語っている。きみがすぐにドイツへ来たことからすると、八〇〇〇メートルより上じゃないか？　あるいは、よほど金に困っているかだな」

どちらの推測も正しかったが、クインは答えたくなかった。自分の秘密を赤の他人にこれ以上知られるのはいやだった。

グラフはピッケルを置いて立ち上がった。座ったままのクインを見て、またにやりと笑う。

「ニール・クイン、答えないのは正解だ。きみは今、不利な立場に置かれていると感じているだろう。気持ちはわかる。会ったばかりなのに、わたしは知り合いみたいになれなれしくふるまっている。わたしは夏じゅう遠くからきみを観察してきた。だから、既にきみをよく知っているような気がするのだ。きみの善良な性質につけ込んでしまった。これ以上話を進める前に、この無礼の埋め合わせをしなければな」

彼はクインにピッケルを返した。

「良心的な車のセールスマンのように——実在するかどうかは知らんが、仮にいるとして——わたしを信頼するかどうか決めるのにもう少し時間をやろう。よければ一緒に夕食を取ろう。そのあいだにわたしは、見かけとは違ってきみと同盟を組めることを信じてもらうように努める。きみたちイギリス人は同盟が好きだろう」グラフはそれだけ言うと、眼鏡を外してハンカチで拭いた。その目は驚くほどやさしそうだった。

46

店にいるあいだに少し雨が降りはじめていた。クインは、アノラックを着て片側にぶち入りの羽根をつけたチロリアンハットをかぶったグラフについて店を出た。グラフは早足で濡れた石畳の広場を横切り、テアティナーホーフを出る。濡れて光るミュンヘン中心部の道をゆっくり歩く、帰宅途中の会社員や買い物客を避けて狭い脇道に入り、迷路のような路地や小さな広場を抜けて、混雑したビアホールにやってきた。

円天井の広い店には、熱気、食べ物、人があふれていて、クインはスイスのザースフェーからミュンヘンまでの一日かけた移動で、体がすっかり冷えて空腹になっていたことを実感した。ふたりはぎっしり並べられた長テーブルのひとつの端に空席を見つけて座った。グラフは豚の膝肉の串焼きとポテトダンプリングを勧め、それをクインが承知すると、ふたり分注文した。白ビールの大ジョッキはすぐに運ばれてきた。クインが最初のひと口を飲んでいるとき、グラフが話しはじめた。「わたしは一九三八年一一月九日に生まれた」そこでもったいぶって言葉を切ったが、クインにとってその日付にはなんの意味もなかった。「〝水晶の夜《クリスタルナハト》〟と呼んだほうがわかりやすいかもしれん」

今度はクインもうなずいた。「〝割れたガラスの夜〟か？」

「そうとも言う。わたしが産声をあげたまさにその瞬間、この国とオーストリアとでユダヤ人は恐怖に陥れられた。その夜、ナチスがためらいも良心の咎めもなくユダヤ人を撲滅するつもりであることが明らかになった。多数のユダヤ人が殺され、何千人もが投獄された。ユダヤ教会堂《シナゴーグ》は焼き払われた。ユダヤ人の店はつぶされた。とんでもない日に生まれたものだ。そうだろう？」

クインはグラフを見て、無言のまま同情するように頭を振った。だが、この会話がどこに向かっているかはまだわからなかった。

「料理を待つあいだ、さらに考える材料をやろう。父は親衛隊の将校で、母は父を大変誇りに思っていた。父は、上の子ふたりにわたしが加わった若い家族のためによく働いていた」ジョッキに少し口をつけたあと、グラフは先を続けた。「人生で犯した多くの罪について考えるとき、最大の罪は自分がクリスタルナハトに生まれたのを両親が誇っていたことではないか、とよく考えるのだ。ときどき、その夜のことを想像してみる。商店のウィンドウが割られ、壁に描かれたダビデの星（ユダヤ人の象徴として用いられる六芒星）はまだペンキが乾かず、死んだユダヤ人が道路に横たわり、両親はわたし――惨事について何も知らないままおくるみに包まれた無垢な新生児――とともに家の中にいて――」

ビアホールの奥のテーブルに集まったサッカーファンが、耳を聾《ろう》するほどの歓声をあげたため、突然グラフの声がかき消された。ビアホールの天井に描かれた青と白の菱形《ひしがた》模様と同じデザインのユニフォームに身を包んだ集団は、立ち上がり、今夜の試合の勝利を祈ってビールを満たした大きなジョッキを打ち合わせて乾杯したあと、手を叩いて掛け合いで応援の声を張りあげた。グラフはいらいらして、彼らが静まってまた話せるようになるのを待った。

「父は一九四四年、ウクライナのどこかで死んだ。骨はまだ現地にあって、戦火に焼かれた荒れた大地にゆっくり還りつつあるのだろう。戦争が終わると、親衛隊将校の家族であるわれわれは、かつて強制収容所だった施設に拘禁された。〝和平〟後の最初の厳しい冬に発疹チフスが流行して兄と姉が死に、傷心の母は精神を病んだ。翌年の夏、母は首を吊った。頑健なわたしの存在だけでは母をこの世に引き止める力がなかったことには、少々がっかりしている」

いったん黙ってビールをひと口飲む。

「悲劇的な人生の始まりについてこれ以上細かく述べて、きみを陰気にさせるのはやめておこう。きみの食欲を失わせるのが本意ではないからね。きみに、わたしが人生の暗い面に引きつけられるようになった理由を知ってほしかっただけだ。わたしは悪魔崇拝者でもナチスでも性倒錯者でもない。これまでの人生で何度かそういうものに身を投じようとしたことはある。しかし結局は、全面的に没頭することはできなかった。悲惨な幼少期の記憶が、それらの不毛さを教えてくれていたのだ」

クインのグラスが空なのを見て、グラフはおかわりを頼んだ。

クインは彼を止めようとはしなかった。グラフが話しつづけているあいだ、酒を飲んで体を温められればそれでよかった。

「しかしながら、そういうふうにひたすら何かを狂信できることをうらやんではいる。そういう狂信というのは、ねたましいほど単純ではないか？　たとえばあのサッカーファンの連中だ。次の試合のことだけを考えて生きている。愛していない妻や甘やかされた子ども、日々の失望や失敗を完全に忘れられる。それはどんなに気分がいいだろう？

きみの中にもそれを見てねたんでいるのだよ、ニール・クイン。きみは山の狂信者だ。きみは山に向かう。山麓から登りはじめる。山頂に到達する。下山する。家に帰る。そしてまた次の山に向かう。それ以上に単純でわかりやすい生き方があるか？」

ビールで気分が高揚するのを感じつつ、クインは答えた。「まあ、たしかに昔はそうだった。今はそうとも言えないが。だが、あのバイエルンのファンと同じく、おれも過去の栄光に乾杯しよう。その思いが再度栄光をもたらすことを願って」彼はふたたび満たされたジョッキを掲げた。「乾杯！」

「ここでは〝居心地よさに乾杯〟《アイン・プロージット・デル・ゲミユートリツヒカイト》と言うのだよ」ふたりがビールをぐいっと飲み、グラフはまた話しだした。「わたし自身はずっと前にカルトや特定の信条に傾倒するのをやめたが、なぜか、そういうものに関連した品に惹かれる気持ちは持ちつづけている。そうした世界の品々には、過去の苦悩や犠牲の痕跡があふれている。わたしの経験した苦悩や犠牲をしのぐほど陰鬱《いんうつ》なものもある。そうした品々に囲まれていると、予想もしなかったほど心が慰められた。だから、過去のトラウマで悲鳴をあげる内なる悪魔を静かにさせられるくらいに、さまざまなものを集めるようになった。わたしのコレクションは誇りであり喜びでもあり、つらいときには救いにもなる」

ウエイターが料理を運んできたので、グラフの弁舌が中断された。ふたりはしばらく黙ったまま食べ、クインは食べ物とともにグラフの話を消化した。皿の上が骨だけになったあと、ようやくグラフは独白を再開した。

「わたしの店が成功しているのを見てわかるように、こういう情熱を持つのはわたしひとりではない。特異なものの収集は儲かる商売になり、わたしはいい暮らしができている。奇妙な趣味とふくらんだ財布によって、わたしはミュンヘンの男娼の人気者になった。わが忠実なディルク・シュナイダーは嫉妬しているがね」ショックを受けているのを期待してクインを見る。「わたしの店が繁盛しているのは、今や多くの人々が現代社会の増大する混乱を理解するためにオカルト的なもの、スピリチュアル的なものを求めるからだ。失われた文明、古代の民族、既存のものとは異なる宗教、異世界からのエイリアン——真の意味での〝オカルト〟、つまり隠されたもの、秘密のもの、不可解なものを、彼らは必死で求める。

それを邪悪と呼ぶ者もいれば、無意味と呼ぶ者もいる。だが、そんな人々はいちばん肝心なことを見逃している。新たに襲い来る悪夢を予言するのは、そういう流行なのだ。今わたしが話した要素こそ、世界を震撼《しんかん》させて六〇〇万人以上を殺したナチスの考え方と同じものだ。わたしの商売は儲かっているが、人類がまたもやそんな危険な状況に陥りかけていることを危惧していないと言ったら嘘になる。ヨーロッパは経済的に破綻し、貧富の格差は日に日に増大する。ヨーロッパの国々は表立っては団結を宣言しながら実はひどく憎み合っている。宗教間の憎悪はもっとひどい。いい人間も悪い人間も無秩序に他国に移住する。新たな災厄にも昔ながらの解決策で臨もうとする——そうじゃないか？　ご託を並べたところで〝文明〟というのがうわべだけのものであることを、忘れてはならない」

グラフは少し曲がった指で店内をぐるっと示した。

「幸せな笑顔の人々、〝ゲミユートリッヒカイト〟に乾杯する人々であふれた、この快適なビアホールを見るがいい。英語で言うなら〝居心地よさ《コージーネス》〟だな。ミュンヘンはそれで有名だ」今度は指を天井に向ける。「実は、アドルフ・ヒトラーは初めての大規模な政治的演説をまさにここ、この店の二階で行ったのだ。その後この地の〝居心地よさ〟はどうなったか考えてみたまえ。もっと最近では、ここからほんの数百キロのバルカン半島でさまざまな動乱があり、われわれは無政府状態の危機を思い知らされた。だが無政府状態は決して長つづきしない。その本質により、無政府状態は無法な真空状態であり、すぐになんらかの過激主義に取って代わられる。従来とは異なる考え方によって無政府状態が生じるたびに、結局は独裁主義と人種差別主義が蔓延する。そうした主義が非常に暴力的であることは、歴史が繰り返し示してきた」

グラフは息継ぎをし、きらめく眼鏡越しにクインを見つめた。

「わたしは演説をぶっておるだろう？　しかし、そうせねばならんのだ。きみは二メートル近い巨漢だが、わたしは麦藁小屋で火遊びする少年を連想する」

その発言に少々むっとしたものの、クインは愛想よく答えた。「あんたが面白い人間なのは間違いないし、うまい料理を注文してくれる。しかしあんたは自分の人生経験から、おれの登山やあのピッケルについて必要以上に深読みしているんじゃないかな」

「それは違う。わたしはとうの昔に、身を隠すために山へ行くのをやめた。しかし山は戦争やオカルトと同じく、人間の暗い面を見せてくれる場所でありつづける。山で死んだ人々のことを考えてみたまえ。彼らはなんのために死んだのだ？　世界最高峰の上方、酸素ボンベがなければ長時間生きていけないほど空気が薄い幽霊の世界を、きみたちは〝死のゾーン〟と呼ぶ。もともとはスイスドイツ語の〝ディー・トデスゾーネ〟だが、今考えると英語で言うよりもっと不気味に聞こえるな。

どんな見方をしようと、山は絶望と悲惨の宝庫だ。それこそが、人を魅了する理由のひとつだろう。特にエベレストには悲惨な記憶が多すぎ、ゆえにわたしは特別な関心を寄せてきた。実際、世界で最も高い山であるだけにあらゆる人間の注目を集める。だからちょっと、この山について考えてみないか？」

クインはグラフをひどく饒舌だと思った。だが彼が死や破壊の話をしているにもかかわらず、クインは話を聞くのを楽しんでいた。だから笑顔で言った。「どうせその話になるんだろう、おれが望もうが望むまいが」

「残念ながら、そういうことだ。知っているかね、ヒマラヤ山脈に登った初期の登山家のひとりはアレイスター・クロウリーだったのだよ。イギリス一、もしかすると世界一の悪魔研究家、自称〝偉大なる野獣〟だ」

クインには初耳だった。

「先駆者ミスター・クロウリーは一九〇二年にエッケンシュタインとともにK２に行った。当時はゴッドウィンオースティン山と呼ばれていたがね。その三年後にはジャコ＝ギヤルモと組んでカンチェンジュンガに登った。今われわれがクロウリーに関して知っていることから考えるとそれほど驚くべきでもないが、彼が登山のパートナーとして不愉快な相手だったのは間違いない。ピストルを携帯し、気に食わない相手は誰彼かまわず銃で脅したそうだ。カンチェンジュンガでは、ポーターにブーツを渡そうとしなかった。ポーターの素足は悪魔の呪文で守られているからブーツはいらないと言ってね。きみも、今度エベレストに登るときは彼のまねをしてみるといい」

「銃は役に立つかもしれないが、いくら迷信深くても現代のシェルパは呪文のほうは信じないだろうな」クインは冗談で返した。

「おそらく。しかしこれは昔の話だ。カンチェンジュンガに登っているとき、クロウリーのチームのほかのメンバーは午後に登ろうと言い張った。クロウリーは雪崩の危険が大きいと反対し、その予測どおり彼らは滑落して、登山家ひとりとポーター三人が死んだ。クロウリーはこう言ったと伝えられている。〝この種の山の事故に対して、わたしはなんの同情も覚えない〟と。そしてキャンプで紅茶を飲み、書き物をしつづけたそうだ。まあ、これはちょっとした面白いエピソードにすぎないが。その後間もなくクロウリーは山への興味を失い、降霊術や性魔術に傾倒した。こちらのほうが彼に合っていたようだ」

グラフは自分ならどこに魔法の呪文を唱えるべきかと考え込むかのように、大きく息を吸った。

「しかし、クロウリーがエベレストに関心を向け、運と実力、そして悪霊の王ベルゼブブの力も借りて初登頂を果たした、と仮定しよう。その場合、彼について、彼の能力について、彼の信念について、われわれはどう考えただろう？　より重要なことに、彼の信奉者はどう思っただろう？　その偉業が彼の信奉者にどんな影響を与えたか、想像してみたまえ。ばかげた例かもしれんが、興味深い問題提起だとは思わんか？」

ウエイトレスがビールのおかわりを注ぎに来た。といっても、グラフのジョッキはほとんど減っていなかった。

「さて、わたしのちょっとした独白も、イタリア語で言うとそろそろ〝結論《ドウンクエ》〟に来たようだ。わたし、ドクター・ベルンハルト・グラフ、風変わりな趣味を無限に持つ男は、あらゆるものに暗い面を見いだそうとする。エベレストも例外ではない。なぜわが国の人間が一九七八年まで世界最高峰に立てなかったのか不思議に思っている――エベレスト征服を遠慮していたというのは、ドイツらしくない。

そこできみの登場だ、ミスター・ニール・クイン。エベレストの高所で発見した古いものをわたしに売ってくれる高山登山家。またしてもエベレストに登頂して下山し、数日後にわたしにドイツのピッケルについて尋ね、同時に山岳に関するフォーラムに答えを誘導する質問を投げかけ、わたしが昔から疑問に思っていた物語に迫ろうとしている――あらゆる面白い秘密と同じく、口外されてはいけない秘密だ。もし真実であれば、わがコレクションの自慢の種となるであろう秘密。

　きみもそういうことを考えたはずだ。だから今までにないシナリオを想定してみよう。登山家がエベレストの山頂で鉤十字の旗を掲げるという話だ。戦争前にそんなことがあったとしたら、どんな事態になっていたか想像してみろ。それが想像しにくいのなら、きみの愛するセブンサミットの別の山を考えてみるといい。エルブルスはコーカサス山脈にある、中央ヨーロッパ最高峰として人気の山であり、そのためきみたち登山家が征服を望む七山のひとつとなっている」

「そうだ」

「結局は失敗に終わったヒトラーによるソ連奇襲計画のバルバロッサ作戦中、山岳猟兵の精鋭部隊がエルブルスに登って山頂に鉤十字の旗を立てたことを知っていたか？　きみが手に入れたのと同種のピッケルを持った、あの山岳猟兵部隊だよ」

　クインが首を振ると、グラフは続けた。

「それを聞いたとき、ヒトラーは激怒したと言われておる。スターリングラードでソ連が反攻に出ているとき、のんびり山に登るのは時間の浪費だと考えたのだ。だがその二、三年前なら、ヒトラーは喜んだだろう。アイガー北壁の征服者と握手して勲章を与えたように、エルブルスに登頂した者たちにも同じような祝福を与えたはずだ。エベレスト山頂にはためく鉤十字の写真なら、ヒトラーをさらに喜ばせたに違いない。

ナチスの意志の強さを示す想像しうる最大の見本であり、ゲッベルスと彼が率いる宣伝省の途方もない力の現れとなったはずだ。さらに考えてみたまえ。現代でも、そのようなイメージを悪人がどう利用するか。六〇〇万人を殺すことはないにしても、ますます混沌とする世界のどこかで、さらなる騒ぎを引き起こす可能性はある。よく考えてみるといい」

「だが、そんなことがあったという記録はないぞ。実際、どこにも触れられていない。おれもかなり調べたんだ」

グラフは自分のアタッシェケースを開けた。薄いファイルを出してテーブルの上に広げ、手書きのメモと透明なプラスチックにはさんだ古い新聞の切り抜きを見せる。それをクインに手渡しながら中身を説明した。

「この社説は何年も前、偶然見つけた。これを見て、ナチスは一九三九年にエベレスト登頂を試みたのではないかとの疑いを抱き、その後少しでも手がかりがないかと調べを続けた。ほとんど成果は上がらなかったが。それで、きみのように頻繁にエベレストの高所まで登る人たちから古い酸素ボンベを買っている。いつか新たな手がかりが得られることを期待して。そして、ついにそれが得られたわけだ」

クインは古い切り抜きを眺めた。透明なプラスチック越しに、変色した新聞に大きく黒い活字体で書かれた文字が見える。意味はまったくわからなかったが、なんとなく不吉で邪悪に見える。記事の下方にある粒子の粗い写真をよく見ると、険しい顔のアドルフ・ヒトラーと会っている男ふたりの顔が識別できた。カスパレクとハラー。アイガー北壁に初登頂した登山家だ。

「きみがわたしに会いにこっちに向かっていると知って、ざっと訳しておいた」グラフはきれいなカッパープレート書体で手書きされた紙をクインに渡した。

クインは『山のごとく巨大な侮辱』と題された社説の翻訳に目を通した。

内容を理解すると、紙を置いて尋ねた。「つまりあんたは、ヒトラーがこういう訴えを聞き入れて、エベレスト登頂を命じたと思っているのか?」

「ヒトラーか? ゲーリングか? ゲッベルスか? それはわからん。はっきりわかっているのは、一九三九年にはナチス政権はなんでもできたということだ。歴史家ロゾウィックはやつらを〝邪悪な登山家〟と呼んだが、わたしはその表現が単なる比喩ではないという気がしていた。証拠は見つかっていないが」

「がっかりさせて申し訳ないが、おれが見つけたのはピッケルだけだし、それをエベレストまで持っていったのは誰でもありうる」

「そうは思わん。だからこそきみに来てもらったのだ。エベレストに戻って、ほかの遺留物を持ってきてくれたら、報酬はいくらでも払う。特に期待しているのはこういうものだ」

グラフは再度アタッシェケースに手を入れ、赤いベルベットでくるまれたものを出してテーブルに置いた。

果物の皮をむくように布をはがすと、現れたのはクラシックなライカのカメラだった。

47

二〇〇九年九月一九日
午前一時五五分
フランス　シャモニー　デュ・ミディ通り　オラフ・ホテル

ソラヤはオラフ・ホテルのバーの裏口を閉じて施錠した。外の闇は、街灯の明かりをかき消すほど濃くなりつつある。凍えるように寒いので、フリースジャケットの下からパーカーのフードを引き出して野球帽の上からかぶった。

少しは寒さがましになり、無人の道を歩きはじめた。今日は忙しい夏のシーズンの、忙しい金曜日の夜だった。でも、こんな時期は間もなく終わりを迎え、今後数カ月は比較的暇になる。しばらく休んでのんびりしたあと、冬のスキーシーズンに戻ってきてスノーボードに励もう。シャモニーはアルプス山脈の中でも、山岳スキー《オフピステ》にはうってつけの場所だ。だからこそソラヤはここで働いている。冬が楽しみだ。

人生は楽しい――ほんとかしら？

寒さから逃れるために駆け足で坂道をおりながら、ニール・クインは今どこだろうと考えた。そろそろザースフェーでの仕事を終えて、ミュンヘンの骨董品商を訪れている頃だ。彼はそこで何をしているのだろう。骨董品店に行くなんて、ちょっと妙だ。ほかに女がいるのではないか。でも彼は、スイスでの仕事が終わったらミュンヘンへ行くというメールを出すためにバーで携帯電話のアドレス帳を開いたとき、画面を隠そうとはしなかった。そこにグラフという名前が表示されていたのを、ソラヤはちらりと見ていた。彼はそのあとすぐ本文をタップしはじめた。グラフという名前から、ソラヤは子どもの頃オーストリアの自宅で父がよくテレビで試合を見ていたドイツのテニス選手を思い出したが、まあ関係はないだろう。いずれにせよ、自ら決めた〝深入りしない〟ルールに沿って付き合う相手の行動について、ソラヤは自分でも意外なほど心を乱されていた……。

大股で歩きながら、なぜそんなに気になるのかと考えた。ニール・クインを愛しはじめているのだろうか？

大通りから曲がって、二階にワンルームの部屋を借りているアパートメントのある、狭い路地に入る。部屋の鍵を出そうとバックパックを体の前に持ってきた。そのとき暗い人影が突然現れ、後ろから左肩と首の後ろをつかんで、彼女を建物の側面に押しつけた。

ソラヤは本能的に体をねじって逃れようとしたものの、側頭部がざらざらしたレンガに激しくぶつかった。頬の柔らかな皮膚が切れ、二本の歯が折れ、顎の奥で骨か何かがバキッと割れて、痛みで目の前が真っ白になる。一瞬、何がなんだかわからなくなった。

一、二秒、彼女は気を失った。

意識が戻ったときも、驚愕のあまり悲鳴をあげられなかった。襲撃者はソラヤの体をくるりとまわして自分のほうを向かせた。片手で口をぎゅっと押さえ、もう片方でフードをおろして野球帽を取り、喉をつかんでまた壁に強く押しつけた。

今度は後頭部がレンガの壁に衝突して頭皮が破れ、長いストレートの髪を血が伝い落ちた。

声が叫ぶ。「お願い、やめて！」壁に激しくぶつかった衝撃に苦しみながらも、ソラヤはそれが自分の声であることを認識した。

次にされることを予測して戦慄が走る。ソラヤは必死で抵抗した。口を覆う手に嚙みつこうとしたものの、顎の骨が折れているらしく力が入らず、痛みが走った。

なんとか相手を引っかこうとしたが、敵は力が強く、ソラヤの攻撃を巧みにかわした。ソラヤの口をふさいでいる自分の左腕に顔をうずめ、喉を押さえる手を右肩で押しながら肘を外側に突き出して壁につけている。こうして彼女を壁に押しつけて動きを封じつつ自分の頭部を守っているのだ。腰と脚も彼女の横の壁に押しつけている。ソラヤがいくらもがいても、この体勢で反撃は不可能だ。

男はこういうことに慣れているのだと気づいて、ソラヤはぞっとした。また悲鳴をあげようとしたけれど、血があふれた口からはどんな声も出なかった。

相手はじっと動かず、ただソラヤを壁に釘づけにしている。やがて、ソラヤが身をよじって逃げようとする無駄な努力に疲れてきたとき、フランス語で小さく言った。

「もういいだろう《サ・スフィ》」

男は荒い息をつき、薄いブルーの目をぎらぎら光らせてソラヤを見つめてささやいた。「暴れるのをやめてよく聞け」ゆっくり、明瞭に発音し、一語一語発するたびにソラヤの首を絞める。言葉を彼女の首にねじ込もうとするかのように。

ソラヤが指示に従う気になったのを確信すると、男はもっと早口で、もっと大きな声で言った。「おまえはニール・クインと寝ているそうだな。このつまらん町であいつを捜して時間を無駄にして、おれはうんざりしているんだ。おれを怒らせたら犯してやる。わかったか？」

ソラヤは身をよじって首を左右に振ろうとしたが、血と唾で喉が詰まりそうになったとき、反抗心は恐怖に変わった。咳をして口の中の液体を吐き出したいのにそれもできず、窒息しかけて体は痙攣した。

サロンは喉をつかんだ手の力をわずかに弱めて頭が前に動くようにした。口をふさぐ手を一瞬ゆるめて呼吸をさせ、唾をのみ込めるようにしたあと、すぐにまた口を勢いよく押さえて頭を壁にぶつけた。三度目の衝撃でソラヤが白目をむく。サロンは怒鳴った。「もう一回訊くぞ、このアマ！　わかったか？」

この最後の攻撃を受けて、ソラヤは抵抗をやめた。泣きながら、喉を押さえられたままなんとかうなずこうとする。

「よし。口から手を外してやるから、ニール・クインがどこにいるか言え。悲鳴をあげようとしたら、すぐにまた首を絞めるぞ。こんなふうに」彼はもう一度喉をきつくつかみ、すぐにやめた。「さあ、話せ！」

ソラヤは血のまじった唾を吐き、空気を求めてあえぎながら、必死で言葉を出そうとした。

「話せと言ったんだ！」

「ここじゃない」ようやくかすかな声が出た。

「だったらどこだ？」

彼女は束の間ためらったが、またしても喉をきつく握られ、声を絞り出した。「スイス……仕事で……違う、ドイツよ」

「どっちなんだ？」

「ドイツ……ミュンヘン」

「間違いないか？」

「たぶん……」

「何をしに行った？」

「知らない」

「もう一度！」

「骨董品商」

「なんだと？」

「骨董品商に会いに行ったの。お願い、信じて」

「名前を教えろ」

「グラフ」

「いつ行った？」

「今日か、昨日か、それくらい」

「どうやって？」

「スイスのザースフェーからバイクで」

サロンは唐突に手を離して路地から走り去り、ソラヤは意識を失って地面に崩れ落ちた。五分後、サロンは盗んだルノーを走らせてシャモニーを出、極力速くモンブランのトンネルを抜けてイタリアに入ろうと考えつつ、携帯電話のリダイヤルボタンを押した。相手が出るまでにしばらく時間がかかった。ルノーはスピードを上げて坂を登り、ジグザグの道を横滑りしながら疾走する。相手が出ると、サロンは言った。

「計画変更だ。ミュンヘンへ行け——できるだけ早く」

（下巻へ続く）

Mystery & Adventure

〈シグマフォース〉シリーズ⓪
ウバールの悪魔　上下
ジェームズ・ロリンズ／桑田 健［訳］

神の怒りで砂にまみれて消えた都市〈ウバール〉。そこには、世界を崩壊させる大いなる力が眠る……。シリーズ原点の物語！

〈シグマフォース〉シリーズ①
マギの聖骨　上下
ジェームズ・ロリンズ／桑田 健［訳］

マギの聖骨――それは〝生命の根源〟を解き明かす唯一の鍵。全米200万部突破の大ヒットシリーズ第一弾。

〈シグマフォース〉シリーズ②
ナチの亡霊　上下
ジェームズ・ロリンズ／桑田 健［訳］

ナチの残党が研究を続ける〈釣鐘〉とは何か？　ダーウィンの聖書に記された〈鍵〉を巡って、闇の勢力が動き出す！

〈シグマフォース〉シリーズ③
ユダの覚醒　上下
ジェームズ・ロリンズ／桑田 健［訳］

マルコ・ポーロが死ぬまで語らなかった謎とは……。〈ユダの菌株〉というウィルスが起こす奇病が、人類を滅ぼす⁉

〈シグマフォース〉シリーズ④
ロマの血脈　上下
ジェームズ・ロリンズ／桑田 健［訳］

「世界は燃えてしまう――」〝最後の神託〟は、破滅か救済か？　人類救済の鍵を握る〈デルポイの巫女たちの末裔〉とは？

〈シグマフォース〉シリーズ⑤
ケルトの封印 上下
ジェームズ・ロリンズ／桑田 健［訳］

癒しか、呪いか？ その封印が解かれし時——人類は未来への扉を開くのか？ それとも破滅へ一歩を踏み出すのか……。

〈シグマフォース〉シリーズ⑥
ジェファーソンの密約 上下
ジェームズ・ロリンズ／桑田 健［訳］

光と闇のアメリカ建国史——。その歴史の裏に隠された大いなる謎……人類を滅亡させるのは〈呪い〉か、それとも〈科学〉か？

〈シグマフォース〉シリーズ⑦
ギルドの系譜 上下
ジェームズ・ロリンズ／桑田 健［訳］

最大の秘密とされている〈真の血筋〉に、ついに辿り着く〈シグマフォース〉！ 組織の黒幕は果たして誰か？

〈シグマフォース〉シリーズ⑧
チンギスの陵墓 上下
ジェームズ・ロリンズ／桑田 健［訳］

〈神の目〉が映し出した人類の未来、そこには崩壊するアメリカの姿が……「真実」とは何か？「現実」とは何か？

〈シグマフォース〉シリーズⓍ
Σ FILES〈シグマフォース〉機密ファイル
ジェームズ・ロリンズ／桑田 健［訳］

セイチャン、タッカー&ケイン、コワルスキのこれまで明かされなかった物語＋Σをより理解できる〈分析ファイル〉を収録！

Fantasy

龍のすむ家

クリス・ダレーシー／三辺律子［訳］

「下宿人募集――ただし、子どもとネコと龍が好きな方。」龍と人間、宇宙と地球の壮大な大河物語はここから始まった！

龍のすむ家 第二章 氷の伝説

クリス・ダレーシー／三辺律子［訳］

月夜の晩、ブロンズの卵から龍の子が生まれる……。新キャラたちを加え、デービッドとガズークスの新たな物語が始まる……。

龍のすむ家 第三章 炎の星 上下

クリス・ダレーシー／三辺律子［訳］

運命の星が輝く時、伝説の龍がよみがえる……。デービッドは世界最後の龍が石となって眠る北極で、新たな物語を書き始める。

龍のすむ家 第四章 永遠の炎 上下

クリス・ダレーシー／三辺律子［訳］

龍、シロクマ、人間、フェイン……ついに四者の歴史の謎が紐解かれる！　驚きの新展開、終章へのカウントダウンの始まり！

龍のすむ家 第五章 闇の炎 上下

クリス・ダレーシー／三辺律子［訳］

空前のスケールで贈る龍の物語、ついに伝説から現実へ――いよいよ本物の龍が目覚め、伝説のユニコーンがよみがえる！

TA-KE SHOBO

汝《なんじ》、鉤十字《かぎじゅうじ》を背負いて頂《いただき》を奪え〔上〕

2018年6月7日　初版第一刷発行

著　者　　　ハリー・ファージング
訳　者　　　島本友恵
カバーデザイン　坂野公一（welle design）

発行人　　　後藤明信
発行所　　　株式会社 竹書房
〒102-0072
東京都千代田区飯田橋2-7-3
電話03-3264-1576（代表）
03-3234-6383（編集）
http://www.takeshobo.co.jp
印刷所　　　中央精版印刷株式会社
定価はカバーに表示してあります。
落丁・乱丁の場合は当社までお問い合わせ下さい。

ISBN978-4-8019-1350-9　C0197
Printed in Japan